# 불멸의 이순신 1

**의협의 나날**

# 불멸의 이순신 1

김탁환 장편소설

의협의 나날

민음사

지상에서 인간이 인간을 사랑하게끔 강요하는 것이라곤 아무것도 없다. 인류를 사랑해야 한다는 법칙도 전혀 존재하지 않는다. 만일 지금까지 이 지상에 사랑이 있었다고 한다면, 그것은 자연의 법칙에 의한 것이 아니라 인간이 자기의 불멸을 믿고 있었기 때문이다.

——도스토예프스키, 『카라마조프가의 형제들』

## 차례

一、 녹둔도 혈전血戰

정해년(1587년) 가을.

'네놈은 송장이 분명하렷다?'

퀭한 눈과 움푹 팬 볼, 찌부러진 귓불에서부터 희끗희끗한 턱수염까지 엉겨 붙은 피딱지를 보니 흑, 가슴이 답답해진다. 땀에 전 소매로 팔각 놋 거울을 닦으며 한 식경이 넘도록 들여다보아도 저 안에 갇힌 것은 들숨 날숨이 붙은 인간이 아니라 차디찬 송장이다. 삭풍을 맞으며 장대 끝에 높이높이 내걸렸던 머리가 제대로 임자를 찾긴 찾았는가.

'아아! 네놈은 분명 송장이렷다?'

모로 쓰러져 가쁜 숨을 내뱉는다. 붉은 피가 이불을 더럽혀도 벗겨 낼 힘이 없다.

열흘째 돌림고뿔이 떠나지 않았다. 미열을 대수롭지 않게 여겼더니 당나귀기침이 연이어 터졌고, 오늘은 동헌에 나가 공무를 보는 것조차 힘겨웠다.

'건들바람도 견디지 못할 만큼 약해졌단 말인가.'

조산 만호(造山萬戶) 이순신(李舜臣)은 서안 위 서찰을 노려보았다. 녹둔도(鹿屯島)를 꼭 함께 둘러보자고 경흥 부사(慶興府使) 이경록(李慶祿)이 보낸 독촉장이었다.

야인(野人, 여진족)들이 삼삼오오 강을 건너 초군(哨軍, 보초병)들을 살해하는 일이 잦아졌소. 또 한 차례 칼바람이 몰아칠 조짐이 아니겠소? 북병사(北兵使)께서도 노심초사 녹둔도 걱정을 하신다오. 둔전에서 거둔 곡물로 경흥 군졸들을 모두 먹여야 하니 한 치도 틈이 생겨서는 아니 되오. 새로운 가경지(可耕地, 개간하여 농사를 지을 수 있는 황무지)도 둘러보고 싶소. 나흘 후에 건너가도록 합시다.

"우욱!"

식도를 타고 오르는 열기를 누르기 위해 양손으로 입을 틀어막았다. 그러나 이미 혀뿌리까지 타는 고통을 참을 수 없었다. 수건을 끌어당기기도 전에 붉은 피 한 덩이가 손바닥에 떨어졌다. 내장이 꼬이고 가슴이 찢어졌다.

녹둔도는 함경도 끝자락 두만강 하구에 위치한, 조산에서도 남쪽으로 이십여 리나 떨어진 외딴 섬이다. 지난여름 뙤약볕 아래

소금 땀을 쏟으며 고쳐 쌓은 목책은 능히 의지해 싸울 만했다. 그러나 동해를 멀리 돌아 함흥까지 약탈하는 야인들이 떼로 몰려든다면 곡물은 물론 초군들과 백성들 목숨까지 위험하다. 경흥 부사가 녹둔도를 둘러본다 하여 나아질 것은 전혀 없다. 더 많은 초군을 하루 빨리 배치해야만 한다.

'반드시 녹둔도를 지켜 내야 한다. 여기가 뚫리면 함경도는 물론이고 멀리 강원도 해안까지 노략질을 당하리라.'

이순신은 두 차례나 함경 북병사 이일(李鎰)에게 병력 증원을 청하는 공문을 올렸다. 그때마다 북병사는 야인들이 자주 출몰하는 무산에도 충원할 병력이 모자란다는 답신을 보내왔다.

하루하루 힘겨운 전투가 이어지는 나날이었다.

하삼도(下三道, 충청도, 전라도, 경상도) 백성들이 아랫목에 등 지지며 부른 배를 두드릴 때, 부령(富寧), 회령(會寧), 종성(鍾城), 온성(穩城), 경원(慶源), 경흥 등 육진(六鎭)에서 번(番)을 서는 초군들은 벼룩잠(깊이 잠들지 못하고 자꾸 자다가 깨는 잠)을 물리치느라 바빴다. 친상(親喪, 부모상)을 제외하고는 육진을 떠날 수 없으며 전투에서 패한 장졸은 참형에 처하겠다고 북병사가 특명까지 내린 상태였다.

둔전 감관(監官) 임경번(林景蕃)이 섬돌에 서서 아뢰었다.

"경흥부에서 다시 전령이 왔습니다."

이순신은 겨우 몸을 일으켜 방문을 열었다. 서늘한 기운이 콧잔등을 할퀴고 지나갔다.

"준비는 다 되었는가?"

"예."

임경번은 천천히 고개를 들다가 화들짝 놀랐다. 이순신 안색이 너무 어두웠던 것이다.

"그럼, 가세."

임경번이 만류했다.

"안 됩니다! 그 몸으로 배를 타는 건 무리입니다. 경흥 부사를 모시는 일은 소인이 맡겠습니다."

이순신은 희미한 눈웃음으로 그 마음을 물리쳤다.

'경흥 부사 이경록이 직접 온다니 오늘은 무슨 일이 있어도 기운을 차리리라. 이경록은 내가 직속상관인 자신을 제쳐 두고 북병사에게 직접 병력 증원을 요청한 일을 못마땅하게 여기고 있지 않은가.'

"일으켜 주게."

"이러다간 정말 큰일이……"

"허어! 이래봬도 십 년 넘게 변방을 지켰네. 이깟 고뿔 때문에 소임을 게을리해서야 쓰겠나? 장수는 전쟁터에 나가야 비로소 편히 몸을 뉠 수 있으이. 자, 어서 들어와서 갑옷 입는 거나 도와주게."

이순신은 무거운 갑옷에 두 팔을 끼며 끄응끙 앓는 소리를 해댔다. 속눈썹까지 흘러든 땀방울 때문에 시야가 흐릿했다. 이경록과 이순신의 갈등을 아는 임경번은 더 이상 만류하지 못하고 몸차림을 도왔다.

"보름 말미를 줄 터이니…… 내일 어슴새벽에 떠나도록 해."

투구를 내밀던 임경번이 멈칫했다. 경기도 수원이 고향인 임경번은 홀어머니 회갑이 가까웠는데도 녹둔도를 지키느라 휴가를 청하지 못한 터였다. 눈에 띄지 않는 곳까지 따뜻하게 마음을 쓰는 이순신의 말 한마디가 가슴을 울렸다.

"고맙습니다."

이순신은 그 젖은 눈망울을 못 본 체하고 성큼성큼 대청마루를 가로질렀다.

정오 무렵, 이경록 일행이 조산에 닿았다.

"어서 오십시오. 둔전 추수는 별 탈 없이 이루어지고 있습니다."

이순신이 웃는 낯으로 인사를 건네었지만 키가 크고 눈매가 매서운 이경록은 아무 대꾸도 없었다.

이순신과 이경록은 병자년(1576년) 식년 무과(式年武科)에서 나란히 급제하였다. 이경록은 병과(丙科, 과거 합격자를 성적순으로 갑, 을, 병으로 나누어 기록함. 병과는 그 셋째 등급.) 삼 등이었고, 이순신은 이경록보다 한 등 낮은 병과 사 등이었다. 그로부터 열한 해, 두 사람은 여러 군직을 돈 끝에 이제 육진 중 하나인 경흥부를 책임진 부사와 그 휘하 만호로 만난 것이다.

이경록은 뒷짐을 지고 아랫배를 내민 채 주걱턱을 좌우로 흔들며 창백한 이순신 얼굴을 노려보았다.

'건방진 놈! 감히 허락도 받지 않고 북병영(北兵營)에 공문을 올려? 엄히 질책하라는 북병사님 명이 아니라도 그냥 넘어가진 않겠다. 두고 보자. 버릇을 단단히 고쳐 주마. 한데 단독(丹毒)이라도 걸렸나? 저 붉은 얼굴, 꼴도 보기 싫군. 고림보가 따로 없어.'

두만강 하구까지 내려가는 동안 긴 침묵이 이어졌다.

이경록이 풍광만 살피며 입을 닫자 오른쪽 뒤에 비껴 선 이순신도 시선을 내린 채 소나무처럼 서 있었다. 임경번만이 이순신 이마에 맺힌 식은땀을 걱정스러운 눈으로 바라보면서 두 사람 눈치를 살필 뿐이었다. 강바람을 따라 담홍빛 나도송이풀과 붉은 바위구절초가 무심하게 흩날렸다.

협선(狹船)으로 옮겨 타자마자 기어이 걱정하던 일이 터지고 말았다. 고물로 달려간 이순신이 머리를 박고 꺼억 꺼어억 토악질을 시작한 것이다.

'허어참! 고추바람도 불지 않았는데 감환에 걸려 골골대다니.'

이경록이 고개를 돌린 채 혀를 차 댔다. 마음에 드는 구석이 한 군데도 없었다.

임경번은 반강제로 이순신을 배에서 끌어내리려고 했다. 지금처럼 오장육부가 뒤틀린 채 배를 타다가는 숨통이 막힐지도 모른다.

"먼저 가서 기다리겠습니다. 가을볕이 누그러들 때까지 그늘에서 쉬시다가 쉬엄쉬엄 건너오십시오."

"아……닐세. 잠시, 잠시만…… 쉬겠네."

고물 쪽에 누운 후에도 격한 기침을 계속 해 댔다. 결국은 이경록까지 나서서 하선을 권했지만, 고집을 꺾을 수 없었다.

녹둔도로 건너간 이경록은 데리고 간 병력과 녹둔도를 지키던 초군들을 합쳐 셋으로 나누어 목책 경비와 가을걷이에 나섰다.

이순신은 군관 임경번, 이운룡(李雲龍)을 비롯한 초군들을 거느리고 목책에 남았고, 군관 이몽서(李夢瑞)는 군사를 이끌고 목책 주변에서 곡식을 거두었다. 이경록은 언덕을 넘어 농부들이 있는 들판으로 나갔다.

이순신은 이경록과 헤어진 후 임경번에게 명령했다.

"난…… 이운룡과 함께 서책(西柵, 서쪽 울타리)으로 가겠네. 자넨 오형(吳亨)과 함께 동책(東柵)을 맡게."

임경번이 이순신 얼굴을 살피며 말했다.

"아직은 무리입니다. 오형과 제가 다 알아서 할 터이니 오늘은 군막에서 쉬시지요."

이순신이 단호하게 고개를 저었다.

"아니야. 이제 다 나았네. 잠시 뱃멀미를 한 것뿐일세. 주변을 잘 살피게나. 혹시 적이 나타나면 혼자 싸우지 말고 이몽서에게 알리도록 해. 동책은 서책보다 높지도 가파르지도 않으니 군졸들을 최대한 모아서 싸워야 하네. 알겠나?"

"걱정 마십시오."

이순신이 이운룡과 함께 언덕을 넘어 서책으로 사라지자, 오형이 건들거리며 다가왔다.

"고생 많았네."

임경번이 고개를 끄덕이며 빙긋 웃어 보였다. 볼이 넓고 눈초리가 처진 오형이 바짝 다가앉으며 물었다.

"만호는 고뿔이 여전히…… 심한가 보지? 얼굴이 영 아니구면."

임경번은 왜바람에 흔들리는 참나무를 바라보며 대답했다.

"많이 좋아지셨네. 추도(楸島) 쪽 낌새가 이상하니 각별히 주의하라 하셨다네. 그래, 어떤가?"

추도는 야인들이 함경도와 강원도 해안으로 배를 타고 내려올 때 머무는 중간 기착지였다. 함경도에는 야인들 배를 추격할 만한 군선이 없기에 이순신은 고깃배 두 척에 사격(沙格, 사공과 그 옆에서 일을 돕는 곁꾼)을 태워 아침저녁으로 추도 근방을 순시시켰다. 오형은 아무 걱정 말라며 길게 하품을 해 댔다.

"우리 어선들만 서너 척 눈에 띌 뿐이야. 괜스레 걱정했어. 야인들이 목책까지 온 적은 없지 않나? 설령 온다 해도 내가 앞장서서 물리치겠네. 한데 임 군관은 호무(胡舞, 오랑캐 춤)를 본 적이 있나?"

"호무라고? 야인들 춤 말인가? 봤나, 봤어?"

"사람하곤. 경흥부에 호무를 기차게 추는 여광대가 있다는 풍문도 못 들었는가? 그 춤을 보고 있노라면 혼(魂)이 흩어지고 영(靈)이 흔들린다더군."

오형은 자리에서 일어나 임경번 주위를 돌면서 두 팔을 들어 올려 춤사위를 흉내 내기 시작했다.

"먼저 이렇게 눈을 치뜨고 머리를 마구 흔들지. 그 다음엔 어깨를 솟구어 올렸다가 이마가 바닥에 닿을 만큼 등을 새우처럼 굽혀. 고개를 들고 열 손가락을 빠르게 흔들며 무릎을 떨지. 금방 개가 걸어가는 흉내를 내다가 또 나무에 매달린 곰이 되고, 목을 길게 뺀 채 노래하는 송골매로 변했다가. 그 송골매를 향해 화살을 날리는 사냥꾼으로 등장해. 나아가고 물러날 때마다 거친 바람이 일고 수많은 짐승들이 여광대 몸을 뚫고 지나가는 거야. 어때, 멋지지?"

임경번은 고개를 설레설레 저으며 땅이 꺼져라 긴 숨을 내쉬었다. 도저히 못 믿겠다는 표정이다. 오형은 고지식한 임경번에게 거듭 설명하려다가 피식 웃음을 흘리며 고개를 돌렸다.

"야, 날발아! 심심한데 뿔피리〔角笛〕나 불어 봐."

"알았소."

뜀박질을 잘해서 '날발〔飛脚〕'이라는 별명으로 통하는 군졸이 대답과 함께 전복(戰服) 앞자락에서 뿔피리를 꺼내 입에 물었다. 양 볼에 공기를 가득 담고 힘차게 피리를 불었다. 청아한 소리는 녹둔도 앞바다에서 고기를 잡는 어부들 귓가를 스쳐 멀리 추도까지 뻗어 나갔다. 추수에 열심인 장졸들도 그 깊고 그윽한 소리에 웃음빛을 띠었다. 이제 곧 하얀 쌀밥과 비계가 둥둥 뜨는 고깃국에 걸쭉한 탁주가 놓인 저녁상이 차려질 것이다. 북삼도(北三道, 평안도, 함경도, 황해도)에서 추위와 굶주림에 지친 장졸들에게는 얼마 만에 먹어 보는 햅쌀밥인지 모른다.

이순신은 서책에 서서 맞바람을 맞으며 북쪽 하늘을 올려다보았다. 두 눈에는 핏발이 섰고 갈라 터진 입술에는 검붉은 피딱지가 앉았다. 대흉(大凶) 소식을 접한 후부터 더욱 근심이 커졌다.

'풍년가 부르며 무사히 추수를 끝낼 수 있을까?'

사실 지금 녹둔도에 있는 초군들 수로는 야인 삼백 명만 몰려와도 이기기 힘들었다. 애써 농사지은 풍성한 곡물은 야인들에게 탐스러운 먹잇감으로 비칠 것이다. 기세를 돋구어 습격해 올 가능성이 충분했다. 하지만 몇 번을 청해도 병력이 증원될 기미는 없었다. 답답하기 그지없는 일이었다.

뿔피리 소리가 뚝 멎었다. 거적눈을 감고 꿈에 젖었던 오형이 역정을 내며 자리에서 일어섰다.

"누구 맘대로 멈추는 거야? 윽!"

그 순간 꿩 깃을 단 화살이 등에 박혔다. 목책을 넘은 칼날 하나가 오형의 목덜미를 왼쪽에서 오른쪽으로 비스듬히 갈랐다.

"적이다, 엎드려!"

쏟아지는 화살 비에 군졸 셋이 순식간에 목숨을 잃었다. 추도에서 밤을 지낸 야인들이 경계가 허술한 틈을 타서 녹둔도에 상륙한 것이다.

"뿔피리를 불어, 빨리!"

뿌우우 뿌우우.

날발이 잽싸게 뿔피리를 불어 젖혔다. 적 출현을 알리는 신호였다.

"개새끼들!"

임경번이 두 눈을 고양이처럼 뜨고 득달같이 달려들어 장검을 휘둘렀다. 그러나 새까맣게 목책에 들러붙은 적과 맞서기에는 역

부족이다. 초군들은 야인들 수에 압도되어 물러나기에 바빴다.

"이놈들아! 뭣들 하는 게야? 화살을 쏴. 목을 베란 말이다."

임경번이 고함을 지르며 목책에 올라서는 순간 정면에서 날아온 화살이 양미간을 꿰뚫었다.

오형과 임경번이 죽자 동책 방어선은 순식간에 무너졌다. 그래도 단 한 명. 뿔피리를 불며 서쪽 언덕으로 내뺀 날발은 야인들의 화살로도 붙잡지 못했다.


전황이 어렵기는 서책도 마찬가지였다.

목책을 통째로 태워 버릴 듯 불화살이 쏟아졌다. 얼마나 많은 적이 다가오는지 가늠할 수도 없었다. 날발이 이순신에게 달려와서 소리쳤다. 오래전 이순신이 그를 거둔 후 지금까지 줄곧 그림자처럼 따라다니는 심복이었다.

"대장. 동책이 뚫렸습니다."

이순신이 두 눈을 부릅뜨고 물었다.

"임경번은? 오형은?"

"모두 죽었어요. 전멸입니다. 피하셔야 합니다. 동책을 넘어온 놈들에게 앞뒤로 협공을 당하면 살아날 수 없어요."

목책 앞에 불길이 치솟았다. 화약을 매단 화살이 폭발한 것이다. 이순신은 한껏 머리를 숙이며 명령했다.

"기다려라. 한 걸음도 물러서지 마라. 여기서 죽더라도 물러날 수 없다. 기다려라. 기다려!"

"도대체 무얼 기다립니까?"

날아오는 불화살을 뿔피리로 저 내며 날발은 주위를 살폈나.

목책 위 먼 하늘에 방패연 다섯 개가 나란히 떠 있었다. 가로
세로가 다섯 자를 넘는 거대한 연이었다. 방패연 바로 아래에는
붉은 박이 매달려 있었다. 다섯 연은 바람 방향과 세기가 달라져
도 목책 위에서 비껴 나지 않고 거리를 유지했다.

가관(笳管. 오랑캐 피리) 소리가 서책을 감쌌다.

"와아!"

함성과 함께 야인들이 목책에 올라섰다. 대충 살펴도 쉰 명은
족히 넘었다. 그때까지도 이순신은 공격 명령을 내리지 않았다.
눈을 감고 고개를 약간 숙인 모습이 기도하는 사람 같기도 했다.

"대장. 놈들이 목책을 넘어옵니다."

날발이 외치고는 목책에 오른발을 건 야인 뒷목을 뿔피리로 힘
껏 내리쳐 떨어뜨렸다.

이순신은 흑각궁(黑角弓)을 들고 궁대에서 육량전(六兩箭)을 꺼
냈다. 숨을 깊이 들이마시며 귓불을 스치듯 깍짓손을 끌어당겼
다. 어깻죽지를 등 뒤로 모으고 앞가슴을 쫙 편 후 숯불을 집듯
맹렬하게 깍짓손을 뿌렸다.

화살은 방패연을 향해 날아올라 박에 정확하게 꽂혔다. 박이
터지면서 작고 날카로운 철편(鐵片. 쇳조각)이 우박처럼 쏟아졌다.
목책에 다다른 야인들 옷을 뚫고 살을 찢었다.

이순신은 육량전 네 발을 연이어 쏘았고 그때마다 박이 터지면
서 철편을 쏟아 냈다. 야인들은 온몸에 철편을 맞고 비명을 지르
며 쓰러졌다.

"쏴라!"

이순신이 호령을 지르자 이번에는 철전(鐵箭)이 하늘을 날았다. 달려들던 야인들이 여기저기에서 픽픽 쓰러졌다. 눈 깜짝할 사이에 수십여 명이 죽어 널브러지자 야인들은 사기를 잃고 그대로 등을 보이며 달아나기 시작했다.

이경록 일행이 목책을 내려다보는 전승대(戰勝臺)에 이르렀을 때에는 초군들 시체가 이미 동책 여기저기에 즐비했다. 이몽서가 지휘해 동책 주변에서 가을걷이를 하던 군사들도 대부분 사로잡힌 뒤였다.

참혹한 시체를 보고 겁을 잔뜩 집어먹은 군졸들이 주춤주춤 뒤로 물러서다가 마침내 줄행랑을 치기 시작했다. 탈영이었다. 야인들은 그 광경을 보고 다시 접근해 왔다.

"물러서지 마라. 맞서 싸워라!"

이경록이 고함을 질렀지만 한번 무너지기 시작한 대열을 추스를 수 없었다.

"헉!"

갑자기 맨 앞에서 달아나던 군졸이 엉덩방아를 찧었다. 날렵한 아기살[片箭]이 발아래 꽂힌 것이다.

"아니, 이 만호!"

서책에서 달려온 이순신이 날린 화살이었다. 달아나던 군졸들은 제풀에 주저앉아 옴짝달싹 못했다. 이순신이 군졸들을 엄히 질타했다.

"병법에 이르기를, 죽음을 각오하면 살고 요행을 꾀하면 숙는다고 했다. 요행을 바란 너희들을 군율에 따라 참수할 것이로되, 적이 눈앞에 있고 아직 전투가 끝나지 않았으므로 마지막 기회를 주겠다."

탈영병들은 이마를 땅에 찧으며 군령에 따르겠다고 했다.

야인 오백여 명이 전승대 너머에 있는 곡물까지 약탈하기 위해 다가섰다. 등짐을 진 포로들도 줄잡아 백 명은 넘어 보였다. 동책을 지키던 초군이 전멸했기에 더 이상 군사들이 없으리라고 안심한 듯 느리고 방만한 걸음걸이였다. 목에 걸린 사슴 뼈 목걸이가 절그럭대는 소리가 점점 크게 들렸다. 이순신이 큰 소리로 군령을 내렸다.

"쳐라!"

궁수들이 언덕 위에서 화살을 쏟아 붓는 것과 동시에 이몽서를 비롯한 포로들이 일제히 등짐을 풀고 백병전을 시작했다.

안팎에서 협공을 당한 야인들은 곡물을 그대로 둔 채 해안으로 달아났다.

이순신은 발 빠른 군졸들을 이끌고 야인들을 추격했다. 추격대가 솔숲을 벗어나서 해안으로 나서자 배에 오른 야인들이 일제히 돌을 던지고 화살을 쏘며 저항했다. 승선하지 못한 동료들을 위해 시간을 벌려는 것이다.

"으윽!"

이순신이 갑자기 왼쪽 다리를 움켜쥐며 털썩 주저앉았다. 검은 화살이 허벅지에 깊숙이 박힌 채 흔들렸다. 뒤따르던 날발이 재빨리 이순신을 들쳐 업고 솔숲으로 물러났다. 그사이 야인들 배는 석양 속으로 사라지고 있었다.

까악 까아악.

잣까마귀 떼가 어두컴컴한 하늘을 빙빙 맴돌았다. 동책을 지키던 초군 열한 명이 전사했으며, 적에게 끌려간 초군과 백성이 백육십여 명이었다.

이경록은 동책에 나뒹구는 시체를 솔숲으로 옮기도록 명령했다. 까마귀밥이 되도록 버려둘 수는 없는 일이었다. 명령에 따라 참혹한 시체들이 횡으로 놓였다.

머리가 잘려 나간 시신이 다섯 구, 고슴도치처럼 온몸에 화살을 맞은 시신이 네 구, 눈알이 모두 뽑힌 시신과 내장이 흘러나온 시신까지 있었다.

이경록은 고개를 돌린 채 가슴을 두드리며 한참 동안 상한 비위를 다스렸다. 시체 주위로 몰려든 군졸들도 말이 없었다.

"으흐흐흑!"

침묵을 깬 것은 이순신이었다. 허벅지에 박힌 화살을 뽑지도 않은 채 앙감질로 뛰어와서 오형과 임경번 그리고 죽은 군사들 이름을 차례로 부르며 쓰러진 것이다. 이경록이 다가가서 위로했지만 이순신은 울음을 그칠 줄 몰랐다. 마음 약한 군졸 서넛이 땅을 치며 그 울음에 합류했고, 나머지 군졸도 그제야 눈물을 쏟았다.

함경 북병사 이일이 이경록과 이순신을 북병영이 있는 경성(鏡城)으로 소환한 것은 나흘이 지난 후였다. 뇌물을 받고 휴가를 허락한 군관 둘을 본보기로 처형한 이일은 녹둔도 패전 소식을 접하자마자 패장(敗將)인 이경록과 이순신 목을 베겠다며 펄펄 뛰었다.

이경록과 이순신이 곧장 경성으로 가지 못하고 경흥에서 이틀이나 허비한 것은 이순신이 입은 허벅지 상처가 덧나서였다. 화살은 뽑았지만 독이 뼈로 스며 허벅지가 시커멓게 부어올랐다. 워낙 오지라서 필요한 약재를 구하기도 쉽지 않았다.

"잘못하면 다리를 잃을 수도 있소. 나 혼자 다녀오리다. 몸조리나 하구려."

이경록은 이순신이 함께 경성으로 가는 걸 반대했다. 상처가 악화될까 염려도 했지만 시간을 벌려는 의도도 있었다. 북병사가 패전 책임을 묻겠다며 노발대발한다는 소문이 들려왔던 것이다. 그러나 이순신은 이경록이 하는 말을 듣지 않고 기어코 고집을 피워 길을 나섰다.

처음 조산 만호로 올 때부터 이순신은 여느 장수들과는 달랐다. 밤마다 당송(唐宋)의 시와 진한(秦漢)의 문(文)을 읽는 것도 낯설었고, 『소학(小學)』을 끼고 다니는 것도 어색했다. 술이라도 함께 마시자 권하면 마저 읽을 서책이 있다며 공손히 사양했다. 홍문관(弘文館) 처마 밑에 머물 서생이 잘못 왔다는 조롱과 더불어 대제학(大提學)까지 배출한 가문임을 은근히 자랑하는 짓이라는 뒷말이 났다.

이경록도 몇 차례 지나가는 말로 당송의 시를 외울 시간에 병서(兵書)를 읽고 진법을 살피는 것이 어떻겠느냐고 권했지만 조용히 웃기만 할 뿐 가타부타 말이 없었다.

"소장이 가서 잘잘못을 가리겠습니다. 다시는 이런 패전이 있어서는 아니 됩니다."

이순신은 기어이 날발 등에 업혀 이경록과 함께 경성으로 떠났다.

일행이 부령에 이르자 북병사 이일 휘하 군관인 선거이(宣居怡)가 이순신을 기다리고 있었다.

이순신보다 다섯 살 아래인 선거이는 키가 크고 몸이 호리호리했다. 좁은 이마와 말코 때문에 날카로운 인상을 풍겼지만, 외모와는 달리 『시경(詩經)』을 외우면서 적진으로 활시위를 당길 만큼 여유가 넘쳤다.

지난해 가을 선거이가 각 진에 비축해 둔 군량미를 조사하기 위해 조산을 방문했을 때, 이순신과 선거이는 처음으로 만나서 호형호제하는 사이가 되었다. 선거이는 이순신이 지은 호쾌한 한시에 마음을 빼앗겼으며 이순신은 선거이가 강궁으로 화살 열 순(巡, 한 순은 화살 다섯 대)을 연달아 쏘는 것을 보고 호감을 가졌다.

선거이가 전하는 북병영 분위기는 예상보다 더 어두웠다.

"형님, 지금 가면 죽음을 면키 어렵습니다. 북병사는 모든 책임을 형님에게 돌릴 겁니다. 차라리 되돌아가는 편이 낫겠습니다."

이순신은 빙그레 웃으며 딴소리만 늘어놓았다.

"모처럼 만났는데 상처 때문에 술도 한 잔 권할 수 없구나. 지난번 꿈을 꾸었는데 네가 풍(風, 중풍)을 앓고 있기에 걱정을 많이 했다. 이렇게 건강하니 기쁘구나. 군관 이운룡과 마음이 잘 맞는다니 언제 짬을 내서 어울려 보자. 낚시라도 하며 실컷 즐겨 보자꾸나."

"형님!"

다시 길을 나섰다.

경성이 가까워지자, 이경록은 한 사람이라도 먼저 가서 늦게 당도한 까닭을 설명하는 편이 낫다며 앞서 달려갔다.

이경록이 떠나자 이순신은 날발 등에서 내려 잠시 길가에 쉬며 숨을 골랐다. 방가지똥과 배초향, 수리취 꽃 냄새가 코로 밀려 들어왔다. 고개 들어 높푸른 가을 하늘을 우러렀다. 이렇게 앉아 쉰 적이 언제인지 몰랐다. 북삼도에 배속된 후 단 하루도 풀꽃과 하늘을 마음 편히 살핀 적이 없었다. 시간을 쪼개어 목책을 정비하고 군졸들을 독려했으며 흑각궁을 들고 사대(射臺)에 섰다. 그런데도 녹둔도를 지켜 내지 못했다.

'이는 누구 잘못인가. 정녕 누구 잘못이란 말인가.'

이순신이 선거이와 날발의 부축을 받으며 북병영으로 들어선 것은 해넘이가 다 되어서였다. 앞마당에는 죄인을 문초하기 위한 형구들이 가득했다. 경흥 부사 이경록이 마당 한가운데 무릎을 꿇은 채 고개를 떨어뜨리고 있었다. 육진 소속 장수들 가운데 앉아 있던 북병사 이일이 추상같은 명령을 내렸다.

"저놈을 묶어라!"

이순신은 오랏줄에 묶인 채 이일 앞으로 끌려갔다. 쩔뚝대며 걸음을 옮길 때마다 오금이 저리고 무릎이 끊어질 듯 아팠다. 고통을 참느라 깨문 아랫입술에서 피가 배어 나왔다. 허리를 숙여 예의를 표한 후 꿇어앉은 이경록 곁에 똑바로 섰다. 대장검(大將劍)을 든 이일이 호통을 쳤다.

"죄인은 무릎을 꿇어라."

나졸들이 다가와서 어깨를 눌렀으나 이순신은 그 손길을 뿌리쳤다.

"누가 죄인이란 말이오니까?"

"뭐, 뭐야?"

이일이 의자에서 벌떡 일어서며 대장검으로 이순신을 가리켰다.

"패군지장(敗軍之將)이 죄인이 아니고 뭐란 말이냐? 무릇 장수는 갑옷과 함께 목숨을 바친다고 했다. 휘하 장졸 열한 명이 목숨을 잃는 동안 너는 무얼 했느냐? 군졸과 농부들이 백육십여 명이나 끌려가는 동안 어디에 숨어 있었느냐 이 말이다."

꿇어앉은 이경록이 헛기침을 했다. 패전 책임을 이순신에게 미룬 것이 분명했다. 도끼눈을 뜬 이일이 계속해서 호통을 쳤다.

"병법에 이르기를, 장수는 몸과 같고, 졸(卒, 소대)은 손과 같으며, 오(伍, 분대)는 손가락과 같다고 했다. 몸이 없는데 어떻게 손과 손가락이 제구실을 하겠는가? 손과 손가락을 모두 잃은 몸이 어찌 살기를 바라겠는가? 마땅히 패전 책임을 지고 목숨을 내놓아야 할 것이다. 이제 지은 죄를 알겠느냐?"

이순신은 대답 대신 고개를 돌려 선거이를 찾았다.

"선 군관!"

선거이가 다가서자 귓속말로 속삭였다.

"이렇게 묶인 몸이니 네 손을 잠시 빌리자꾸나."

그러고는 품에 감추어 두었던 서찰을 꺼내게 했다. 선거이가
그 서찰을 이일에게 전했다.

서찰을 훑어보는 이일이 얼굴을 심하게 일그러뜨렸다. 침묵을
지키던 이순신이 관아가 흔들릴 만큼 큰 소리로 외쳤다.

"녹둔도를 지키는 초군들 수가 너무 적었소이다. 야인들 수백
명이 한꺼번에 밀어닥친다면 비록 목책이 있다 한들 어찌 배겨
내겠습니까? 소장은 일찍이 두 차례나 병력을 보강해 달라는 청
을 북병사께 올렸습니다. 지금 보고 계신 것이 바로 그 공문 초
본입니다. 기억나시는지요? 장군께서는 조정에 장계를 올리실 때
반드시 이 초본을 첨부하셔야 할 것입니다. 소장은 초군들을 이
끌고 서책에서 힘껏 적을 물리쳤을 뿐만 아니라, 포로로 잡혀 끌
려가던 군민(軍民) 육십여 명을 구했으나 중과부적이었소이다. 이
패전 책임이 과연 누구에게 있소이까?"

이일은 서찰을 갈기갈기 찢은 후 이순신을 다그쳤다.

"사갈(蛇蝎, 뱀과 전갈) 같은 놈! 이따위 글로 내게 책임을 덮어
씌우는 것이냐? 내가 병력을 지원해 주지 않아서 졌다고! 북도
(北道) 아무데나 가 보아라. 녹둔도보다 나은 곳이 있는가. 육진
장졸들은 모두 열악한 상황에서 주린 배를 움켜쥔 채 오랑캐와
맞서고 있다. 휘하 군졸들을 죽이면서 저만 살아 나온 것도 모자
라 이따위 글로 나를 모독하다니, 더더욱 네놈을 살려 둘 수 없

다. 여봐라! 경흥 부사 이경록에게 차꼬를 채워 옥에 가두고 조산 만호 이순신을 끌어내 목을 쳐라. 당장!"

"예이!"

나졸들이 이순신에게 달려들었다. 선거이가 그예 두 눈에서 참았던 눈물을 주르륵 흘렸다.

'형님, 어쩌시렵니까? 이대로 불귀객이 될 줄 알았으면 차라리 두만강을 건너 숨어 버릴 것을.'

그때였다.

"멈추어라."

이일 오른편에 서 있던 건장한 장수가 나졸들을 제지했다. 뺨에 밤송이 수염이 제멋대로 돋아난 종성 부사(鍾城府使) 원균(元均)이었다. 크고 날카로운 눈은 호랑이를 닮았고, 떡 벌어진 어깨는 너럭바위를 떠올리게 했다. 지금까지 입을 굳게 닫은 채 이일과 이순신의 설전을 지켜만 보다가 입을 연 것이다.

"아니, 원 부사! 왜 이러는 게요?"

이일은 원균이 만류한 게 뜻밖이라는 듯 따져 물었다. 북병사가 내린 군령을 가로막는 것은 그 일만으로도 치도곤을 당할 일이지만, 함께 여러 전투에 참전하여 우의를 다진 원균은 예외였다.

"녹둔도에 병력이 부족했던 것은 사실이고, 지금 이 만호 몰골을 보아하니 죽기 살기로 싸운 것도 분명합니다. 서둘러 목을 벨 것이 아니라 이 만호에게 패전 경과를 소상히 적어 함경도 순찰사(咸鏡道巡察使) 정언신(鄭彦信) 대감께 올리게 하고, 조정에 장계를 띄워 하교를 기다리는 편이 나을 듯하오이다. 패군지장을 참형에 처하는 것보다 녹둔도 방비책을 세우는 것이 더 큰 문제가 아니겠소이까? 우리 중에는 이 만호보다 그곳 물정을 잘 아는 이가 없소이다."

원균은 단어 하나하나에 힘을 주며 조리 있게 말을 맺었다. 이순신이 말꼬리를 물고 들어갔다.

"누가 녹둔도를 방어하든 지금과 같이 병력이 부족하면 다시 참패를 면하기 힘들 것이외다. 북병사께서는 속히 병력을 증원하고 무너진 목책을 고쳐 쌓아 야인들이 다시 침입해 올 것에 대비해야 하오이다."

"어허, 저자가 그래도……"

이일이 눈썹을 곤두세우고 나서려는 것을 원균이 말렸다.

"수많은 군졸이 죽고 다친 지금 녹둔도 방비가 한층 더 허술해진 것이 사실이외다. 패전 책임은 응당 따져 물어야 하겠으나, 이 만호를 성급히 참해서는 아니 됩니다."

논란이 있었으나 장수들 대부분이 원균을 지지했다. 결국 이일은 대장검을 칼집에 꽂으며 명령을 번복했다.

"원 부사 뜻이 그러하다면 좋소, 그렇게 합시다. 죄인 이순신은 들어라. 너는 녹둔도에서 싸운 경과를 남김없이 적어 올리도록 하라. 추호도 거짓이 있어서는 아니 될 것이야. 여봐라, 죄인을 옥에 가두고 지필묵을 가져다주어라. 글을 마칠 때까지 잠을 재워도 아니 되고 음식을 줘도 아니 된다."

# 二, 첫 번째 백의종군

인시(새벽 3시)가 가까웠다.

술시(저녁 7시)부터 붓을 들었지만 아직 절반도 쓰지 못했다. 둔전을 일구는 데 남다른 재주가 있었던 임경번과 여유만만하던 오형이 자꾸 눈에 밟혔다. 퉁퉁 부은 왼발을 힐끔 내려다보았다. 시린 무릎 때문에 다리를 접을 수 없었다.

경흥에서 상처를 치료한 의원은 다리를 잘라야 할지도 모른다고 했다. 야인이 쏜 독화살을 맞고 수족을 자른 장졸이 조산에만도 열 명이 넘었다. 이순신은 어금니를 깨물었다.

이런 모습으로 원균과 조우하고 싶지는 않았다. 당당히 야인들을 몰아내고 승장(勝將)이 되어 종성으로 찾아갈 생각이었다. 참담한 심정이 가슴을 메웠다.

덜컥.

옥문이 열렸다. 원균이 헛기침을 하며 들어서고, 개다리소반을 든 군졸 하나가 뒤를 따랐다. 횃불 아래 버티고 선 몸이 더욱 커 보였다. 이순신은 주춤주춤 왼발을 끌면서 일어나려 했다. 원균이 다가서며 그 어깨를 잡았다.

"그대로, 그대로 있게, 여해(汝諧, 이순신의 자). 예서까지 굳이 예의를 차릴 필요는 없어."

웃음 띤 얼굴 위 뒷박이마에 묵은 칼자국이 뚜렷했다.

"우선 요기부터 하게."

소반에는 김이 모락모락 나는 장국밥 한 그릇이 놓여 있었다. 이순신은 할 말을 잃은 채 그 얼굴과 소반을 번갈아 쳐다보았다. 이 자리를 피하고만 싶었다.

"자, 식기 전에 어서 들어."

원균이 사람 좋은 웃음을 지으며 이순신 곁에 털썩 주저앉았다.

"물러가라. 부르기 전에는 얼씬하지 마라."

곧 옥리들이 사라졌다. 이순신이 뜨거운 장국밥을 삼키는 동안 원균은 한가롭게 이야기를 시작했다.

"근일간에 자네도 만나고 조산 풍광도 다시 살필 겸 들러 볼 생각이었는데 이렇게 만나니 반가우이. 조산도 많이 변했지?"

원균은 이순신보다 먼저 조산 만호를 지냈다.

이순신은 소반을 옆으로 밀었다. 턱과 목을 타고 가슴까지 깊게 팬 또 다른 흉터가 눈에 띄었다. 이순신이 바라다보는 걸 느낀 원균이 목을 쓰다듬으며 웃었다.

"군졸들은 날 불사신으로 생각해. 허허. 하지만 양미간이나 심장에 화살을 받고 죽지 않는 인간이 있겠는가. 장수가 생사를 함께할 의지를 보여야 군졸들이 진군 북소리를 반기고 퇴각 나발 소리를 아쉬워하는 법. 부자지병(父子之兵)이라지 않는가? 군졸들에게 장수는 곧 아비인 게지. 생각해 보면 나도 그동안 참 많은 부하를 잃었네. 꼭 살아서 곁을 지켜 줘야 할 녀석들이 먼저 세상을 버리곤 했어."

이순신은 아무 말도 하지 못했다. 원균이 손을 뻗어 어깨를 꾹 짚었다.

"하나 부하들이 죽었다고 장수가 눈물을 보여서는 안 되지. 장수는 바로 이 가슴, 가슴으로만 울어야 해. 살아남은 장졸들에게 그 장한 죽음을 기억시킨 후 칼을 갈며 다음 전투를 대비해야지. 알겠는가?"

그러면서 등 뒤를 슬쩍 훔쳐보았다. 이순신이 허벅지 통증을 참으며 근근이 적은 글을 찾는 것이다. 원균은 허락도 구하지 않고 종이를 집어 글을 훑어 내렸다. 이순신의 표정이 차갑게 굳어 갔다. 원균의 두툼한 양 볼에 점점 웃음이 피어올랐다.

"잘 쓴 글이군. 헌데 구구절절 잡소리가 너무 많아. 전투에서 졌으니 책임을 지겠다고 하게. 이런저런 변명으로 북병사에게 따지고 드는 건 장수답지 못한 짓이야. 다시 쓰게."

원균이 글을 찢고 자리에서 일어섰다. 흩어지는 종잇조각을 바라보는 이순신이 두 눈을 분노로 번뜩였다.

"책임지겠다고 적는 건 너무나 쉽습니다. 하나 잘잘못을 명확하게 하지 않으면 또 다시 녹둔도와 같은 패전을 맞게 됩니다."

"전투는 말로 하는 게 아냐. 사내답지 못한 변명은 그만하게."

"소장에게 잘못이 있다면 기꺼이 벌을 받겠습니다. 하나 초군이 부족함을 알고도 병력을 보태지 않은 북병사도 잘못이 적지 않습니다."

원균이 짜증스러운 듯 인상을 구겼다.

"자네도 참 철이 없군. 내 말을 그리 못 알아듣겠나. 책임을 더 이상 북병사께 떠넘기지 말란 말이야. 죽고 싶지 않으면!"

이순신은 옥문으로 성큼성큼 걸음을 옮기는 원균 옷자락을 꽉 붙들었다.

"떠넘기는 게 아닙니다. 누가 죄를 받든 이미 죽은 초군들은 살아나지 않습니다. 하나 지금 이 순간에도 녹둔도를 지키고 있는 초군들이 또 다치고 죽을 일은 막아야지요. 그런데도 옳고 그름을 따지지 말란 말입니까!"

"이것 놔!"

원균이 몸을 휙 돌리자 이순신은 균형을 잡지 못하고 소반 위로 쓰러졌다. 쿵 소리와 함께 왼쪽 다리가 접혔다.

"아악!"

원균은 비명을 내지르는 이순신을 볏단 위로 옮기고는 양팔을 제압한 후 배를 깔고 앉았다. 바지를 끌어내린 후 허벅지를 감은 무명천을 풀었다. 역한 냄새와 함께 시커멓게 썩어 들어가는 살점이 드러났다.

"이…… 이런."

원균은 설레설레 고개를 저었다.

"여봐라! 어서 가서 청주와 화로, 인두를 가져오너라."

오래지 않아 옥리들이 물건들을 내왔다. 원균은 벌겋게 숯불이 핀 화로에 인두를 꽂았다. 그런 뒤 눈짓을 하자 옥리들이 이순신에게 달려들어 팔다리를 틀어줬었다. 원균은 청주를 벌컥벌컥 마셔 댔다.

"으으, 조오타. 이 만호, 자넨 참 운이 좋아. 이대로 두면 사흘 안에 외발이가 될 거야. 허리 아래를 못 쓸 수도 있고. 하나 내가 고쳐 줄 테니 걱정 말게. 아프더라도 꾸욱 참아. 날 믿게. 알겠는가?"

청주를 상처 부위에 콸콸콸 들이부었다. 시원한 느낌과 함께 술 냄새가 코를 찔렀다. 원균은 이순신에게 다가가 입에 재갈을 물린 후 천으로 눈을 가렸다. 그러곤 화로에서 벌겋게 단 인두를 꺼내 빙글빙글 돌렸다.

"자, 시작하네."

원균은 인두로 허벅지를 사정없이 지지기 시작했다. 이순신이 온몸을 사시나무처럼 떨었으나 원균은 눈 하나 꿈쩍 않고 타 들어가는 살점을 바라보며 코를 킁킁거렸다.

"그래, 바로 이 냄새야. 살이 타는 냄새지. 두만강가에서 양쪽 종아리에 화살이 박힌 군졸을 치료한 적이 있네. 겁이 많은 놈이었던지 화로를 발로 차고 도망을 치며 비명을 지르더군. 다시 끌고 와선 목에 칼을 들이댔지. 혀를 깨물고 죽더라도 소리치지 마. 치료를 끝내고 보니 정말 까무러쳤더라고. 지금은 종성에서 전령 노릇을 하고 있지. 얼마나 산을 잘 타는지 노서히 따라잡을 수가 없어. 허허허. 요즘도 그놈 종아리만 보면 웃음이 나와. 꼭 내 살점을 떼서 그 종아리에 갖다 붙인 느낌이 든단 말이야."

원균은 인두를 화로에 담가 달구는 동안마다 혼잣말처럼 기괴한 이야기를 들려줬다. 얼굴과 목과 가슴과 배와 허벅지와 어깻죽지에 흉터가 생긴 유래였다. 빛나는 전설을 확인하듯, 원균은 흉터 하나하나를 내보이며 상처를 입힌 야인들 생김새와 이름, 나이를 외웠다.

"어떻게 그딴 걸 다 기억하느냐고? 그놈들 수급을 모조리 거두어 소금에 절였으니까. 그런 뒤 야인 아낙들에게 물었어. 이 용사가 누구냐고. 내 몸에 상처를 낼 정도라면 오랑캐 중에서도 용감한 놈임에 틀림없지. 그놈들 수급은 빠짐없이 다 가지고 있으니 언제든지 말만 해. 내 특별히 보여 주지. 하하하핫!"

끝으로 이런 말을 덧붙였다.

"왼발이 항상 문제군. 광희문(光熙門) 아래 목멱산(木覓山, 서울 남산) 자락, 기억하지? 그 여름 솔숲에서 길을 잃었을 때 말이야. 멀리서 들리던 산신령(호랑이) 울음, 한 발 내디딜 때마다 미끄러지던 산길. 거기서 난 보았지. 울지 않으려고 이를 앙다문 열 살 소년! 그때 이 아일 끝까지 돌봐 주겠다고 결심했어. 피를 나누지는 않았지만 평생 든든한 형이 되어야겠다. 멋지고 의로운 장수의 길로 이끌어야겠다. 순신아! 힘든 일이 닥치면 언제든지 내게 기대. 이 원균 형의 넓은 어깨에 말이야. 하하하! 하하하핫!"

허벅지 상처가 아물 즈음, 평복(平服)으로 종군하여 조산에 머

무르라는 어명이 이순신에게 내렸다. 그 생애에서 처음 당하는
백의종군(白衣從軍)이었다.

# 三. 치우 발자국을 찾아서

　녹둔도의 쓰라린 좌절로부터 서른세 해 전인 갑인년(1554년) 여름. 아이들 셋이 한양(漢陽)의 필동(筆洞)을 지나 목멱산 자락으로 접어들고 있었다. 주위는 벌써 어둑어둑했다. 겨드랑이와 사타구니에서 풍기는 시큼털털한 땀 냄새가 사정없이 코로 밀려들었다.

　처음 건천동(乾川洞)을 출발할 때는 열한 명이었던 것이 도중에 한둘씩 뒤떨어지고. 남산골에서 더그레 차림을 한 군졸들을 보고 겁을 먹은 두 명이 또 빠져 이제 겨우 셋만 남았다.

　셋 중 앞장서서 흰노루오줌과 둥근노루오줌 사이로 성큼성큼 산길을 오르는 아이는 벌써 몸집이 청년 같았다. 어깨가 넓고 눈이 부리부리했다. 오른손에 자작나무 칼을 들고 왼손으로 나뭇가지를 뚝뚝 부러뜨리며 나아가는 모습이 믿음직스러웠다. 가끔 고개를 돌려 두 아이가 따라오는지 확인하는 여유도 부렸다.

"장대비가 올 것 같아."

제일 뒤에서 걸음을 옮기던 아이가 고개를 들어 하늘을 우러렀다. 목이 더욱 희고 길어 보였다. 먹구름을 가리키는 가느다란 검지가 보일락말락 떨렸다. 셋 중 유일하게 복건(幅巾)을 쓰고 도령복을 입었으며 맑은 눈과 갸름한 턱이 아름다웠다. 무릎을 두드리며 멈춰 선 그 아이에게 앞장을 섰던 아이가 무뚝뚝하게 말했다.

"돌아가고 싶으면 가."

그러곤 가운데 끼어 묵묵히 따라 걷던 아이에게 물었다.

"순신아! 넌 나와 함께 갈 거지?"

선두에 선 아이는 열다섯 살 원균이었으며, 날씨 걱정을 하는 아이는 열세 살 류성룡(柳成龍)이었다. 그리고 그 사이에 끼어 있던 아이는 열 살 먹은 이순신이었다. 큰형 희신(羲臣)과 둘째 형 요신(堯臣)은 벌써 포기하고 집으로 돌아갔건만 혼자 끝까지 남은 것이다.

이순신은 저고리 소매 끝에 때가 잔뜩 끼었고 무릎은 해어져 구멍이 뚫린 남루한 복장이었다. 얼굴을 깨끗이 씻고 다녀도 찌든 가난을 감출 수 없었다. 한 그릇 그득한 밥을 먹어 본 게 언제인지 기억에 희미했다.

아버지 이정(李貞)은 집을 비운 채 도성 밖으로 멀리 떠도는 일이 잦았고, 집안 살림은 어머니 변 씨(卞氏) 몫이었다. 하지만 변 씨가 밤을 새워 삯바느질을 해서 번 돈으로는 한창 먹성 좋은 아들들 배를 채우는 것조차 힘겨웠다. 이요신과 이순신은 종종 나무막대기를 들고 마당에 앉아 한쪽이 그날 익힌 글자를 부르면 다른 쪽이 그 글자를 외워 쓰는 놀이를 즐겼다. 붓 한 자루 살 돈이 없었던 것이다.

"순신이를 데려다 주겠다고 요신이랑 약속했어. 순신이는 아직 는개(가랑비)도 맞으면 안 돼. 고뿔에 걸려 닷새나 기침을 쏟았으니까."

류성룡이 끼어들면서 말했다. 하필 그때 이순신이 양손으로 입을 가리며 잔기침을 뱉었다. 두 사람 앞으로 뛰어 내려온 원균이 차례차례 눈을 맞춘 후 말했다.

"그럼 너희 둘 다 내려가. 난 혼자서라도 꼭 치우 발자국을 찾고 말 거야."

류성룡이 이순신 어깨를 가볍게 감싸 안으며 답했다.

"그럼 우리 둘만 가자. 순신이는 내려보내고. 곧 가파른 언덕길이 나올 텐데 순신인 거길 오르지도 못한다고."

원균은 양 볼에 바람을 잔뜩 불어넣은 채 나무칼로 진흙 바닥을 쿡쿡 찔러 댔다. 류성룡 말에도 일리가 있었다. 지난봄 푸른 족두리풀과 붉은 진달래꽃이 가득한 목멱산을 오를 때도 바위너설과 미끌미끌한 비탈을 만나 급한 숨을 몰아쉰 기억이 있었다. 열 살밖에 안 된 순신에게는 역시 무리였다. 그렇지만 원균은 류성룡과 단둘이 산길을 걸을 마음이 없었다. 처음부터 이번 산행은 이순신에게 치우 발자국을 보여 주기 위해서 나선 것이다.

"순신아! 네가 정해라. 내려갈래, 나하고 갈래?"

그때 콧등에 빗방울이 떨어졌다.

저녁 해는 벌써 인왕산 아래로 숨었고 마지막 붉은 기운마저 먹장구름이 삼켰다. 동남풍을 타고 큰부리까마귀 울음소리가 까악 까아악 들려왔다. 지금 돌아가더라도 크게 꾸중을 들을 것이다. 이순신이 답했다.

"난 균이 형 따라가겠어. 거인 발자국을 꼭 보고 싶어."

원균이 금방 밝은 표정을 지었다. 원균은 이순신 앞으로 한 걸음 다가가 오른손을 끌면서 류성룡에게 말했다.

"넌 돌아가도 좋아."

두 아이가 성큼 앞서 걷자 류성룡도 어쩔 수 없다는 듯 고개를 살래살래 저으며 뒤따랐다. 어깨 위로 빗방울이 점점 더 많이 떨어지고 있었다.

거인 이야기를 처음 꺼낸 것은 류성룡이었다. 한나라를 세운 유방(劉邦)이 전장에 나설 때마다 치우(蚩尤)에게 제사를 지냈다는 걸 서책에서 읽은 것이다. 아이들은 옛날이야기를 많이 아는 류성룡 주위에 원을 그리며 모여 앉았다. 류성룡은 느티나무에 등을 기댄 채 이야기를 시작했다.

"치우는 황제와 천하를 양분할 만큼 전투를 잘했다고 해. 덩치도 보통 사람 두 배나 되고."

"두 배가 아니라 스무 배겠지."

말허리를 자른 아이는 옆집에 사는 원균이었다. 건천동과 필동을 통틀어 제일 목소리가 크고 싸움도 잘하는 아이였다. 류성룡 둘레에 모였던 아이들이 금방 원균을 에워쌌다. 류성룡과 무릎을 대고 앉았던 이순신도 원균 가까이로 자리를 옮겼다. 류성룡은 예닐곱 걸음 떨어져 서서 반대 방향으로 고개를 돌렸다. 관심이 없는 척했지만 원균이 무슨 소리를 하는지 귀 기울여 들으려고 애썼다. 원균은 갑자기 오른손을 들어 목멱산을 가리켰다.

"저 산은 원래 묘향산(妙香山) 곁에 있었어. 근데 치우가 이곳으로 옮겨다 놓았지."

"치우가 산을 옮겼다고? 치우가 그렇게 커?"

코흘리개 아이 하나가 동그랗게 고리눈을 뜨고 물었다.

벌떡 자리에서 일어선 원균이 느티나무 그림자보다 훨씬 멀리, 골목이 끝나는 곳까지 달려갔다가 타원을 그리며 돌아왔다.

"이만했지."

아이들이 일제히 고개를 끄덕였다.

"아하! 치우 키가 그렇게 컸구나."

이순신도 웃으며 맞장구쳤다. 말랐지만 강단이 있고 호기심이 많은 아이였다. 원균이 그 까만 눈동자에 비친 눈부처를 바라보며 고개를 저었다.

"아니야. 이건 단선(團扇, 깁이나 종이로 만든 둥근 부채)을 부치는 치우 팔뚝이야."

"정말?"

아이들은 동시에 탄성을 내질렀다. 팔뚝이 저 골목 끝에서 여기까지라면 다리는 얼마나 길고 머리는 또 얼마나 클까. 원균이 슬쩍 말을 보탰다.

"덩치가 그 정도는 되어야 천하를 반분할 수 있지. 군사 수천

명과 맞붙어도 이기고. 목멱산을 번쩍 들어 어깨에 지고 묘향산에서 여기까지 옮기지."

류성룡은 더 이상 참을 수 없었다. 치우가 거인인 것은 사실이지만 사람이 산을 들어 옮길 수는 없었다.

"소설(小說) 지껄이지 마. 치우는 그렇게 안 컸어."

아이들 시선이 다시 류성룡에게 쏠렸다. 원균이 입가에 미소를 띠며 양 손바닥을 가볍게 부딪쳤다. 이순신은 원균과 류성룡을 번갈아 쳐다보며 마른침을 삼켰다. 당장이라도 원균이 주먹으로 류성룡의 콧잔등을 때릴 것만 같았다. 원균에게 맞아서 코뼈가 부러진 아이가 올해만 셋이었다. 보통 아이라면 골목대장인 원균이 하는 이야기에 토를 달지 않았으리라. 그러나 류성룡은 뒷걸음질치거나 시선을 돌리지 않고 원균을 계속 노려보았다.

'제법이군. 글만 읽는 약골인 줄 알았는데. 버틸 줄도 알고.'

"물증을 보여 주지. 목멱산에 가면 치우 발자국이 아직도 남아 있어."

"정말?"

이순신이 눈썹을 추켜세우며 물었다.

"그럼, 지난봄에도 그 발자국 안에서 한뎃잠을 잤어. 어른 다섯 사람이 다리를 뻗고 누워도 넉넉했지. 여기 있는 우리가 몽땅 들어가고도 남아."

류성룡이 두 주먹을 꼭 쥔 채 고개를 저었다.

"거짓말이야. 목멱산에 치우 발자국이 있다는 소린 들은 적이 없어. 치우가 목멱산을 옮겼다는 건 어느 서책에서 본 거지?"

원균이 한 걸음 내디디며 목소리를 높였다.

"지금 내가 거짓말을 한다 이거냐?"

"어떤 서책에서 봤는지 대라니까?"

원균이 곁에 선 이순신 어깨를 감싸며 류성룡을 쏘아 주었다.

"넌 모든 걸 서책에서 찾으려 드는구나. 하지만 백문이 불여일견이라 했어. 목멱산에 치우 발자국이 있는데도 그걸 적은 서책이 없다면 그건 좁은 소견을 지닌 샌님들에게 문제가 있는 거라고. 함께 가. 가 보면 알 거 아냐?"

"만약에 없으면?"

"있다니까. 오늘 중 못 찾으면 내일부터 내가 널 형님이라고 부를게."

지금까지 원균은 자기보다 다섯 살 위까지는 말을 트고 지냈다. 그런데 두 살이나 아래인 류성룡을 형님으로 모시겠다는 것이다.

"그 대신 찾으면 너도 날 형님으로 모셔야 한다."

류성룡은 특이한 아이였다. 건천동 아이들이 원균을 대장으로 받들며 몰려다닐 때도 류성룡은 서책을 옆구리에 끼고 홀로 걸었다. 혼자 놀면 심심할 법도 하건만 류성룡은 먼저 원균에게 말을 거는 법이 없었다. 간혹 말을 섞을 때도 원균이 지닌 기세에 눌리지 않았다.

"그래. 약속하지."

"자, 그럼 모두 가자."

원균은 이순신부터 팔을 잡아끌었다. 누구보다도 이순신에게 치우 발자국을 보여 주고 싶었던 것이나. 형들인 희신과 요신도 차분하고 신중했지만, 이순신은 그보다 더 침착하고 용감했다. 편을 갈라 놀이를 할 때 처진 소나무에서 요망(瞭望, 높은 곳에서 적정을 살펴 멀리 바라봄)하는 일과 토담 뛰어넘기를 가장 먼저 자원하는 아이가 이순신이었다. 무릎에 생채기가 나고 얼굴이 긁혀도 울지 않았다. 오히려 실수를 인정하고 다시 위험한 일에 몸을 맡겼다.

원균은 이순신을 자기편으로 만들고 싶었다. 이순신이 류성룡을 따라 글공부에 몰두할까 두려웠던 것이다. 대대로 무장(武將)을 배출한 집안 내력을 따라 원균은 일찌감치 무과에 급제하여 장수가 되기로 마음을 정했다. 장졸들을 이끌고 북로(北虜, 여진)와 남왜(南倭, 왜구)를 단숨에 쓸어버리고 싶었다. 원균은 이순신도 같은 꿈을 꾸었으면 좋겠다고 생각했다.

'혼자서 전쟁터를 돌아다니는 것은 심심하고 외로우리라. 이렇게 믿음직하고 뜻이 통하는 아이를 부하 장수로 거느리면 얼마나 좋겠는가. 치우 발자국에 가서 결의하는 거다. 함께 장수가 되자고, 힘을 합쳐 오랑캐를 쓸어버리자고.'

빗방울이 굵어졌다. 푸석거리던 땅이 물기를 머금자 점점 더 미끄러웠다. 나뭇잎을 때리는 빗소리가 귀를 먹먹하게 했다.

"아직 멀었어?"

류성룡이 허리를 숙인 채 거친 숨을 몰아쉬었다. 이제 겨우 비탈 하나를 지나 왔을 뿐이다. 노간주나무에 등을 기댄 이순신도, 통바위를 오른손으로 짚고 선 원균도 지치기는 마찬가지였다. 왔던 길도 잘 가늠할 수 없었다. 멀리 어렴풋이 도성 안 민가에서 흘러나오는 불빛이 보였지만, 이 고개를 넘고 나면 앞뒤로 첩첩 산중에 갇힐 것이다. 원균은 눈썹을 타고 양 볼로 흘러내리는 빗물을 오른손으로 훔쳐 털었다. 더운 여름이긴 해도 이런 작달비를 계속 서서 맞을 수는 없었다.

"잠시 피하는 건 어때? 저 너럭바위 아래라면 발비(빗발이 눈에 보일 만큼 굵게 내리는 비)를 맞진 않을 듯한데⋯⋯."

류성룡이 고인돌처럼 넓은 바위 아래를 눈짓으로 가리켰다. 옆면이 보조개처럼 움푹 들어가고 넝쿨까지 그 위를 덮었다. 류성룡은 답을 기다리지도 않고 바위 아래로 종종걸음을 친 후 쪼그려 앉았다. 원균이 입술을 약간 삐죽거렸다. 하룻밤 비를 피할 곳은 얼마든지 있다. 하나 지금 쉬면 치우 발자국은 찾지 못한다.

그 속마음을 헤아리기라도 하듯 류성룡이 양손을 비비며 말했다.

"우리 내기는 해가 쨍쨍 내리쬐는 다음날로 미루자. 괜히 이 고개를 넘었다가 길이라도 잃으면 큰일이거든. 발을 헛디뎌 다치기라도 하면 치료할 수도 없고. 순신아! 어서 이리 들어와. 좀 비좁긴 해도 셋이 앉을 만큼은 돼. 어서 와."

잠시 흐른 침묵을 깨며 천둥이 쳤다. 머리 위에서 번개가 번쩍였고 세 소년은 자신도 모르게 몸을 움찔했다. 이순신이 두어 걸음 류성룡에게 다가섰다. 원균이 뒤따라가 팔목을 붙들려는 순간 이순신이 어른스럽게 답했다.

"그럼 형은 여기 있어요. 전 치우 발자국을 찾으러 갈게요."

"순신아……."

류성룡은 이름을 부른 후에도 잠시 말을 잇지 못했다. 이순신은 하려고 생각한 일이라면 누가 뭐래도 해내고야 마는 아이였다. 원균이 서둘러 이순신을 거들었다.

"그래. 넌 여기서 잠시만 쉬고 있어. 발자국만 보고 곧 돌아올게."

"나도…… 같이……."

류성룡은 무릎을 펴고 일어나려고 했다. 그러나 젖은 몸으로 쪼그려 앉았던 탓에 두 발이 갑자기 저려 엉덩방아를 찧었다. 원균이 달려와서 부축해 일으켰다.

"너한텐 무리야. 자. 어서 편히 발을 뻗고 앉아 있어. 순신아. 가자!"

"알았어요."

"그럼 이거라도 가지고 가라."

류성룡이 소매에서 뿔피리 하나를 꺼냈다. 원균이 웃으며 고개를 저었다.

"빗소리가 이렇게 큰데 피리를 분다고 들리겠어?"

류성룡이 이순신의 손에 뿔피리를 쥐어 주며 말했다.

"이건 보통 피리완 달라. 아주 멀리까지 소리가 퍼지거든. 위급한 일을 당하면 꼭 피리를 불어. 알겠지?"

"염려 마세요."

이순신이 피리를 받아 품에 고이 넣었다.

두 소년은 비보라를 맞으며 왼쪽 길로 뛰어 내려갔다. 앞장선

원균이 멈칫멈칫 걸음을 멈추는 횟수가 늘었다. 지난봄 두견화
(杜鵑花, 진달래꽃) 만발한 길을 꼼꼼히 살펴 두었지만, 새색시 웃
음 같은 봄 산과 텁석부리 꺼칠한 수염 같은 여름 산은 완연히
달랐다. 원균도 무더기 비가 쏟아지는 밤에 여름 산 타는 법을
익히지는 않았다.

제법 넓던 길이 풀숲으로 사라진 순간부터 고생이 시작되었다.
처음에는 길을 내기 위해 키만큼 큰 풀들을 밟으며 나아갔다. 그
러나 곧 종아리까지 푹푹 빠지는 진창을 만났고, 그 다음엔 날카
로운 풀잎에 손과 얼굴을 베였다. 식은땀이 등줄기를 타고 흘렀
다. 완전히 길을 잃은 것이다.

'성룡이 말을 들을 걸 그랬나?'

원균은 힐끔 뒤를 돌아보았다. 열심히 풀을 밟으며 따라오는
이순신이 보였다. 돌아가자고 말하기는 죽기보다 싫었다. 자기만
믿고 여기까지 온 저 아이를 실망시키고 싶지 않았다. 눈이 마주
쳤다. 이순신이 힘내라는 듯 오른손을 들어 보였다. 고개를 끄덕
인 후 다시 앞으로 나아갔다. 다행히 풀숲은 지나쳤지만 진창은
점점 더 깊어졌다. 이제는 진흙이 무릎까지 차올랐다.

'여기 어디쯤일 텐데……'

지금 걷고 있는 곳이 길이 아닐지도 모른다는 생각이 들었다.

'사경(邪徑, 곁길)으로 든 건가? 치우 발자국은 어디로 숨었단
말인가?'

원균은 이순신을 돕기 위해 몸을 돌렸다. 어깨라도 보듬어 주
며 기운을 돋워 줄 작정이었다.

"윽!"

짧은 비명과 함께 이순신이 사라졌다.

"순신아!"

황급히 몸을 날려 비탈을 내려갔다. 어둠 속에서 더듬더듬 이순신을 찾기 시작했다.

"나…… 여기……."

고통을 참으며 끊어질 듯 뇌까리는 목소리가 들렸다. 원균은 미친 사람처럼 뛰었다. 이순신이 왼쪽 발목을 부여잡고 쓰러져 있었다.

"형! 괜찮아. 난, 난……, 악."

허리를 펴던 이순신이 다시 발목을 감싸 쥐고 떼굴떼굴 굴렀다. 아무래도 다리가 부러진 모양이었다. 편편한 가래나무 조각으로 부목을 대고 옷을 찢어 단단히 묶었다. 이순신은 아랫입술을 물어뜯으며 신음을 삼켰다.

"잠시만 참아. 금방 집에 데려다 줄게. 자, 어서 내 등에 업혀."

원균이 등을 보이고 돌아앉았다. 이순신이 외발로 뛰면서 주위를 둘러보았다.

"형! 여기 아냐?"

"뭐?"

그제야 원균도 자신들이 있는 넓고 단단한 땅을 살폈다. 가운데가 옴폭 좁고 아래쪽은 반원을 그렸으며 위쪽이 차례차례 사선을 긋듯 내려온 모양이 발자국과 비슷했다. 이게 정말 사람 발자국이라면 분명 거인일 것이고, 원균이 주장한 바에 따르자면 치우가 분명했다.

"그래. 여기야, 여기!"

두 소년이 동시에 환한 웃음을 피워 올렸다. 이순신이 손뼉을 치며 말했다.

"이야! 형 말이 맞았어. 치우가 여기까지 왔더랬구나."

원균은 서둘러 기쁨을 접고 이순신을 업었다. 그 자리에서 맺고 싶었던 결의도 뒤로 미루었다.

열다섯 살 원균이 발목을 다친 열 살 이순신을 업고 비탈을 오르기란 쉽지 않았다. 방향도 잃었고 길은 흔적도 없는 상황이 아닌가. 한참 걸어 올라가도 그곳이 그곳 같고, 오히려 류성룡이 있는 바위에서 멀어지는 듯한 느낌마저 들었다.

"형! 뿔피리를 불까?"

등에 업힌 이순신이 낮은 목소리로 물었다. 어둠 속을 헤매는 것보다 피리를 분 후 류성룡이 도우러 오기를 기다리자는 뜻이었다. 도령복을 입은 류성룡이 깐깐한 얼굴로 비웃을 것이 머리에 스쳤다.

"아니. 조금만 더 가 보자. 이제 곧 길을 찾을 수 있을 거야."

원균은 무릎을 접었다 펴며 양손으로 이순신의 엉덩이를 튕겨 올려 자세를 고쳐 잡았다. 어둠이 호랑이 아가리처럼 기다리고 있었다.

'움직여야 한다. 내가 여기서 지치면 둘 다 죽는다. 정신 차려. 원균! 넌 할 수 있어.'

네댓 걸음 힘차게 나아가는가 싶더니 이내 뒤뚱겨 물러 떨어졌다. 원균은 아름드리 그루터기에 머리를 부딪쳐 정신을 잃었다.

"형! 형!"

이순신이 왼발을 질질 끌며 기어와서 흔들어도 원균은 깨어나지 않았다. 뒤통수를 감싸 안으니 양손에 끈적끈적한 붉은 피가 묻어났다. 저고리를 벗어 황급히 머리를 감싸 묶었다. 무서움이 순식간에 가슴을 파고들었다. 가까스로 원균을 그루터기까지 끌어올린 다음 뿔피리를 꺼내 들었다. 이제 의지할 것은 피리뿐이다. 부르튼 입술로 피리를 문 다음 힘껏 불었다. 귀를 찢는 소리가 어둠 속으로 퍼져 나갔다. 네 번 다섯 번 피리를 불었지만 되돌아오는 것은 빗소리뿐이었다.

이순신은 그루터기에 걸터앉아 양 무릎 사이로 머리를 넣었다. 빗방울이 계속 등을 때렸지만 밀려오는 졸음을 쫓을 수 없었다. 눈꺼풀이 자꾸만 아래로 내려왔다. 어깨가 왼쪽으로 기울더니 몸 전체가 새우처럼 그루터기 위에 닿았다. 그러고는 이불을 덮듯 원균 품으로 파고들었다. 따스한 기운이 밀려왔다.

'일어나라!'

징소리가 귓전을 때렸다. 눈을 뜨는 것과 동시에 몸을 발딱 일으켰다. 왼 발목에서 번지는 아픔을 느낄 틈도 없었다.

'너는 왜 여기서 자고 있느냐?'

주위를 둘러보았지만 목소리 주인을 찾을 수 없었다.

'길을 잃었습니다.'

'길을 잃었다? 앞으로 얼마나 길을 많이 잃을 터인데, 그때마다 죽음으로 이어지는 잠을 청할 게냐? 넌 깨어 있어야 한다. 죽음의 문턱에 닿았다 해도 잠들면 안 된다. 한 번이라도 잠들면 죽는 게다. 그게 바로 네 운명이니라.'

목소리가 비꽃처럼 내렸다. 이순신은 턱을 쳐들었다.

'누구세요?'

'어리석은 질문만 하는구나. 오늘 밤 네가 만나려고 했던 사람이니라.'

'내가 만나려던 사람? 그럼 당신이 바로……'

"순신아! 정신 차려. 순신아!"

누군가 뺨을 힘껏 때렸다. 크고 굵은 목소리는 순식간에 사라지고 작은 빛 하나가 눈꺼풀 속으로 파고들었다. 이미 날이 밝고 줄비도 그친 것이다.

"아! 다행이야. 나 알아보겠어?"

류성룡의 깊은 눈망울이 주먹보다도 크게 다가왔다.

"서. 성룡이…… 혀, 형!"

자신을 업고 어둠을 내달렸던 얼굴이 보고 싶었다.

"균이…… 형은?"

류성룡이 손을 내밀어 이순신 이마를 지그시 누르며 밝은 얼굴로 답했다.

"걱정 마. 깨어났으니까. 뒷머리가 찢어졌지만 치료하면 곧 나을 거래. 너희 둘이 꼭 껴안고 있어서 그나마 목숨을 구한 거야. 다행이야. 정말 다행!"

치우 발자국을 밟은 이순신과 원균이 죽을 고비를 넘긴 그 밤 이후 여름과 겨울이 두 번 더 지나갔다. 그사이 이순신 집안에는 큰 변화가 있었다. 아버지 이정이 궁핍에 시달리던 한양 살림을 접고 처족이 사는 충청도 아산(牙山) 백암리(白岩里)로 낙향한 것이다. 백암리는 변씨(卞氏) 일족이 대대로 살던 마을이었다. 살림은 여전히 궁핍했지만 외가 친척들이 음으로 양으로 도움을 주었기에 건천동에 살던 때보다는 사정이 조금 나아졌다.

이희신과 이요신은 정식으로 글공부에 마음을 붙였고, 이순신 역시 두 형을 따라 서당을 다녔다. 그러나 이순신이 정작 좋아한 것은 글보다는 산과 들이었다. 서당에서 글공부가 끝나기 무섭게 곧장 또래 아이들과 어울려 야산으로, 강둑으로 쏘다니기 일쑤였다. 하루 종일 바깥에서 떠돌다 해가 넘어서야 집으로 돌아오곤 했다.

병진년(1556년) 봄.

저물 무렵 들판에 아이들 열 명이 모여 있었다. 맨땅에 망태기를 던져두고 웅기중기 벌려 앉아 가운데에 모닥불을 피웠다. 오늘도 여느 때처럼 동네 아이들이 한데 어울려 뱀 사냥을 갔던 참이었다. 이순신이 미리 보아 둔 뱀 굴을 뒤져 겨울잠에서 미처 깨지 않은 뱀을 열한 마리나 잡았다. 딱딱한 땅을 파고 작대기로 바위틈을 쑤시느라 아이들 옷차림은 온통 흙투성이였다.

나뭇가지에 꿴 뱀을 모닥불에 구웠다. 한 사람 앞에 한 마리씩 돌아갔다. 망태기에는 아직 머리에 하얀 화살 무늬가 박힌 까치 살무사 한 마리가 남아 있었다. 독 때문에 굽지 않은 것이다. 하지만 술을 담그면 약이 되는 것이라 모두들 눈치를 보며 뱀을 탐냈다. 직접 독사 대가리를 눌렀던 변 진사 집 외아들 변두성(卞斗星)이 망태기를 가슴 위까지 들어올리며 뻐겼다.

"이건 내 거야. 내가 이 작대기로 목을 눌렀잖아. 딴 말 없기다."

다른 아이들보다 나이도 위고 덩치도 큰 변두성이었다. 눈이 마주치는 아이마다 고개가 꺾였다. 차례차례 눈을 맞추어 가자 뱀 임자는 그대로 정해지는 듯했다.

"뱀 굴을 찾은 게 누군데!"

눈을 피하기는커녕 차돌처럼 되받아쳐 온 아이는 이순신이었다.

변두성이 눈에 힘을 주며 턱을 쳐들었다.

"직접 누른 게 누군데!"

"잡는 거야 쉽지. 뱀 굴이 어디 있는지 몰랐다면 한 마리도 못 잡았을 거야. 다함께 잡은 거니까 다함께 나눠야지, 혼자서 가져가려고!"

이순신이 망태기를 빼앗으려 하자 변두성이 망태기를 뒤로 물렸다. 그러곤 험악한 얼굴로 이순신을 노려보았다.

"죄짓고 도망쳐 온 집안의 자식이! 한판 해보겠다는 거냐?"

순간 이순신 두 눈에 불이 붙었다.

"뭐야? 말 다 했어? 도망치다니? 도망치긴 누가 도망쳐!"

변두성이 느물느물 비웃음을 흘리며 턱을 들었다.

"그야 물론 너네 집이지. 도망친 게 아니면 왜 한양에서 못 살고 여기 아산까지 내려왔는데? 너네 할아버지가 역적질하다 죽은 양반을 따라다녔다더라. 역적과 한 도당이면 똑같이 역적이지 뭐야."

"헛소리 마."

이순신이 가라앉은 목소리로 되받았다. 그러나 변두성은 그 말 속에 담긴 은밀한 분노를 놓치지 않았다. 변두성은 얼굴에서 웃음기를 거두면서 말했다.

"그럼 왜 너희 집이 한양에서 아산으로 내려왔는지 말해 봐. 네가 아무리 감추려 해도 다 알고 있어. 다 안다고! 좋은 말 할 때 꺼져. 지금까지 역적 놈 자식을 끼워 준 것만도 감지덕지. 어딜 감히 드센 양을 하고 나서!"

변두성은 망태기를 옆에 늘어뜨린 채 오른손 검지로 이마를 도

장 찍듯 꾹꾹 눌러 이순신을 밀어 댔다.

아이들은 이순신이 가만히 당하고만 있다고 여겼다. 그러나 그 순간, 이순신은 한마디 말도 없이 오른 주먹으로 번개처럼 변두성 턱을 올려 쳤다. 변두성이 컥 소리를 내며 양손으로 턱을 감싸고 뒷걸음질쳤다. 이순신이 왼 주먹으로 다시 뺨을 내질렀다. 말릴 틈도 없이 이순신은 변두성과 뒤엉켜 땅바닥에 나동그라졌다. 변두성이 이순신의 무릎을 움켜 안으며 입이 닿는 대로 다리를 물어뜯었다.

인시(밤 3시)로 접어드는 야심한 시각이었지만 글 읽는 소리가 마당까지 들렸다. 문틈으로 희미하게 호롱불 빛이 새어 나왔다.

"『사기 열전(史記列傳)』이로군."

감나무를 오른손으로 짚고 고개를 든 채 샛별눈을 감고 있던 이정은 그 소리를 들으며 웃음을 띠었다. 반쯤 열린 대바구니는 텅 비어 있었다. 하루 종일 잡은 물고기를 모두 풀어 주고 돌아오는 길이었다. 처음부터 물고기를 잡으려는 마음은 없었다. 그럭저럭 하루를 보낼 수만 있다면 낚시도 좋고 술추렴도 나쁘지 않았다. 섬돌에 올라가서 서책 읽는 얼굴을 확인했다.

'역시 둘째로군.'

네 형제 중 요신은 특히 글공부를 좋아해서 밤을 새우기가 예사였다. 열 번 이상 정독하여 문장을 외우고 또 외웠다.

"편안히 다녀오셨습니까?"

인기척을 느낀 요신이 방문을 열고 섬돌 아래로 내려섰다. 구부정한 어깨와 유난히 가늘고 흰 손목이 눈에 띄었다. 핏발 선눈은 항상 무엇인가를 읽고 싶은 열망으로 가득 차 있었다.

"방해했나 보구나."

"아닙니다. 잠시 쉬려던 참입니다."

이정은 둘째 아들에게 바구니를 넘긴 후 손바닥으로 입술을 훔쳤다. 해거름에 얻어 마신 시큼한 탁주 냄새가 트림과 함께 코끝을 찔렀다. 까투리 울음을 사장가 삼아 물박달나무 아래에서 한잠 늘어지게 잤는데도 이상하게 오늘은 머리가 멍하고 쿡쿡 쑤셨다. 봄꽃 무생채와 냉이 겉절이를 너무 많이 집어먹은 탓인지 아랫배도 편치 않았다. 서안 앞에 자리를 잡은 후 서책을 흘낏 살폈다. 역시 『사기 열전』이다.

"순신이는 어디 갔느냐?"

요신과 같은 방을 쓰는 셋째 아들이 보이지 않았다.

"친구 집에서 자고 내일 아침에 돌아오겠다는 연통을 받았습니다."

"친구 누구?"

"강은성(姜銀省)이라고. 한성 판윤(漢城判尹)을 지낸 강 대감 집둘째 아들입니다."

이정도 그 아이를 본 적 있었다. 가슴이 좁고 눈초리가 축 늘어져 첫눈에도 겁이 많아 보였다. 이정은 서안 왼편에 놓인 제목없는 서책을 들며 요신에게 물었다.

"이건 무엇이냐?"

"개국 이래 지금까지 조선에서 지은 시 가운데 뛰어난 것만 모은 선집입니다. 닷새 전 이현(而見, 류성룡의 자)이 인편으로 보내왔습니다."

"이현이라면 건천동에서 사귄 류성룡을 말하느냐?"

"그렇습니다."

"겨우 열다섯 살에 조선 시를 선(選)하였다는 게야?"

"시를 읽는 틈틈이 소자에게 보이고자 따로 모았다 합니다."

"살펴보았느냐?"

"나흘 동안 매일 아침마다 읽었습니다. 이현이 시를 고르는 눈이 참으로 높고 깊습니다."

"기억에 남는 시가 있으면 한 수 읊어 보아라."

"아버님을 떠올리게 하는 시가 있습니다."

"나를?"

요신이 짧게 숨을 들이마신 다음 시를 읊기 시작했다.

| 만물은 변하여 정해진 모양 없으니 | 萬物變遷無定態 |
| 한적한 이 한 몸 저절로 때를 따르네. | 一身閑適自隨時 |
| 근래엔 꾸미는 데 힘을 차츰 줄여 | 年來漸省經營力 |
| 늘 푸른 산 바라볼 뿐, 시를 읊지 않네. | 長對靑山不賦詩 |

"회재(晦齋, 이언적의 호) 대감이 쓴 「무위(無爲)」입니다. 이현이 평하기를 시만 열심히 쓴 사람은 결코 도달할 수 없는 경지에 올

라셨다 하였습니다."

그 말을 듣고 이정은 얼굴이 어두워졌다.

"좋긴 하지만 뜻을 펼치기 시작할 나이에 즐길 시는 아니로구나. 창안백발(蒼顏白髮) 늙은이들에게나 어울리겠어. 너는 세상을 달관하기에 너무 어리다. 겨울보다는 봄을, 밤보다는 낮을 노래하는 시도 많지 않으냐?"

"몸자세를 정하는 데 어찌 나이가 많고 적음이 있겠습니까. 소자 비록 배움이 짧고 재주 없으나 과욕을 부리지 않고 때를 따르는 삶을 살고자 합니다."

"이현도 너처럼 벼슬을 헌 짚신짝처럼 여기느냐?"

"아닙니다. 이현은 글 솜씨만큼이나 치세에도 꿈이 큰 친구입니다. 겉으로는 부드러우나 안으로는 단단하며, 글자를 한 자 한 자 세밀하게 살피는 데도 능하지만 천하를 경륜할 식견과 의지 또한 지니고 있습니다. 장차 요관현질(要官顯秩, 국가의 중요한 벼슬자리)에 올라 조정 중론을 이끌 인재입니다."

"하면 이현은 어떤 시가 가장 좋다 하던고?"

"퇴계(退溪) 선생이 쓴 「의주(義州)」란 시를 해질 무렵 종종 되새긴다 합니다."

| | |
|---|---|
| 구룡연 구름 기운 저녁에 서늘한데 | 龍淵雲氣晩凄凄 |
| 하늘에 닿을 듯한 송골산으로 흰 해가 지네. | 鶻岫摩空白日低 |
| 우두커니 산성 문 닫히기를 기다리니 | 坐待山城門欲閉 |
| 뿔피리 소리 큰 강 저편으로 건너가네. | 角聲吹度大江西 |

"흉상아구나."

백두산과 황초령(黃草嶺)에서 나온 강줄기가 하나로 모여 흐르는 압록강 너머 울려 퍼지는 화각(畵角. 군에서 쓰는 피리) 소리를 듣는 것만 같았다.

"요신아!"

"예. 아버지."

"네가 원한다면 구규(九逵. 사통오달한 큰 길거리. 여기서는 한양을 가리킴.)로 보내 주마. 이현과 함께 공부하면 아산에서 홀로 서책을 읽는 것보다 훨씬 많은 걸 배울 수 있을 게다. 우리 가문은 대대로 시문을 배우고 익혔느니라. 홍문관에 들어 공맹(孔孟)의 도리를 밝히는 서책을 편찬하는 데 주력했음을 너도 알고 있겠지? 이 애비는 네가 그 길을 갔으면 싶구나. 형제들 중에서도 네가 가장 글 솜씨가 낫지 않으냐?"

이요신이 시선을 내린 채 잠시 침묵했다. 이요신은 늘 이렇게 신중하였다.

"아닙니다. 소자는 이곳에 머물겠습니다."

"혹시 집안 형편 때문이라면 걱정 마라. 아비가 어떻게 해서라도……."

아산에 내려온 후에도 가난 더미를 벗어던질 수 없었다.

"소자는 아산이 좋습니다. 서책은 이현을 통해 구해 볼 수 있으니 한양이 아니라 하여 문제될 것이 없습니다. 대신 한 가지 청을 올리고 싶습니다."

"말해 보아라."

"소자 대신 순신이를 한양으로 보내면 아니 되겠습니까?"

"순신이를? 그 이유가 무엇이냐?"

"큰형님이나 소자는 아산이 좋습니다. 하나 순신이는 건천동 시절을 못내 그리워합니다. 특히 훈련원 담벼락에 올라 몰래 장졸들이 진법 훈련 하는 걸 보았던 일을 요즈음도 종종 이야기한답니다."

"진법 훈련!"

이정은 놀라지 않을 수 없었다.

큰아들 희신이나 둘째 아들 요신에 비해 순신이 무예에 관심이 컸던 줄은 알고 있었다. 하지만 아직까지 진법 훈련을 운운하고 있는 줄은 까맣게 몰랐다.

예전에 이정도 창신교위(彰信校尉, 종오품 무관직)로 부름을 받은 적이 있었다. 병조 참의(兵曹參議)를 역임한 조부 이거(李琚) 덕분에 음서(蔭敍)로 얻은 벼슬이었다. 그러나 이정은 그 자리로 나아가지 않았다. 군령에 무조건 복종해야 하는 삶을 받아들이기 힘들었던 것이다.

깊은 이야기를 나눈 적은 없지만, 이정은 아들들 역시 군문(軍門)에 들기에는 지나치게 고지식하다고 생각했다.

"우리 집안은 대대로 학덕을 쌓아 왔느니라. 한데 진법 훈련이라니? 순신이 무과에 응시라도 하겠다더냐?"

"아직 과거 이야기는 없었습니다. 다만 순신이는 소자와는 달리 세상을 더 알고 싶어 합니다. 아산에서 지내기가 답답하기 때문에 저렇듯 낮밤 없이 산으로 들로 친구 집으로 떠도는 것 같습니다. 차라리 한양에 올려 보내 정식으로 무과 수업을 받게 하는 게 어떻겠습니까? 이현에게 들으니 건천동에서 함께 뛰놀던 평중(平仲. 원균의 자)이 무예를 닦는 데 열심이라고 합니다. 순신이를 한양으로 보내서 평중과 함께 어울리도록 하면……."

이정이 왼손으로 번대이마를 짚었다.

"무장(武將)으로 살아가는 것은 그리 간단하고 쉽지가 않다. 한뉘 죽음을 어깨에 지고 사는 삶이니라. 적어도 십 년, 아니 그보다 더 오랜 나달을 북풍 몰아치는 북삼도나 바닷바람 매서운 남쪽 바다 외딴 섬에서 지내야 하지. 벼슬이 높아질수록 감시와 질시에 둘러싸이게 된다. 너는 아우가 그렇게 살기를 바라느냐?"

이요신은 오래전부터 생각한 문제인 듯 차분하게 답했다.

"순신이가 장골(壯骨)은 아닐지 모르나 강단 있는 아이입니다. 충분히 비보라와 맞설 자질이 있습니다. 하루라도 빨리 한양으로 올려 보내는 것이 좋겠습니다."

"비보라에 맞선다?"

"……"

이요신은 즉답을 피했다. 너무 많이 나갔음을 깨달은 것이다. 이순신이 비보라와 맞선다면 나머지 가족들은 비바람을 피해 숨은 꼴이 된다.

"말해 보아라. 무슨 비보라와 맞선다는 게야?"

바로 그때 문이 조금 열렸다가 닫혔다. 새어든 바람에 호롱불이 그림자를 흔들며 일렁였다.

이요신이 일어서서 문을 열었다. 흰 개별꽃 옆에 서 있는 소년은 역시 이순신이었다. 이요신은 눈을 껌벅거리며 선수를 쳤다.

"은성이네 집에서 자고 온다더니?"

이순신은 서안 앞에 앉은 이정을 보고 깜짝 놀랐지만 곧 침착하게 답했다.

"그 댁에 손님이 많아서 그냥 왔습니다."

이치에 맞지 않았다. 손님이 많다면 다저녁때에 돌아왔어야 옳다. 이정은 쭈뼛거리며 자리에 앉는 셋째 아들 얼굴을 보고 큰 소리로 물었다.

"아니, 네 눈이 왜 그 모양이냐?"

이순신이 오른손으로 눈퉁이를 가리며 고개를 돌렸다.

"아니에요."

"손을 내려 봐라. 어서."

손을 내리자 시퍼런 피멍이 드러났다. 눈가가 퉁퉁 부어올라 반쯤 감기기까지 했다. 뺨에도 긁힌 자국이 선명했고, 두 무릎과 앞가슴에는 채 마르지 않은 진흙이 덕지덕지 붙어 있었다.

"누가 이랬느냐?"

"밤길에 실수로 넘어졌습니다."

"바른 대로 고하지 못할까? 이건 넘어져 생긴 게 아니라 주먹으로 맞은 상처니라. 누구와 싸웠느냐?"

이순신이 다시 버텼다.

"싸운 적 없습니다. 넘어진 것뿐입니다."

이정이 더욱 목소리를 키웠다.

"형은 열심히 공부하는데 싸움질이나 하고 다니는 게냐? 싸움을 잘하니 장수가 되겠다는 사견(邪見, 비뚤어진 생각)을 품은 게야?"

이순신이 시선을 요신에게 돌렸다.

'형! 무슨 말씀을 드린 거야?'

이요신이 두 눈을 찡그렸다.

'순신아! 어서 용서를 빌어.'

이순신은 고집을 꺾지 않았다.

"정말입니다. 그냥 넘어졌습니다. 아침부터 해가 질 때까지 요
신이 형과 함께 『사기 열전』을 읽다가 잠시 은성이한테 다녀왔습
니다."

이정은 셋째 아들을 노려보았다. 속을 알 수 없는 아이였다.
희신과 요신은 무엇에 관심이 있고 어떤 서책을 읽으며 하루하루
를 보내는지 대충 짐작이 갔지만, 순신만 생각하면 안개 자욱한
어둑새벽이었다. 하루 종일 들과 산을 돌아다니면서도 읽은 서책
또한 적지 않았다. 형제들에게 많은 것을 양보하고 배려하지만
물러설 수 없는 자리에서는 호랑이처럼 버텼다.

"요신이와 함께 읽은 열전이 무엇이냐?"

"「회음후 열전(淮陰侯列傳)」입니다."

이순신이 거리낌 없이 답했다. 회음후 한신(韓信) 편을 읽었다
는 것이다.

'왜 하필 한신일까. 한고조(漢高祖) 유방을 섬겨 큰 공을 세웠
으나 대업이 끝나자 역신(逆臣)으로 몰려 죽음을 당한 인물이 아
닌가.'

이요신은 마른침을 삼키며 아우를 거들었다.

"맞습니다. 둘이 함께 「회음후 열전」을 읽으며 한고조 유방과 항우(項羽)를 논했습니다."

"유방과 항우! 요신아, 너는 그 두 사람 중에서 누가 더 낫다고 보느냐?"

"유방입니다. 항우가 제 아무리 힘이 장사라고 해도 한고조가 펼치는 지략에는 미치지 못하였습니다. 모름지기 천하를 다스리려면 힘보다 지혜가 더 중요합니다."

"너도 형과 생각이 같으냐?"

이순신이 짧게 답했다.

"유방 같은 자를 군왕으로 받들 수는 없습니다."

'군왕으로 받들 수 없다고?'

이정은 셋째 아들이 엉뚱한 답을 하자 깜짝 놀랐다.

"그 이유가 무엇이냐?"

"항우가 지략이 모자란 건 사실입니다. 하나 항우는 의리를 아는 사내였습니다. 자신을 따라 중원을 누빈 휘하 장수들을 결코 버리지 않고, 해하(垓下)에서 스스로 목숨을 끊어 군주 된 책임을 다하였습니다. 이에 반해 유방은 이런저런 누명을 씌워 한신을 비롯한 개국공신들을 죽였습니다. 높이 나는 새가 없다고 활을 치워 버리는, 의리가 무엇인지도 모르는 자를 군왕으로 모실 수는 없습니다."

이정은 가슴 한복판에 큰 구멍이 뚫리는 기분이었다.

"그래도 유방은 한나라를 세워 국조(國祖)가 되었고 항우는 패해 죽지 않았느냐?"

"이기고 지는 것으로 그 사람을 평할 수는 없습니다. 중요한 것은 한살이를 함께한 벗이나 신하를 자기 이(利)를 위하여 함부로 버리지 않는 것입니다."

'기묘년(1519년)에 있었던 참화를 이 아이도 아는 걸까.'

중종(中宗) 시절, 이순신의 조부 이백록(李百祿)은 오랜 척신(戚臣, 임금과 친척 관계에 있는 신하), 훈신(勳臣, 옛 정변에서 공을 세워 대대로 높은 관직을 유지해 온 관료층)의 벽을 깨뜨리고 새로운 정치를 펴고자 한 조광조(趙光祖)와 일찍부터 뜻을 합쳤다. 조광조는 고려 말 명유(名儒)인 길재(吉再)에서 시작해서 김종직(金宗直), 김굉필(金宏弼), 정여창(鄭汝昌) 등의 학통을 이어 주자(朱子) 성리학(性理學)을 근간으로 삶과 정치를 혁신하고자 한 사림파(士林派)의 핵심이었다. 새바람을 몰아 조선에 도학 정치(道學政治)를 하루빨리 실현하고자 했던 젊은 조광조는 중종에게 성리학을 깊이 배우고 익히기를 권하였고, 훈척들이 온갖 관직을 독점하는 폐단을 깨고자 천거를 통해 인재들을 등용하는 현량과(賢良科)를 실시하였다.

그러나 조광조가 추진한 개혁 정책은 지나치게 속도가 빨랐던 탓에, 그동안 권력을 독점해 온 훈구파(勳舊派)에게서 거센 반발을 샀다. 조선 초 단종(端宗)을 물러앉히고 세조(世祖)를 옹립했던 한명회(韓明澮), 권람(權擥), 정인지(鄭麟趾) 등으로부터 비롯하여 반정(反正)을 통해 연산군(燕山君)을 몰아내고 중종을 용상에 올린 남곤(南袞), 심정(沈貞) 등으로 이어지는 훈구파는 사림파와 달리 특정한 정치적 이상을 지녔다기보다 훈공(勳功)으로 높은 벼슬에 오른 세력이었다. 따라서 그들은 새로운 변화보다는 이미 획득한 지위를 지키며 누리고자 했다. 새 사상을 가진 사림파가 본격적으로 정계에 진출한 성종(成宗) 연간부터 격화된 두 세력의 대립은 마침내 많은 선비들이 피를 흘린 사화(士禍)로 이어졌다.

조광조가 꿈꾸었던 도학 정치 역시 기묘년 사화로 무참히 꺾였다.

조광조, 김정(金淨), 김식(金湜) 등 신진 사류가 모두 붙잡힌 기묘년에 이백록 역시 조광조 당(黨)으로 몰려 모진 신문을 당했다. 사죄(死罪)에 처하지 않은 게 다행이었다. 그러나 이백록은 크게 좌절했고, 치러야 했던 대가도 녹록치 않았다. 넉넉하던 가세는 급격히 기울었고, 지은 글 한 편 읊은 시 한 수에 트집을 잡힐까 노심초사하며 차디찬 세상인심을 견뎌야 했다.

이정은 낯빛을 엄히 굳히고 철없는 아들을 타일렀다.

"그렇다고 신하 된 자가 군왕이 한 일에 잘잘못을 논할 수는 없다. 그건 요요난령(妖腰亂領, 허리를 자르고 목을 베어 죽여야 할 요악한 자)들이나 하는 짓이야."

이요신이 분위기가 이상하게 돌아가는 것을 눈치 채고 끼어들었다.

"순신이는 다만 그 사람 됨됨이를 논했을 뿐입니다. 천하 영웅으로 항우를 칭송하는 시문 또한 많지 않습니까?"

이정이 둘째 아들을 쏘아본 후 이순신에게 다시 물었다.

"한신이 억울하게 죽었다고 생각하느냐?"

"그렇습니다."

"그 잘못을 바로잡고 싶은 게냐?"

"할 수만 있다면 그리하겠습니다."

이정은 오른손으로 콧등을 쓸었다. 낚싯대를 드리운 채 찬바람을 쐰 탓인지 코끝이 간지러웠다.

'할 수만 있다면!'

이정도 젊어 한때 그리 생각한 적이 있었다. 할 수만 있다면 모든 것을 올바르게 고치고 싶었다. 그러나 그럴 힘도 의지도 모자랐다. 무엇보다도 그 일은 또 다른 피를 부를 것이다. 울분은 곧 가라앉고 슬픔도 언젠가는 잦아드는 법.

"한신은 어찌 처신하여야 억울함을 벗을 수 있겠느냐?"

"그, 그건……"

이순신도 잠시 말문이 막혔다.

"소(疏)를 올려 옳고 그름을 가려야 합니다."

"그래도 한고조가 의심을 거두지 않는다면?"

"의심을 심어 준 간신들을 탄핵하는 소를 다시 올려야 합니다."

"간신을 감싸고 오히려 한신을 무고죄로 벌하려 한다면 어찌하느냐?"

"그때는, 그때는……"

이순신이 얼굴을 벌겋게 붉혔다. 이정이 매섭게 몰아쳤다.

"잘 새겨 두어라. 군왕이 하는 일에 잘잘못을 논하는 신하는 구설수에 올라 때 이른 죽음을 당하기 쉽다. 한신이 억울한 일을 당한 건 제 손으로 무덤을 판 것인지도 모른다. 군왕에게는 잘못이 없다 생각해라. 그래야 한신과 같은 비참한 최후를 피할 수 있다."

그러나 이순신은 아버지 뜻을 따를 수 없었다.

"슬기로운 사람도 천 번 생각에 한 번은 실수를 범한다고 들었습니다. 어찌 군왕이라 하여 항상 옳을 수 있습니까? 군왕이 잘못 생각하면 나라 전체가 혼란에 빠지는데, 신하 된 자가 어찌그 불행을 보고만 있겠습니까?"

"그리하면 한신과 같이 죽는데도?"

"모든 군왕이 한고조와 같지는 않습니다. 항우와 같은 군왕을섬기다면 천하에 도가 바로 설 겁니다."

"어허, 참으로 무엄한 말을 하는구나. 신하 된 자가 군왕을 고르겠다는 것이냐? 항우와 같은 군왕인 줄 알고 출사했는데 한고조와 같은 군왕이면 어찌하겠느냐? 그땐 또 뜻을 접고 낙향하겠느냐?"

"아버지!"

'그래도 아버지처럼 송로이오(送老二五, 한가롭게 만년을 보내는 데꼭 필요한 열 가지. 서적, 거문고, 친구, 신발, 지팡이, 차(茶), 햇볕을 쬘수 있는 양지쪽 한 모퉁이, 시원하게 지낼 수 있는 창, 잠을 맞이하는 베개, 봄을 찾아 나설 수 있는 나귀.)에 만족하며 지낼 수는 없습니다.'

"너 혼자만 세상을 바로 보고 있다고 착각하지 마라. 이름을숨기고 사는 처사(處士)는 옳고 조정에서 나랏일을 살피는 신하는그르다고 생각지도 마라. 세상일은 그렇게 간단한 게 아니야. 태사공(太史公, 사마천)이 한신을 평한 문장들을 명심해야 한다. 한신이 겸양하여 공로와 능력을 자랑하지 않았다면, 반역을 꾀하지도 않았을 테고 일족이 망하지도 않았을 것이다."

이순신이 입을 열었다.

"정암(靜庵, 조광조의 호) 선생은 반역을 꾀하지도 않았고 사사로운 이익을 좇지도 않았습니다. 한데 귀양을 가서 사약을 받고 돌아가셨지요. 정암 선생에게 그토록 큰 잘못이 있다고 보십니까?"

"뭐라고? 왜 갑자기 조 정암 선생을 끌어들이는 게냐?"

이순신이 두 눈을 더욱 크게 떴다. 그동안 꾹꾹 눌러 참았던 것을 말할 때가 온 것이다. 이요신이 고갯짓을 하며 말렸지만 이미 늦었다.

"아버지! 소자도 이젠 알아요. 우리가 도성을 떠나 이곳 아산으로 내려온 것도, 또 아버지께서 벼슬길에 나아가지 않는 것도 모두 조 정암 선생 때문이 아닌가요? 할아버지께서 정암 선생과 뜻을 합하여 세상을 더욱 올곧고 화평하게 만들기 위해 불철주야 노력하시다가 큰 화를 당하셨지요. 하나 바른 말을 아뢰고 바른 일을 하다가 억울하게 귀양을 가거나 죽은 신료가 한둘이 아니므로, 도성에서 아산으로 내려왔다 하여 억울하진 않습니다. 가난더미가 밀려들어 사나흘을 굶는다 해도 소자는 서럽지 않습니다."

"그럼 무엇이 억울하냐?"

"정암 선생이 옳고 할아버지께서 가신 길이 옳았다면, 정암 선생이 가르치신 바에 따라 세상에 나아가야 하지 않는지요? 한데 아버지도 또 두 분 형님도 안빈낙도(安貧樂道)만 즐기려 하시니……"

"그만!"

이정이 말허리를 잘랐다. 무거운 침묵이 방을 휘감았다. 이요신은 시선을 내렸지만 이순신은 여전히 고개를 들고 이정 얼굴을 똑바로 쳐다보고 있었다. 이윽고 이정이 어금니를 꽉 깨물며 말했다.

"청사(靑史)는 정암 선생이 품은 뜻을 영원히 밝게 기록할 것이다. 하나 모든 이가 옳음을 지키기 위해 목숨을 바쳐야 하는 것은 아니다. 물론 정암 선생은 그 길을 가셨다. 하나 옳더라도 나아가야 할 때가 있고 물러나야 할 때가 있다. 분노와 열정만으로는 바름을 지킬 수 없어. 억울하기 때문에 등과해야겠다면 등과할 필요가 없지. 조정에 나아간다는 것은 우리 가문이 사사로이 품은 억울함을 풀기 위해서가 결코 아니다. 못난 놈! 여태 그것 때문에 이리 돌아다녔더란 말이더냐."

"아버지! 소자는 할아버지 뜻을 이어받아 가문을 다시 일으키고 싶습니다. 의로움으로 세상에 나아가고 싶습니다."

"어허. 그래도 허튼소리를 하는구나. 울분을 가슴에 품고는 세상을 바로 볼 수가 없다. 가문을 위한다고 한 일이 더 큰 화를 부를 수도 있어. 자중하고 또 자중해라."

이정이 화를 삭이지 못하고 방을 나간 후에도 이순신은 무릎을 꿇고 고개를 숙인 채 앉아 있었다. 이정을 따라 마당까지 나갔다 들어온 이요신이 가까이 다가앉아 이마를 손으로 짚었다. 불덩이였다.

"많이 아파?"

이순신이 눈을 움찔 하며 비명을 어금니로 씹어 댔다. 찌푸린 얼굴이 갑자기 새하얗게 질렸다.

"으윽!"

양손으로 옆구리를 감싸 쥐며 모로 쓰러졌다.

"왜 그래? 순신아! 순신아!"

이순신이 겨우 눈을 뜨고 말했다.

"조용히…… 해. 아버지…… 또 오실라……. 형, 난 괜찮
아……. 이대로 조금만 잘게."

"누가 이런 게야? 대체 누구 짓이야?"

이순신이 입으로만 웃었다. 말소리가 점점 줄어들었다.

"변두성이 그 자식이……. 그러잖아……. 우리가 한양을 떠나
아산으로 내려온 건…… 역적질을 해서라고……. 대제학과 병조
참의까지 나온 집안에서 보인(保人. 군에 직접 복무하지 않는 병역 의
무자. 정군(正軍) 한 명에 두 명에서 네 명씩 배당하여 실제로 복무하는
대신에 베나 무명 따위를 나라에 바침.)이나 하는 게 이상하지 않으
냐고……. 그런 소릴……. 그런 소릴 듣고 어떻게 참아! 그래서
그놈이랑 한판 붙었지. 으윽……!"

이순신은 곧 정신을 잃었다. 닭 울 녘에 찾아온 의원은 이 몸
으로 어떻게 지난밤을 참을 수 있었느냐며 놀라워했다. 왼쪽 허
벅지에 잇자국이 선명하고 온몸에 밟히고 차인 멍이 가득할 뿐
아니라 갈비뼈가 세 대나 부러졌던 것이다.

五、
식인 호랑이 사냥

기미년(1559년) 일월 십일.

잣눈 덮인 계룡산(鷄龍山)은 겉으로는 평온했지만 속으로는 꿈틀거리는 잠룡(潛龍)을 닮았다.

'한겨울에 범 사냥이라! 대단하군.'

가리온(加里溫. 털이 희고 갈기가 검은 말)에서 내린 원균은 양팔을 활짝 펴고 차디찬 공기부터 들이마셨다. 공주 관아에 교지를 전하고 돌아가는 길이었다. 무과에 급제하고 선전관(宣傳官)이 된 후 처음으로 충청도 땅을 밟은 것이다. 공주에 다녀오라는 명을 받은 순간부터 머리를 떠나지 않는 이름이 하나 있었다.

이순신!

'목멱산에서 채찍비를 맞고 열흘 꼬박 사경을 헤맸지. 모두들 죽는다고 혀를 끌끌 찼지만 끝내 병마를 물리친, 목멱산에 치우 발자국이 있다는 내 말을 끝까지 믿어 준 당찬 꼬마. 내 휘하에 꼭 거느리고 싶던 녀석.'

오 년이 흘렀지만 원균에게는 그때 품었던 고마움이 가슴 깊이 남아 있었다.

'많이 컸겠지? 열다섯 살이면 제법 어른 티가 나겠는걸.'

일부러 아산에 들러 수소문 끝에 이순신 집을 찾았지만, 계룡 산으로 범 사냥을 떠났다는 말만 들었다. 충청도 일대에 인명을 빼앗는 호랑이가 나왔다는 풍문은 원균도 이미 들은 터였다. 이마에 왕(王) 자가 선명하고 두 눈은 불을 뿜듯 이글거리며 앞발로 바위를 깨뜨릴 만큼 대단한 힘을 지녔다고 했다. 한번 날아오르면 삼십 보는 우습게 건너뛰고, 십 리 밖에서도 사람 냄새를 귀신같이 맡는다고도 했다. 호환을 없애기 위해 충청도 관찰사(忠清道觀察使)가 용맹한 군졸 스무 명을 착호군(捉虎軍, 호랑이를 잡는 군사)으로 뽑아서 계룡산에 보냈는데, 이순신이 그들을 쫓아간 것이다.

'다행이야. 서책을 쌓아 놓고 사도(斯道, 유학의 도)나 익히는 책벌레는 아니 된 모양이군.'

내친김에 원균은 계룡갑사(鷄龍甲寺) 쪽으로 길을 잡았다. 범을 쫓는 군졸들은 임시로 계룡갑사 위 용문폭포(龍門瀑布) 근처 암자에 머물고 있다고 했다. 호랑이를 산신령으로 추앙하는 불제자들에겐 미안한 일이지만 인육을 먹는 호랑이를 그냥 둘 수는 없었다. 한번 인육에 맛을 들이면 계속 민가로 내려와 사람을 잡아먹는다고 하지 않는가. 계룡갑사에서 수도하던 학승(學僧)도 벌써 둘이나 희생되었다고 했다.

일주문과 해탈문을 지나 사천왕문에 이르기까지 사위는 조용했다. 전복(戰服)을 입고 장검을 든 원균이 심상치 않았던지, 사천왕상 앞에서 도둑눈을 뜰던 동자승이 제 키보다 큰 싸리비를 어깨에 메고 쪼르르 달려왔다.

"암자를 찾아오셨습니까?"

살생을 금하는 불제자지만 범 사냥에는 관심이 많은 듯했다. 아직 열 살도 채 안 되어 보였다. 단호박 시루떡이나 좋아할 나이인데 눈빛이 또랑또랑했다.

'순신이도 저랬지.'

원균이 까까머리를 쓰윽 쓰다듬은 후 동자승에게 답했다.

"그래, 길 안내를 해 주겠느냐?"

"따르세요."

제법 의젓하게 앞장을 섰다. 동자승도 길 안내가 아니고는 범 사냥을 준비하는 암자를 기웃거리지 못할 터였다.

산신각을 돌아 대숲을 끼고 산길로 접어들었다. 군데군데 돌무더기가 눈에 띄었다. 산길을 오르내리는 불제자와 사냥꾼, 그리고 심마니들이 하나 둘 쌓아 올린 것이다. 평소에는 돌무더기를 향해 소원도 빌고 들짐승을 만나 위급할 때는 그 돌로 팔매질도 했다. 일곱 번째 돌무더기를 지나니 푸른 하늘로 솔솔 올라가는 흰 연기가 보였다. 발걸음이 더욱 가볍고 빨라졌다.

"뉘십니까?"

장창(長槍)을 들고 암자 마당에 서 있던 더그레 차림 군졸이 물었다. 부엌에서 밥을 짓는 승려 외엔 인기척이 없었다. 암자에 둔 무기를 지키기 위해 홀로 남은 듯했다.

"선전관 원균이라 하네. 공주 관아에 들렀다가 만날 사람이 있어 예까지 왔으이."

"보시다시피 다들 범 사냥을 나갔습니다. 한데 누굴 찾는 겁니까?"

"이순신이라고. 아산에서 온 열다섯쯤 먹은 청년을 아는가?"

군졸이 반색을 하며 자랑스럽게 말했다.

"알다마다요. 범 발자국을 아주 잘 찾더군요. 살쾡이나 다른 들짐승들 발자국과 헷갈리는 법도 없고. 그 젊은이가 없었으면 벌써 포기하고 하산했을 겁니다."

원균이 고개를 끄덕이며 되물었다.

"그래. 이순신이 그렇게 범 발자국을 잘 찾는단 말이지?"

"그렇다니까요."

군졸은 잠시 말을 끊고 원균 얼굴을 살폈다.

"한데 이를 어쩌나……. 헛걸음을 하셨군요. 한번 범을 쫓으면 사나흘 돌아오지 않는 건 예사입니다. 바쁘면 그냥 내려가시고, 여유가 있으면 예서 천천히 기다리십시오."

원균이 고개를 저었다.

"아닐세. 나도 범 사냥을 한번 구경하고 싶군. 어딘가? 어느 계곡으로 가면 되는가?"

군졸이 양손을 휘휘 저으며 만류했다.

"아니 됩니다. 혼자 산을 타는 건 위험합니다. 언제 어디서 그 흉측한 놈이 나타날지 몰라요."

"괜찮아. 내 목숨 하나쯤은 지킬 수 있네."

원균이 눈을 부라리자 군졸은 마지못해 손을 뻗어 동북쪽을 가리켰다.

"저리 가십시오. 아침에 길을 나서며 이순신 그 사람이 저 계곡 어딘가에 범굴이 있는 것 같다고 말하는 걸 들었습니다."

"고맙네."

원균은 동북쪽 비탈길을 내려가려다 말고 뒤돌아서서 동자승을 불렀다. 동자승은 두 눈을 반짝이며 다가왔다.

"네 이름이 무엇이냐?"

"월인(月仁)입니다."

원균은 소매에서 작은 자작나무 칼 하나를 꺼냈다. 도성을 떠나 이곳에 올 때까지 심심풀이 삼아 깎아 만든 칼이다. 월인은 그 칼을 냉큼 받지 않고 원균 얼굴만 멀뚱멀뚱 살폈다.

"월인아, 내 이름은 원균이다. 이건 길 안내를 해 준 값이다. 받으렴."

"불제자에게 합당한 물건이 아닙니다."

'녀석하곤!'

원균은 나무칼을 삼베 장삼 소매에 쏙 집어넣었다.

"주는 거니 일단 받아라. 정 마음에 걸리면 나중에 버리렴."

원균이 그 머리를 다시 쓰다듬은 다음 비탈길을 내려섰다. 월인이 양손으로 손나팔을 만든 후 외쳤다.

"몸조심하세요."

원균은 장검을 든 왼손을 허공에 빙빙 돌리는 것으로 작별 인사를 대신했다.

잣눈 덮인 산길을 달리는 일은 쉽지 않았다. 자꾸 발을 헛디뎌 미끄러졌던 것이다. 그때마다 원균은 오 년 전 목멱산을 떠올리고 빙그레 웃음을 지었다. 진창에 빠져 억수 같은 작달비를 맞는 것에 비하면 햇볕 쨍쨍 내리쬐는 눈길을 달리는 것은 고생도 아니다. 꽁꽁 언 계곡을 지나 고래 어금니 같은 바위가 군데군데 박힌 졸참나무 숲으로 접어들었다.

"어딜 그리 바삐 가오?"

난데없이 날아온 목소리에 눈을 돌려 보자 저만치 융복 차림 사내가 다가왔다. 흑각궁을 어깨에 비스듬히 두르고 허리에는 대나무 전동(箭筒, 화살통)을 찼다. 원균은 걸음을 멈추고 갑자기 나타난 사내의 용모를 살폈다. 불혹을 갓 넘겼을까 한 나이에, 눈썹은 숯처럼 짙고 부리부리한 눈은 유난히 푸른빛을 띠었다. 뭉툭한 코는 툭 튀어나온 광대뼈와 함께 강인한 인상을 풍겼으며 턱을 모두 가린 희끗희끗한 수염은 입을 열 때마다 높바람에 쓸리는 갈대처럼 출렁거렸다.

"범 사냥을 한다 하여 찾아가는 길입니다."

사내가 원균의 복색을 살핀 후 다시 물었다.

"충청도 관찰사가 보낸 군졸은 아닌 듯한데…… 이 험한 눈길을 달려 범 사냥 구경을 갈 만큼 한가하오?"

말끝에 빈정거림이 실렸다. 원균은 대답 대신 사내를 노려보며 되물었다.

"하면 그쪽은 어이 홀로 계룡산을 헤매고 계십니까? 호랑이에게 화를 당할지도 모르는 곳이 아닙니까?"

사내는 왼손으로 흑각궁을 고쳐 메며 웃음을 터뜨렸다.

"하하하. 과연 그렇소. 우리는 호랑이 아가리에 들어와 있는 게요. 혼자 돌아다니면 위험하니 함께 가는 게 어떻겠소?"

"그쪽도 범 사냥을 구경하러 나선 길입니까?"

벌써 사내는 앞서 달리기 시작했다.

"그렇다고 해 둡시다. 서두르시오. 부지런히 가야 해가 지기 전에 닿을 수 있다오."

원균은 처음에 그 말이 허풍이라고 여겼다.

'여긴 백두산도 아니고 묘향산도 아니지 않은가. 계룡산이 깊다 한들 한나절이면 이르지 못할 곳이 없을 텐데.'

그러나 원균은 곧 생각을 고쳤다. 금방 군졸들을 찾을 것 같은데도 봉우리 하나를 넘으면 새로운 봉우리가 나타났고, 그 봉우리를 넘으면 더 높은 봉우리가 기다리고 있었다. 결국 숨을 헐떡이며 달리던 걸음을 멈추었다. 백 보 이상 앞서 달리던 사내가 되돌아왔다.

"예서 멈추면 아니 되오. 정말 호랑이 가까이 왔단 말이오."

"그걸 어찌……, 헉헉……, 아십니까……? 거기가 거기…… 같습니다."

사내가 철전 하나를 뽑아 졸참나무 밑동에 쌓인 눈을 치웠다. 딱딱하게 굳은 짐승 배설물이 나왔다. 그 배설물을 화살촉으로 찍어 원균 코앞에 갖다 댔다.

"이게 뭔지 아오?"

원균은 대답을 못 하고 눈만 끔벅거렸다.

"여기가 제 땅이라고 표를 한 게요. 자, 이 털도 보오."

사내는 졸참나무에 묻은 흰 털 서너 가닥을 조심스럽게 집어
냈다.

"그럼 이게 호랑이 털이란 말입니까?"

"그렇소. 놈은 사흘 전쯤 이곳을 지나갔소. 평소라면 이곳으로
다시 오는 데 며칠이 걸리겠지만 군졸에게 쫓기고 있으니 언제
걸음을 돌릴지 모르오."

원균이 자세를 고치고 물었다.

"소생은 원균이라 하옵니다. 무과에 급제한 후 선전관 소임을
맡고 있습니다."

"아, 이거 큰 실례를 했소이다. 너그러이 용서하오."

"아닙니다. 오히려 소생이 너무 버릇없게 굴었습니다. 존함을
여쭈어도 실례가 아닐는지요?"

사내는 해가 뉘엿뉘엿 지기 시작하는 서쪽 하늘을 쳐다보며 답
했다.

"인육을 먹은 호랑이 가슴에 화살을 꽂고 싶은 일개 촌부라오.
자, 어서 서두릅시다."

사내가 발걸음을 또다시 빨리했다. 그림자가 점점 길어지다가
서서히 엷어지더니 어느 순간 어둠이 산 전부를 덮었다. 원균은
자꾸 나뭇가지에 목과 뒷박이마를 긁혔다. 사내는 입에서 가느다

란 휘파람 소리까지 내며 허공을 가르듯 가볍게 산을 올랐다.

'기인이로다. 세상엔 참으로 숨은 인재가 많구나.'

갑자기 휘파람이 뚝 멎었다. 사내가 속삭이듯 말했다.

"여기서부턴 숨소리도 내면 아니 되오."

원균은 조심조심 사내 뒤를 따랐다. 졸참나무 숲이 끝나자 곰을 닮은 바위 서넛이 동시에 길을 막고 섰다. 바람이 불 때마다 섭돌(모양이 모나고 날카로운 돌) 한두 개가 떨어져 굴렀다. 분명하진 않지만 희미하게나마 나무 뒤에 몸을 숨긴 군졸들을 볼 수 있었다. 모두 차가운 눈에 배를 깔고 엎드려 바위를 노려보고 있었다.

'순신이는?'

고개를 조금 내밀고 주위를 살폈다. 열 명 남짓한 장정 가운데 누가 이순신인지 분별할 수 없었다. 바위틈에서 예닐곱 개 불빛이 흔들렸다. 다시 몸을 낮추었다. 이곳까지 이끌어 준 흑각궁 멘 사내는 문득 어디로 갔는지 보이지 않았다. 원균은 몸을 숨기기에 적당한 참느릅나무 하나를 택해 엎드렸다. 지금은 기다릴 수밖에 없었다. 차가운 기운이 배를 타고 가슴과 목까지 올라왔다.

'순신이가 찾았다던 범굴이 바로 저긴가? 저 번뜩이는 불빛이 호랑이 눈? 범굴로 들어가지 않고 무엇을 기다리는 걸까? 아까 그 사내는 어디로 가 버린 걸까?'

바위 위에서 살기가 느껴졌다. 바위틈에 숨어 있는 불빛보다 훨씬 크고 또렷한 불빛 두 개가 흔들렸다. 엎드려 있던 군졸들이 조용히 몸을 일으켰다. 원균도 따라 일어나며 장검을 뽑아 들었다.

갑자기 바위 뒤에서 꽹과리와 징이 시끄럽게 울렸다. 잠복해 있던 군졸들이 호랑이를 내몰기 위해 큰 소리를 낸 것이다. 그 순간 원균은 똑똑히 보았다. 바위에서 뻗어 나온 갈참나무에 숨었던 사내가 바람처럼 내달렸다. 그 위로 불빛 두 개가 휙 날아 내렸다.

'선창꾼이로군.'

범 사냥에서 가장 먼저 달려 나가 창을 던지는 이를 선창꾼이라고 부른다. 첫 창으로 범에게 치명상을 입히지 못하면 목숨을 잃을 때도 많았다. 더구나 지금처럼 소나기눈 내린 캄캄한 밤에 호랑이와 맞서는 것은 웬만한 용기가 아니고는 엄두도 낼 수 없는 일이다.

'무모하군. 목숨이 위험해.'

원균은 양손으로 맞잡은 검을 머리 위로 들고 달렸다.

쉬익.

바람을 가르며 긴 창이 불빛을 향해 날아갔다. 불빛이 오른쪽으로 흔들리며 작아졌다. 군졸들이 탄성을 흘렸지만 작아졌던 불빛은 이내 다시 더 크게 이글거렸다. 창날이 호랑이 몸 어딘가를 찌르기는 했지만 치명상은 아니었던 것이다.

선창꾼 손에는 이제 무기가 없었다. 불빛이 조금 뒤로 물러서는가 싶더니 다시 훌쩍 허공을 가르며 달려들었다. 제게 창을 내지른 선창꾼 목을 물어뜯으려는 것이다. 원균이 장검을 휘둘러 그 틈을 파고들었다. 칼끝이 호랑이 머리를 아슬아슬하게 스쳤고, 그 바람에 호랑이가 원균에게 머리를 돌렸다. 원균 역시 균형을 잡지 못하고 엉덩방아를 찧으며 쓰러진 참이었다. 선창꾼이 허리를 숙인 채 원균 쪽으로 뛰어왔다.

호랑이는 이 급작스러운 상황을 헤아려 보기라도 하듯 서너 걸음 뒤로 물러섰다.

"고맙소."

앳된 목소리가 귀에 익었다. 원균은 직감으로 상대를 알아보았다.

"순신이구나?"

선창꾼이 턱밑까지 송곳눈을 갖다 대며 되물었다.

"당신, 누구요?"

'나 건천동 원균이야.'라고 말하려는 순간, 호랑이가 두 사람을 노리고 달려들었다. 원균이 이순신을 오른쪽으로 밀어내며 장검을 치켜들었다. 호랑이 어깨를 장검으로 찌르면 그 순간 앞발에 머리를 채일 상황이었다. 목뼈가 부러질 수도 있었지만 원균은 오히려 한 걸음 더 앞으로 나섰다. 다칠 땐 다치더라도 다 잡은 호랑이를 놓칠 수는 없었다.

쿵.

갑자기 살기가 사라지면서 불빛 두 개가 꺼져 내렸다. 호랑이가 둔탁한 소리를 내며 발아래 쓰러졌다. 가느다란 철전이 호랑이 목에 깊숙이 박혀 있었다. 어느새 횃불을 든 이순신이 원균과 호랑이를 번갈아 비췄다. 그 뒤로 흑각궁을 든 사내가 나타났다.

"괜찮은가?"

원균은 장검을 다시 칼집에 넣고 자리에서 일어섰다. 그러고 사내에게 허리 숙여 절했다.

"목숨을 구해 주셔서 고맙습니다. 이 은혜 잊지 않겠습니다."

"은혜라니? 당치도 않소. 선전관이 나서지 않았다면 선창꾼은 죽고 호랑이는 멀리 달아났을 게요. 이번 범 사냥에서 가장 큰 공을 세운 이는 원균, 바로 그대요."

이순신이 말허리를 자르고 끼어들었다.

"방금 원균이라 하셨습니까? 정말 원균 형님이십니까?"

"그래. 정말 오랜만이야."

이순신이 고개를 끄덕였다.

"과연 형님이십니다. 호랑이를 향해 장검을 들고 달려드는 용맹한 이가 누군가 했습니다. 형님이라면 능히 그러고도 남음이 있지요."

그 목소리에 안타까움이 묻어 있었다. 선창꾼 역할을 제대로 해내지 못한 자리에서 원균과 재회한 것이 마음에 걸렸던 것이다.

'단번에 죽일 수도 있었는데. 원균 형한테 그동안 갈고 닦은 장창 솜씨를 제대로 보일 수도 있었는데!'

그때 사내가 성큼성큼 이순신에게 다가와서 굳은 얼굴로 어깨를 세차게 내리쳤다.

"아니, 서, 선생님!"

이순신이 놀란 표정으로 서너 걸음 물러섰다. 얼굴 전체가 벌겋게 달아올랐다.

"용기와 무모함은 다른 법. 호랑이는 바위 위에 있고 자넨 그 아래 서 있었네. 그런 자세에서 제대로 급소를 찌를 수 있겠어? 호랑이가 밑으로 내려올 때까지 기다려야 했네. 자네 하나 때문에 다 잡은 호랑이를 놓칠 뻔했다 이 말이야."

잠시 침묵이 흘렀다. 분위기가 얼어붙어 군졸들도 참견을 못했다. 이윽고 이순신이 고개를 들고 답했다.

"선생님 말씀이 옳습니다. 제가 경솔했습니다."

선선히 잘못을 인정하는 이순신에게 사내는 미소를 지으며 고개를 끄덕였다. 곁에 섰던 원균도 껄껄껄 웃었다.

"솔직하게 잘못을 인정하는 것도 큰 용기야. 역시 기대했던 대로 이순신은 용기 있는 대장부가 되었군."

그런 후 원균은 다시 흑각궁 멘 사내 쪽으로 시선을 돌렸다.

"소생, 아직 존함조차 여쭙지 못했습니다."

이순신이 대신 답했다.

"조선 제일 궁수이신 방(方) 자 진(震) 자를 모르진 않으시겠지요?"

방진!

일발오아(一發五鴉, 태조 이성계가 화살 하나로 다섯 마리 까마귀를 맞힐 만큼 궁술이 뛰어났다는 데서 온 말) 하는 솜씨로 조선 천지에 쩌렁하게 이름을 날리고 있는 명궁 중에서도 명궁! 식인 호랑이를 잡기 위해 충청도 관찰사가 특별히 청을 넣어 여기 왔을 터이다. 원균이 급히 왼 무릎을 꿇고 사죄했다.

"조선 제일 궁수를 몰라뵈어 참으로 송구스럽습니다. 용서하십시오."

방진이 서둘러 원균을 일으켜 세웠다.

"선전관이 이리 함부로 무릎을 꿇어서야 쓰겠소? 작은 재주를 뽐낸 것 같아 오히려 부끄럽소이다. 들짐승 목에 화살 하나 꽂은 것이 뭐 그리 대수겠소. 옛 친구를 찾아 이렇게 먼 길을 온 것이 참으로 보기에 좋구려. 오늘은 밤도 깊고 헌원대성(軒轅大星)까지 아름다우니 이곳에서 쉬고, 내일 날이 밝는 대로 하산하도록 합시다."

군데군데 횃불이 오르고 길눈을 치웠다. 두꺼운 곰 가죽을 바닥에 까니 그럭저럭 견딜 만했다. 그사이 군졸들은 바위틈에 숨어 있던 아기 호랑이 네 마리를 끌어냈다. 방진이 쏜 화살을 맞고 즉사한 호랑이와 함께 관아로 데려갈 작정이었다.

"군졸도 아닌데 어찌하여 범 사냥을 자원하였느냐?"

바위 아래 자리를 잡고 앉자마자 원균이 물었다. 이순신은 멀찍이 서서 흑각궁을 매만지고 있는 방진을 곁눈질한 후 답했다.

"첩중쌍구(疊中雙鳩, 고려 말 무신인 이방실이 화살 하나로 한 쌍 비둘기를 맞춰 잡은 데서 유래한 말)를 보려고. 형도 아까 놀랐겠지만 저 어른은 함부로 솜씨를 보이는 법이 없어. 남들 앞에서 화살을 쏜 게 십 년도 더 되었을 거야. 식인 호랑이가 아니었다면 영원히 그 솜씨를 못 볼 뻔했지."

"그랬구나. 하면 저분 문하로 들어갈 거냐?"

이순신이 입가에 쓸쓸한 미소를 지었다 곧 거두었다.

"아직 몰라. 그럴 수도 있고 아닐 수도 있고."

"그런 어중간한 답이 어디 있어? 그럼 왜 솜씨를 보고 싶었던 거야?"

이순신이 뒤로 벌렁 팔베개를 하고 누웠다. 원균도 따라서 그 곁에 엎드렸다.

"형! 그런 생각 안 해 봤어? 조선 제일 궁수는 왜 조선 제일 장수가 되지 못하는 걸까? 조선 제일 학인(學人)은 왜 조선 제일 신료가 되지 못하는 걸까? 조선 제일 궁수와 학인들은 왜 대부분 재주를 숨기며 살까? 재주를 드러내는 순간 왜 목숨을 제대로 보전하지 못할까? 형도 봤지? 방진 저 어른 무예 정도라면 최소한 병사(兵使)나 수사(水使) 정도는 맡아야 해. 한데 나라에서는 참으로 하찮은 일만 시키고 있지. 이건 누구 잘못일까?"

원균은 고개를 돌려 이순신 얼굴을 오랫동안 들여다보았다. 장대비를 맞으면서도 끝까지 치우 발자국을 찾던 굳센 의지가 두 눈에 서려 있었다. 앞으로만 쭉쭉 뻗어 가리라 여겼는데, 이순신은 의외로 멈추어 서서 세상을 향해 날 선 물음을 쏟아 냈다.

"네 가슴에 억울한 심사가 가득하구나. 하나 그렇다고 배우기를 게을리할 수는 없는 게다. 나는 이미 무과에 급제하고 선전관이 되었으니 너도 힘써 무예를 닦도록 해라. 호랑이에게 달려드는 담대함이라면 능히 변방 오랑캐를 몰아내는 장수가 될 수 있을 게야."

이순신이 고개를 돌려 원균을 보며 피식 웃었다.

"난 장수 되기 싫어."

"하면 홍문관에 들고 싶으냐?"

"문신도 싫어."

원균이 납득할 수 없다는 표정을 지으며 물었다.

"무관도 싫고 문관도 싫다? 보아하니 장창을 꽤 오랫동안 연마한 것 같은데, 무과에 나아가지도 않겠다면 무예 수련은 왜 한거야?"

"무과에 급제하려는 사람만 무예를 닦는 건 아냐. 세상이 불의로 가득한데 무과에 급제하면 뭣 하고 장수가 되면 또 무엇 해!"

"불의로 가득하다니? 혹시 네 조부님이 기묘년에 고초를 겪으신 것 때문에 이러는 게냐? 그때 신진 사류를 모함했던 이들은 이미 다 저세상으로 갔어. 용상도 주인이 바뀌었으니, 네가 과장(科場)에 나오는 데 무슨 걸림돌은 있겠니. 괜한 걱정 마."

원균은 건천동을 떠나 아산으로 가지 않겠다고 고집을 부리던 이순신을 떠올렸다. 그때 이미 원균은 이순신 집안이 기운 게 기묘사화 때문임을 알고 있었다.

"세월이 흘러 그 시절 당사자들이 모두 죽었다고 불의가 사라지는 건 아냐. 의로운 것이 무엇이며 의롭지 않은 것이 무엇인지를 확실히 가려야 비로소 그 일이 올바름[正]으로 돌아오는 거야. 정암 선생에게 사약을 내리도록 주청한 자들 후손이 버젓이 조정에 발붙이고 있다면, 나는 그런 조정을 지키는 장수 하고 싶지 않아."

원균은 잠시 침묵했다. 이순신 마음속에 깃든 응어리가 의외로 컸다.

"무과에 응시하지 않으면 뭘 할 건데?"

이순신이 쓸쓸히 웃었다.

"후후, 협객으로나 한세상 살까!"

"협객? 장수로 나서지 않고 협객으로 떠돌겠다고?"

"의롭지 못한 놈들 때문에 고통 받는 백성이 아주 많아. 국법도 그 추악한 놈들을 어쩌지 못하지. 그런 놈들만 찾아다니며 의로움을 가르쳐 줄 셈이야. 때론 주먹으로, 때론 각궁(角弓)이나 장창으로."

"세상을 바로잡기 위해서라도 무과에 급제하여 당상관(堂上官. 정삼품 이상의 대신을 이름. 고위 관료.) 반열에 올라야지."

"형, 당상관에 올라도 세상을 바로잡긴 힘들어. 드러내 놓고 바른말을 하다간 남이(南怡) 장군처럼 억울한 죽음을 당하기 십상이지. 차라리 난 지극히 사사롭게, 돈 한 푼 받지 않고 백성들 억울함을 풀어 줄 테야. 혼낼 놈 혼내고 죽일 놈 죽이고."

원균이 목소리를 낮추었다.

"못하는 소리가 없구나. 내 말 잘 들어. 힘을 갖지 않으면 아무 일도 못해. 억울한 심사를 풀기 위해서라도 과장에 나서야 해. 자꾸 바깥으로 떠돌지 말고 정도(正道)를 걷는 거야. 과거 외에 네 뜻을 펼 길은 조선에 없어. 인정할 건 인정해. 그게 사내다운 거야."

이순신은 끝까지 고집을 꺾지 않았다.

"남이 장군도 정도를 걸었고 정암 선생도 정도를 걸었어. 하지만 두 분 다 비명에 가셨지. 내가 과장에 나아가서 정도를 걷는다고 이 세상이 의로움으로 돌아올까. 그랬다면 그 아까운 분들이 원통하게 가시지는 않았을 거야. 의롭지 못한 조정이지만 우선 들어가서 후일을 도모하자는 건 웃기는 소리지. 난 그 똥통에 안 빠질 거야. 조말(曹沫, 제나라 환공을 위협한 노나라 자객)이나 형가(荊軻, 진시황을 죽이려 한 자객)처럼 짧고 굵고 깨끗하게 살다가 가고 싶어."

# 六. 열리는 사림士林의 시대

경오년(1570년) 오월.

홍문관 부수찬(副修撰) 류성룡은 잘생긴 외모만큼이나 단번치극(劃煩治劇, 번거롭고 어려운 일을 잘 처리함)하는 재주가 있었으며, 사리에 합당한 주장으로 임금을 깨우치는 신하로 이름이 높았다. 일찍이 임술년(1562년)에 경상도 도산(陶山)으로 퇴계 선생을 찾아뵙고 주자가 남긴 『근사록(近思錄)』을 배웠으며, 병인년(1566년) 시월 과거에 급제한 후 작년 기사년(1569년) 시월부터 올 삼월까지 연경에 다녀오기도 했다. 신창귀수(神唱鬼酬, 신이 부르면 귀가 화답하듯 묘함)하는 문장과 사경(四境, 천하)에 대한 넓은 식견을 고루 갖춘 젊은 신료였다.

오늘도 선조는 주강(晝講, 임금의 낮 수업)에서 『맹자(孟子)』를 살

93

핀 후 따로 류성룡에게 천수(天數)와 인사(人事)에 관해 물었다. 류성룡은 미리 답을 준비한 것처럼 낭랑한 목소리로 말했다.

"천수란 추위나 더위 같고 인사는 가죽옷이나 갈옷과 같사옵니다. 추위나 더위는 사람 힘으로 바꿀 수 없지만, 가죽옷이나 갈옷을 갖추는 것은 사람에게 달려 있사옵니다. 하여 성인들이 천수는 말하지 않고 오로지 인사만을 논한 것이옵니다."

아직 턱에 수염도 제대로 자라지 않은 열아홉 살 젊은 군왕 선조가 고개를 끄덕였다. 스물아홉 살인 류성룡과는 열 살 차이였다. 선조는 군왕의 도리와 성현의 지혜를 까다롭게 논하는 나이 지긋한 대신들보다 세상 이치를 간명하게 설명하는 류성룡이 좋았다. 류성룡은 지난 시절에 세운 공적을 자랑하지도 않았고, 구렁이처럼 물러나 침묵하지도 않았다.

"임금과 신하의 관계는 어떠한가?"

류성룡은 방금 사용한 비유를 그대로 끌어들였다.

"임금이 몸이라면 신하는 그 몸을 보호하는 가죽옷이나 갈옷과 같사옵니다. 임금은 응당 사계절 변화에 따라 그 의복을 맞춰 입어야 하며, 신하는 물러나 임금이 부르심을 기다리고 나아와 임금 뜻을 밝게 살펴야 할 것이옵니다."

'의복을 고르듯 신하를 선택하라!'

선조는 홍문관에 속한 이 총명한 젊은 신료와 속 깊은 이야기를 나누고 싶어졌다.

"가까이. 이리 가까이 다가앉으라."

류성룡이 허리를 숙인 채 나아왔다. 서안 위에 올려놓은 『맹자』를 눈으로 훑을 만큼 가까운 거리였다. 선조는 방문 쪽을 살핀 다음 목소리를 낮추었다.

"지난 사월 경신일(23일)에 관학(官學)에 속한 유생들이 신하 넷을 문묘(文廟)에 종사(從祀)하라는 청을 올렸느니라. 알고 있느냐?"

류성룡도 조용히 답했다.

"알고 있사옵니다."

선조가 서책을 손바닥으로 쓸며 말했다.

"김굉필, 정여창, 조광조, 이언적 이 네 사람을 지금 꼭 문묘에 종사해야 하는 이유가 어디 있다고 보는가?"

"공맹의 도리를 바로 세우기 위함이옵니다."

"공맹의 도리를 바로 세운다? 그것이 왜 꼭 그 네 사람을 통해서만 가능하다는 것인가?"

"감히 아뢰옵니다. 네 신하는 폐주 연산과 중묘(中廟. 중종)를 모셨다가 간악한 무리들이 무고하여 큰 화를 입었사옵니다. 그로부터 지금까지 경세(經世)에 뜻이 있는 단사(端士. 품행이 단정한 선비)들이 산림에 몸을 감추고 감히 출사하지 못하고 있사옵니다. 네 사람을 문묘에 종사하는 것은 단지 그 사람들만을 높이는 것이 아니라, 그동안 억울함을 품고 살았던 서생과 그 후손에게 공을 돌리기 위함이옵니다."

"억울함을 품고 사는 이들이 많은가?"

류성룡은 잠시 답을 미루고 생각을 가다듬었다. 건천동에서 함께 지낸 이순신 형제 얼굴이 스쳐 지나갔다. 그 집안 역시 조광조와 뜻을 합친 조무 때문에 놀락하시 않았넌가. 동집인 이요신과 함께 지낸 시간이 많았지만, 류성룡은 그 동생인 이순신에게 더 관심이 갔다. 어떤 일을 풀어 나갈 때 한 걸음 두 걸음 세 걸음 물러서며 자초지종을 따지는 모습도 인상 깊었고 한번 뜻을 정하면 굽히지 않는 고집에도 혀를 내둘렀다.

건천동을 떠나던 날, 이요신은 이순신 손을 잡고 류성룡을 찾아왔다. 이요신은 눈물까지 내비치며 이별을 아쉬워했지만 이순신은 굳은 표정으로 작별 인사도 하지 않았다. 이요신이 조용히 귀띔하기를, 굶어 죽어도 한양에서 살자고, 대대손손 살던 건천동을 왜 떠나느냐고 버티다가 어른들에게 혼났다고 했다. 한양을 떠나는 것이 아쉽기는 해도 그렇듯 부모 뜻을 정면에서 거스를 줄은 상상도 못했던 것이리라. 그때 류성룡은 이순신에게 물었다.

"왜 도성을 떠나기 싫은 거니?"

이순신이 내뱉은 아이답지 않은 대답은 지금까지도 가슴 한복판을 찌르고 있었다.

"자꾸 밀리다 보면 낭떠러지인 줄도 모르고 떨어져요."

'과연 순신이는 그때 무엇에 밀리는 줄 알고 그런 말을 뱉은 것일까. 그저 도성을 떠나기 싫은 심정을 그렇게 드러낸 것일까.'

어쨌든 이순신은 억울함을 품고 한양을 떠났고, 류성룡은 이순신을 떠올릴 때마다 그 말이 생각나 가슴이 아릿해지곤 했다.

"적지 않사옵니다. 전하께서 네 사람을 문묘에 종사하라고 윤허하신다면, 방방곡곡에 숨어 있는 탁월한 인재들이 만만세를 부르며 조정으로 나아올 것이옵니다."

"하나 그 네 사람 외에도 공맹의 도리를 바로 세우려 한 신하
는 많지 않은가?"

류성룡이 차분히 답했다.

"행적이나 저서 등을 우선 정리해야 할 것이옵니다. 유생들이
청한다 하여 곧바로 윤허하지 마시옵고 그 문장과 학덕을 전하께
서 직접 살피시옵소서. 화를 당한 탓에 문장이 흩어지고 저서도
유실되었으나 이미 많은 부분을 수습한 줄로 아옵니다. 아직 부
족한 것은 전하께서 명하시면 신이 힘껏 모아 보겠나이다. 대강
을 살피신 후에 시호부터 내리시옵소서."

"알겠다. 젊은 신료들에게 하문해 보니 네 사람 중에서도 특히
조광조를 기리는 뜻이 높았느니라. 부수찬은 조광조를 어찌 생각
하는가?"

"신이 어찌 조광조를 몇 마디 문장으로 논할 수 있겠사옵니까.
전 우찬성(右贊成) 이황(李滉)은 한마디로 조광조를 명유라 하였사
옵니다."

"명유라!"

"이황은 조광조를 이렇게 평하였사옵니다. '조광조는 천품이
뛰어나고 일찍이 성리(性理)의 학문에 뜻을 두었으며 집에 거할
때에는 효성과 우애가 있었다. 중묘께서 치도(治道)를 갈구하시어
삼대(三代, 하나라, 은나라, 주나라)의 다스림을 일으키시려고 하자,
세상에 다시없는 성군을 만났다 하여 김정, 김식, 기준(奇遵), 한
충(韓忠) 등과 동심협력하여 정치를 크게 경장(更張)시켰다. 그리

고 『소학』으로써 인재를 교양하는 방도로 삼고 여씨 향약을 서생하여 사방 백성들이 영향을 받아 감화되었으니, 만약 오래도록 폐하지 않고 계속하였더라면 치도(治道)가 무난히 시행되었을 것이다. 다만 당시 젊은 사람들이 태평성대를 이루기에 급급하여 서두른 폐단이 없지 않았다. 이리하여 구신(舊臣)들 가운데 배척을 당한 이들이 앙심을 품고 갖가지 허점을 살피다가 망극한 참언을 만들어 조광조와 그 일행을 귀양 보내거나 사형 당하게 만들었다. 그때 환란이 지금까지 만연되어 학행(學行)에 뜻이 있는 사람이 나타나더라도 미워하는 자들이 그를 가리켜 기묘의 무리라고 지목하기도 한다. 사풍(士風)이 크게 더럽혀지고 명유가 나오지 않는 것은 바로 이 때문이다.'"

"과인도 이황이 조광조를 칭찬하는 것을 직접 들었느니라. 하나 조광조가 『소학』만을 강조한 것이 공맹의 큰 가르침을 담기에 부족하다는 평도 있느니라."

류성룡 역시 조광조에게 그런 비판이 쏟아졌음을 알고 있었다.

"무슨 일이든 초심(初心)이 중요한 법이옵니다. 학동 때부터 『소학』을 읽어 공맹의 밝은 가르침을 뼛속 깊이 새겨야 하옵니다. 조광조가 『소학』을 강조한 데는 두 가지 의미가 있다고 사료되옵니다."

"그 둘이 무엇이냐?"

"첫째는 『소학』의 가르침조차도 제대로 따르지 못하는 이들이 공맹의 큰 도를 펼 수 있겠느냐는 물음이옵니다. 둘째는 조광조 스스로 배움이 짧음을 자성하고 앞으로 더 많은 것을 배우겠다는 뜻이옵니다.”

앞은 밖을 향한 충고이고 뒤는 안을 향한 다짐이라는 말이다. 선조가 입가에 웃음을 머금고 물었다.

“부수찬도 요즈음 『소학』을 읽느냐?”

“매일 한 대목씩 외우고 있나이다.”

“허어, 조광조의 가르침을 충실히 따르는 이가 바로 부수찬이었구나. 그래, 지금까지 배운 가르침 중에서 가장 감명 깊었던 것이 무엇이냐? 외워 보아라.”

류성룡은 허리를 조금 펴고 마른침을 꿀꺽 삼켰다. 수많은 문장들이 눈앞을 스치고 지나갔다. 그러나 암송할 문장은 이 젊은 군주가 조광조를 하문할 때부터 이미 정해져 있었다.

“『예기(禮記)』 「단궁(檀弓)」에서 옮겨 실은 것이옵니다. 어버이를 섬길 때는 그 허물을 숨기고 면전에서 직접 간(諫)하지 않사옵니다. 좌우 가까이에 나가서 봉양하되 한계가 없이 그 부모가 죽을 때까지 부지런히 섬기며, 부모가 죽으면 삼 년 동안 치상(致喪)을 치르옵니다. 임금을 섬길 때에는 면전에서 직접 간하며 허물을 숨기지 않사옵니다. 좌우에서 봉양하되 직분에 따라 섬김이 한계가 있사옵니다. 임금이 죽을 때까지 부지런히 섬기고, 죽으면 친상(親喪)과 같은 수준으로 삼 년간 방상(方喪, 어버이 상을 치르는 것과 같은 마음과 형식으로 상을 치르는 것)을 치르옵니다. 스승을 섬길 때는 면전에서 직접 간하는 일도 잘못을 숨기는 일도 없사옵니다. 좌우에서 봉양하되 한계가 없이 스승이 죽을 때까지 부지런히 섬기며, 죽으면 삼 년간 심상(心喪, 상을 치르지 않아도 될 이가 죽음에 근신하는 일로 상복은 입지 않는다.)을 치르옵니다."

선조가 이해할 수 없다는 듯 고개를 약간 왼쪽으로 젖히며 하문했다.

"부모를 섬길 때는 허물을 숨기며 면전에서 직접 간하지 않는데, 임금을 섬길 때는 면전에서 직접 간하며 그 허물을 숨기지 않는 까닭이 무엇이냐?"

"부모와 자식의 관계는 은혜를 주로 하옵니다. 무례히 간하게 되면 부모에게 착한 일을 하도록 권면하는 것이므로 은혜를 상하게 되옵니다. 그러므로 조심스럽게 간하고 면전에서 직접 간해서는 아니 되는 것이옵니다. 임금과 신하의 관계는 의(義)를 주로 하옵니다. 임금의 허물을 숨긴다면 두려워하고 아부하여 의를 해치는 것이 되옵니다. 그러므로 임금이 저지르는 악(惡)을 널리 구제하고 속이지 말아야 하며 면전에서 간해야 하는 것이옵니다. 일찍이 조광조도 이 가르침에 따라 탑전에서 충심으로 간하였던 것이라 사료되옵니다."

이어지던 하문이 거기서 뚝 멈췄다.

'성노(聖怒, 왕의 노여움)를 산 것일까.'

류성룡은 고개를 숙인 채 다음 하문을 기다렸다. 이윽고 작지만 날카로운 옥음이 들렸다.

"부수찬도 과인이 잘못하면 조광조처럼 간할 것인가?"

대답을 피해 갈 수 없었다. 류성룡은 아랫입술을 앞니로 깨문 후 답했다.

"그러하옵니다. 신 또한 조광조가 했듯이 충심으로 진언할 것이옵니다."

선조가 숨 돌릴 틈도 없이 질책을 계속했다.

"임금이 몸이라면 신하는 그 몸을 보호하는 가죽옷이나 갈옷과 같다 하지 않았느냐? 과인이 그 간언을 받아들이지 않는다면 어찌할 텐가?"

류성룡이 단어마다 힘을 실으며 답했다.

"신을 엄히 벌하시옵소서. 하나 신은 결코 사고(師皐, 당나라 사람 양우경의 자. 처음엔 강직하였으나 벼슬이 높아지면서 해학과 재기로 권세에 아첨하여 출세한 인물.)와 같은 자가 될 수 없나이다."

"중벌을 받더라도 할 말은 하겠다?"

"……"

침묵이 흘렀다. 오늘 바로 귀양을 떠날 수도 있는 상황이었다.

'너무 빨리 진언한 것일까?'

류성룡은 그 순간 근신하며 적어도 오 년은 침잠하라고 충고한 스승 이황을 떠올렸다.

'여기서 모든 걸 접고 도산으로 낙향해야 하는가?'

이윽고 옥음이 내려왔다.

"오늘 부수찬의 말을 기억하겠노라. 과인은 부수찬이 요질(要質. 신하가 임금에게 굳게 약속을 지켜 충성을 다함)함을 의심치 않노라. 이만 물러가도록 하라."

류성룡은 돈화문을 나설 때까지 고개를 들지 않았다. 종묘를 왼쪽으로 끼고 내려오면서도 내내 땅만 보고 걸었다. 어심(御心)을 알 수 없었던 탓이다.

'기억하겠다고? 내 뜻을 받아들이신 걸까? 아니면 다시는 그런 소릴 하지 말라는 뜻일까?'

홍배에 새겨진 단학이 유난히 커 보였다. 한 마리 학처럼 훨훨 날고 싶었다.

날마다 길을 잃은 심정이었다. 점필재(佔畢齋, 김종직의 호) 선생이 쓴 시를 읽을 때, 정암 선생의 행적을 따라갈 때, 경상 우도에 은거하며 세상으로 나오지 않는 남명(南冥, 조식의 호) 선생이 토했다는 질타를 전해 들을 때, 그리고 이제는 도산이라는 호처럼 물러나 후학들을 키우며 마지막 희망을 걸고 있는 스승을 그릴 때, 세상은 온통 혼돈이었다. 그이들처럼 올곧게 살며 깊이 공부할 자신이 없었다.

스승 이황은 여러 제자 중에서도 유독 류성룡에게만 출사를 권했다. 『근사록』을 몇 장 넘기시다가 "자넨 이곳이 아니라 도성에 있어야 할 사람일세."라고 말씀하셨던 것이다.

'진득하게 물러나 공부할 그릇이 못 된다고 생각하셨던 걸까?'

입궐 준비를 서두르던 아침에 받은 서찰이 떠올랐다. 아산에 있는 이요신이 이 년 만에 보낸 서찰이었다. 류성룡은 파자교(把子橋)를 건넌 후 소매에서 서찰을 꺼냈다. 빛바랜 종이에 희미한 먹물로 가늘게 흘러내린 필체는 병마에 시달리면서도 해맑게 웃는 옛 친구 얼굴을 떠올리게 했다.

봄이로세. 벌깨덩굴 막 피기 시작할 때 헤어진 후 다시 만날 날을 기약했는데, 시간은 빨리 흐르고 내 두 발은 느리기만 하군.

이 년 전 자네가 던진 물음을 기억하는지. 왜 상경하여 과거를 보지 않느냐고 했지. 청운(靑雲)을 품지 않았다고 하면 거짓이겠지만, 내 길은 아닌 듯싶네. 자네가 잘하고 있다는 풍문은 이곳에도 들려온다네. 자네 혼자 충분한데 나까지 낄 필요는 없겠지. 자네 근면함과 총명함에 비하면 난 아무것도 아니지 않나. 솔직히 말하자면 사람들과 어울리는 것보다 달 아래 홀로 배 띄우고 시 한 수 읊는 것이 즐겁네. 웬 신선놀음이냐고 놀리더라도 어쩔 수 없는 일일세. 우리 형제 중에는 그래도 순신이가 가장 나은데, 무슨 생각이 그리도 많은지 팔도를 제 집처럼 떠돌기만 하는군. 혹시 틈을 내어 순신이를 가까이 만날 날이 있거든 부디 자네가 충고해 주기 바라네. 나는 본래부터 연연약질(軟軟弱質)인 몸, 요즈음엔 거친 비와 스산한 바람이 뼈를 흔드는 듯하네. 더욱이 시골에 묻힌 바 되고 보니 어찌 형 노릇인들 제대로 하겠는가. 자네가 형처럼 순신이를 돌보아 주고 가르쳐 준다면 고맙겠네. 부탁하이.

신미년(1571년) 가을.

안성(安城)에 장이 서는 날은 한양 육전(六廛) 부럽지 않았다.

하삼도에서 올라오고 북삼도에서 내려가며 서운산(瑞雲山)과 백
운산(白雲山)을 돌아드는 진귀한 물건과 그 물건을 흥정하는 장사
치들이 일시에 내뱉는 왁자지껄한 팔도 사투리가 높푸른 가을 하
늘 아래 노랫가락처럼 섞였다. 쌓아 올린 유기(鍮器, 놋그릇)는 없
어서 못 팔 만큼 인기였다.

장으로 들어가는 길목은 외줄 타며 춤추는 사당패들이 차지했
고, 모퉁이마다 늘어선 식점(食店)은 장 구경 나온 사람들 발목을
붙잡았다. 이렇게 큰 장이 설 때는 슬그머니 밀주(密酒)들을 내다
파는 식점도 있었다. 삼(蔘)을 섞기도 하고 꿀을 타기도 하며, 간

혹 알 수 없는 약초까지 곁들여 맛을 냈다.

특명을 받은 포졸들이 쉬지 않고 장을 돌았지만 돈이나 물건을 잃고 가슴을 치는 이들이 꼭 생겨났다. 때가 잔뜩 묻은 얼굴로 시끄러운 노래를 부르며 시장을 도는 거지 떼를 보는 것도 흔한 일이었다. 대부분은 깨진 쪽박에 식은 밥 한 덩이와 김치 몇 조각을 받고 물러났지만, 간혹 장사를 방해하며 난동을 부리기도 했다.

"에이, 쓸 만한 계집들이 없네! 아산에서 여기까지 왔는데."

패랭이를 삐뚜름하게 쓴 사내가 침을 탁 뱉었다. 그 뒤로 장정 여섯이 횡으로 늘어서서 길을 훑으며 걸었다. 쪽박도 들지 않았고 옷도 깔끔한 걸 보니 거지 떼는 아니었다.

"계집이 있으면 어쩔 건데? 혓바닥만 나불대고 아랫도리는 힘도 못 쓰는 놈이!"

수염부리가 양손에 든 목탁 두 개를 부딪치며 히죽거렸다.

"말 다했어?"

어느 틈에 패랭이 손엔 단검이 들렸다. 수염부리가 넓은 가슴을 들이밀며 웃음을 그치지 않았다.

"'수염이라도 깨끗이 깎아 드리리까.' 이러려고 그러냐? 되었네, 이 사람아!"

나머지 사내들도 따라 웃었다. 패랭이가 그 웃음을 가르며 허공으로 솟아올랐다. 단검이 수염부리 가슴에 닿기 직전 지팡이가 비스듬히 끼어들어 칼날을 막았다. 수염부리는 "어이쿠" 소리와 함께 엉덩방아를 찧었고 패랭이는 왼 무릎을 꿇으며 앉자마자 고개를 획 돌려 방해꾼을 찾았다.

지팡이를 양손으로 쭉 뻗은 사내 얼굴을 확인한 패랭이가 또 침을 탁 뱉었다. 패거리 중 가장 젊어 보이는 사내는 바로 이순신이었다. 이순신은 엄한 얼굴로 패랭이와 수염부리를 번갈아 쳐다보며 말했다.

"형님들! 사람들 다 보는 데서 칼부림하면 꼼짝없이 오라에 묶여 관아로 끌려가오. 자, 저기 식점에서 국밥이라도 한 그릇씩들 합시다. 내가 사겠소."

국밥을 산다는 말에 패랭이와 수염부리를 제외한 사내들이 먼저 기뻐서 고함을 지르고는 서둘러 식점으로 들어갔다. 수염부리도 단검이 박힐 뻔한 가슴을 손바닥으로 쓰윽 문지른 다음 그 뒤를 따랐다. 패랭이는 그때까지도 지팡이에 달려 있던 단검을 뽑아 소매에 감추면서 한마디 툭 뱉었다.

"누가 선창꾼 아니랄까 봐 끼어들긴? 나중에 그 버릇 단단히 고쳐 주지."

사내가 지팡이를 허공에 빙글 던졌다가 다시 받으며 응수했다.

"그럽시다. 형님 단검 놓고 난 이 지팡이 던지고, 맨주먹으로 한판 붙지요. 언제든지 좋쇠다."

이순신 일행이 자리를 차지하고 밀주를 한 사발 들이켤 때, 또 한 패가 들이닥쳤다. 이번에는 거지 떼였다. 얌전히 빌어먹기만 하는 거지들이 아니라 패를 짜서 민폐를 짓는 험상궂은 자들이었다. 맨 앞에 선 놈 허우대나 기세등등한 태도가 보통이 아니었다.

거지 떼라면 이골이 난 주인 아낙이 미리 준비한 술동이를 들고 나왔다.

"어서 먹고들 가."

거지 떼는 땅바닥에 털썩 주저앉더니 허리에 찬 조롱박을 어깨에 쓰윽쓱 닦고 술을 퍼 마시기 시작했다. 앞 다투어 몇 번인가 조롱박이 드나들자 술동이는 금방 바닥을 보였다.

붉은 끈으로 이마를 묶은 입술 터진 거지 하나가 일어나 괴상한 노래를 부르며 식점 뜰을 뛰기 시작했다. 그 뒤를 꼬마 거지 둘이 손뼉을 치며 뒤따랐다. 뿌옇게 피어오르는 흙먼지를 보며 식점에 든 손님들은 언짢은 낯을 지었다.

국밥을 먹던 이순신도 눈살을 찌푸렸다. 그 모습을 보고 수염 부리가 얼른 가까이 다가앉으며 작은 목소리로 내리눌렀다.

"저 아귀 패는 지독한 놈들이야. 혹여 끼어들지 마라."

이순신은 제 일이 아니라도 불의를 보면 늘 끼어들어 간섭하는 버릇이 있었다. 의롭지 못한 언행이나 다급한 사정에 마주치면 상대가 누구든 가리지 않고 그냥 지나치지 못했다. 직심스럽기가 한데 어울려 다니는 패거리 모두 혀를 찰 정도였다.

주인 아낙이 짚으로 싼 술동이 하나를 더 가지고 나왔다. 식점을 빙빙 돌던 거지 떼가 달려들어 또 금방 동이를 비웠다. 거지들은 그래 놓고도 물러나지 않고 이번에는 아낙에게 시비를 걸었다.

"왜 우리한텐 쉰 술만 주나? 아귀 패를 우습게 보는 거야?"

아낙이 큰 엉덩이를 좌우로 흔들며 맞받았다.

"맛난 술은 손님한테 팔아야지, 네놈들 줄 게 어디 있어?"

"헤. 아귀 맛을 보고 싶다 이거지?"

스스로 아귀를 자처한 사내가 큰 입을 벌린 채 기분 나쁜 웃음을 흘렸다. 몇 놈이 따라서 천천히 자리에서 일어선 후 이쪽저쪽 손님들 상에 한 명씩 다가섰다.

이순신 일행 옆에도 키가 작고 양 볼에 까만 점이 덕지덕지 붙은 놈이 악취를 풍기며 슬금슬금 가까이 다가들었다. 이순신이 자리에서 엉덩이를 떼고 일어나기도 전에 아귀가 외쳤다.

"엎어!"

거지들이 동시에 상 십여 개를 뒤엎자 국이 쏟아지고 반찬이 튀었다. 봉변을 한 손님들이 소리를 치며 일어섰다.

이순신 얼굴에도 희뿌연 밥알이 덕지덕지 붙었다.

'이런 죽일 놈들이 있나.'

막 마당으로 내려서는데. 어디서 나타났는지 더그레를 입은 포졸 두 사람이 썩 식점으로 들어섰다.

"모두들 움직이지 마라. 이게 무슨 난동이냐? 아귀! 또 너냐?"

기세등등하던 아귀가 갑자기 고분고분해졌다.

"아닙니다요."

새우눈이 날카로운 포졸이 육모 방망이를 치켜들며 짧게 말했다.

"당장 꺼져. 다시 내 눈에 띄면 옥에 처넣을 테다."

아귀가 손바닥을 싹싹 비비며 머리가 땅에 닿을 만큼 허리를 숙였다.

"알겠습니다요. 다시는 얼씬도 않겠습니다요. 애들아, 가자!"

거지 떼가 아귀를 따라서 순식간에 식섬을 빠서나갔다. 밀집곘던 손님들도 가슴을 쓸어내리고 혀를 차며 식점을 떴다. 뒤에서는 주인 아낙이 울상을 지으며 엎어진 상과 깨진 그릇, 흩어진 음식들을 치웠다. 포졸들은 식점 입구에 서서 그 꼴을 쳐다보았다.

"우리도 가지."

패랭이가 일어서자 나머지 장정들도 그 뒤를 따랐다. 주인 아낙은 아직 뒤집힌 상을 반도 치우지 못했다. 이순신 역시 성큼성큼 마당을 가로질러 다시 시장 구경에 나섰다.

장에는 그사이 사람들이 더 불어나, 한 걸음 옮길 때마다 어깨가 부딪히고 물건을 흥정하는 소리가 귀를 파고들었다. 고개를 갸웃거리며 걷던 이순신이 갑자기 무엇이 생각난 듯 걸음을 멈추었다.

"왜 그래?"

나란히 걷던 수염부리도 걸음을 멈추고 물었다. 이순신이 겸연쩍게 웃으면서 말했다.

"형님들 먼저 가쇼. 아까 식점에다 뭣을 좀 빼놓고 왔소."

이순신은 부지런히 식점으로 돌아왔다.

입구에 서 있던 포졸들은 그때까지도 식점을 떠나지 않고 있었다. 아귀 패를 쫓아내고서도 멀거니 그 자리에 머물러 있는 것이 아무래도 수상했다. 이순신은 허리를 숙이고 울타리를 돈 다음 뒷마당으로 훌쩍 뛰어 넘어갔다.

발소리가 들렸다. 이순신은 급히 뒷간으로 들어가 앉았다. 두 손을 맞잡고 어깨를 움츠린 채 귀를 기울였다.

"아귀 패를 또 데리고 오면 어찌합니까?"

주인 아낙 목소리에는 원망이 가득했다.

"그러니까 미리미리 챙겨 올리라고 하지 않았는가? 그랬으면 상이 뒤집히는 일도 없고 애꿎은 그릇도 깨지지 않았을 것을."

새우눈 포졸이 혀를 끌끌 찼다. 그 뒤에서 한마디도 않던 배불뚝이 포졸이 짧게 거들었다.

"우린 바빠. 속히 내놓게나."

잠시 침묵이 흘렀다. 새우눈이 목소리를 조금 더 날카롭게 세웠다.

"이게 뭐야? 우릴 거지새끼로 알아?"

"지난번에 드린 것과 똑같은데요."

아낙이 조금 풀 죽은 목소리로 답했다.

"손님이 더 많이 들었잖아?"

배불뚝이가 끼어들었다.

"아귀 패들 때문에……."

"장사 접고 싶어?"

새우눈이 위협하는 데 이어 배불뚝이가 이죽거렸다.

"가자고! 장사 잘하게나. 이젠 아귀 패 아니라 왈짜패가 떼로 몰려와도 말리지 않을 테니."

아낙이 눈물로 매달렸다.

"아닙니다. 여, 여기……. 이거 가지고 가세요."

"필요 없다니까."

"아이고, 포졸 나리! 제가 잘못했어요. 한 번만, 한 번만."

애원하는 소리가 점점 멀어졌다. 이순신은 조심조심 뒷간에서 나왔다. 마당에 나오자 포졸들은 이미 식점을 떠나고 보이지 않았다. 주인 아낙은 다시 바삐 부엌을 오가며 손님을 맞기 시작했다.

이순신이 두 눈에 시뻘건 불덩이를 피워 올렸다.

그날 저녁. 장이 파하는 때라 주위엔 을씨년스러운 분위기마저 감돌았다. 물건을 다 팔지 못한 장사치들은 등짐을 지고 다음 장으로 떠나고 근처 동네 아이들만 길을 따라 바닥에 코를 박고 흘린 물건이나 없는지 찾았다. 식점이 모여 있는 모퉁이로 돌아온 이순신은 거친 숨을 가라앉히며 주위를 살폈다. 이문을 챙긴 장사치들이 한잔 거하게 마시고 타령을 부르는 소리가 들려왔다.

마침내 이순신 눈에 찾던 놈들이 보였다. 이순신은 우선 느티나무 뒤로 몸을 숨겼다. 새우눈과 배불뚝이 포졸이 육모 방망이를 어깨에 걸치고 걸어오고 있었다. 또 다른 식점 주인이 길까지 따라 나와 굽실대며 배웅을 했다.

두 사람은 느릿느릿 좌우 풍광을 살피며 장터를 벗어났다. 어둠이 점점 짙어져 십 보 앞 사람도 구별하기 힘들었다. 새우눈이 말했다.

"이제 나눕시다. 형님!"

"여기서? 사람들이 오가는 길일세."

"누가 다닌다고 이러십니까? 행인이 나타나도 육모 방망이로 멀리 쫓아 버리면 그만인 것을. 자, 어서 내봐 보슈. 지난번처럼 빼돌릴 생각은 마십시오."

"빼돌리긴 뭘 빼돌렸다는 게야? 물증 있어?"

"에이, 형님! 자꾸 이러면 같이 일 못 합니다. 하여튼 오늘 번 것 내놓으십쇼."

"알았다, 알았어."

배불뚝이가 튀어나온 아랫배에서 작은 주머니를 꺼냈다. 짤그랑 짤그랑 하는 소리가 들려왔다.

"요 가락지는 네가 갖고 이 비녀는 내가 하마. 공평하지, 그럼?"

"공평하오. 암, 공평해."

기분 좋게 가락지를 집어 챙기려던 새우눈이 갑자기 억 소리를 지르며 앞으로 푹 꼬꾸라졌다.

"어어?"

배불뚝이가 고개를 들자 두루마기 차림을 한 낯선 청년이 서 있었다.

"누, 누구냐? 감히 더그레 입은 포졸을 쓰러뜨리다니……"

이순신은 대답 대신 성큼성큼 걸어왔다. 배불뚝이가 육모 방망이를 치켜들고 소리쳤다.

"멈춰. 더 다가오면 혼쭐을 낼 테다."

걸음을 멈췄다. 배불뚝이가 안심한 표정을 짓는 순간 두 발이 허공을 갈랐다. 가슴과 턱을 동시에 걷어차인 배불뚝이는 정신을 잃고 새우눈 위에 쓰러졌다. 이순신은 땅바닥에 흩어진 패물을 주워 모아 품에 넣고 다시 식점을 향해 걸음을 옮겼다.


땅거미 손님까지 모두 돌아간 시각, 식점 부엌에서는 설거지가
한창이었다.

"좀 보세."

이순신이 부엌문 앞에서 조용히 말했다. 주인 아낙이 깜짝 놀
라 일어서며 반겼다. 남은 밥과 반찬이 생각났던 것이다.

"저녁 드실라고?"

아낙은 낮에 식점에 들른 이순신을 기억하지 못했다. 오늘 하
루 이곳을 드나든 남정네만도 수십 명이었다.

"아닐세."

이순신은 품에서 패물을 움켜 내밀었다. 아낙은 그 얼굴과 내
민 손을 번갈아 쳐다보며 물었다.

"이게 뭡니까요?"

"어서 받게. 자네가 아까 낮에 포졸들에게 빼앗긴 패물일세."

이순신을 쳐다보던 주인 아낙이 인상을 일그러뜨렸다. 눈가가
촉촉하게 젖어 들었다.

'눈물이 날 정도로 감격했는가.'

가슴에 뿌듯한 느낌이 치받아 왔다. 앙칼진 목소리가 비수처럼
날아든 것은 그 순간이었다.

"아니, 젊은 나리, 지금 제 장사를 망치려고 작정을 하셨습
니까?"

"무, 무슨 소린가?"

당황한 이순신은 말까지 더듬었다.

"당장 그 패물을 포졸들에게 다시 갖다 주세요."

"하나 이건 그놈들이 강제로……."

"아니에요. 거지 떼 행패를 다스리고 우리 식점을 지켜 주신 게 고마워서 이년이 드린 겁니다."

"그 무슨 얼토당토않은 소리인가? 포졸들이 뒷마당에서 자네에게 패물을 내놓으라고 다그칠 때 난 뒷간에 숨어 있었다네. 전부 다 들었다 이 말일세."

주인 아낙이 냉랭한 표정으로 되물었다.

"뭘 전부 다 들었다는 거죠? 다 들은 분이 이런 짓을 하다니요? 이년은 그런 패물 모릅니다. 그 가락지를 받으면 이년은 죽습니다."

"죽다니? 이 패물들은 자네 걸세. 두 포졸 놈이 아귀 패를 시켜 식점을 뒤엎은 다음 자네를 윽박질러 빼앗은 거야. 자꾸 이러면 동헌에 나아가 시시비비를 가릴 수밖에 없네. 어서 받아."

주인 아낙은 손사래를 치며 주위를 살핀 다음 목소리를 낮추었다.

"나리! 나리는 한 번 왔다 가면 그만이지만 이년은 평생 여기서 밥과 술을 팔아야 합니다. 포졸들에게 밉보이고는 여기서 술 한 사발 팔 수 없어요. 긁어 부스럼을 만들 순 없습니다. 이년을 살려주세요. 부탁입니다. 가세요. 어서 가세요."

주인 아낙은 부엌문을 꽝 닫고 들어가 버렸다.

이순신이 천천히 고개를 떨어뜨렸다. 비녀와 가락지들이 손에서 흘러내려 챙그랑 챙그랑 땅에 떨어졌다. 고추바람이 바람꽃을 일으키며 몰려들었다. 멀리서 개 짖는 소리가 들려왔다. 달그락 달그락 사발 씻는 소리가 그 위에 겹쳤다.

'의(義)를 위해 나섰건만 오히려 백성들은 손사래를 친다. 도우려 했건만 망할 길로 밀어넣는 것이니 오히려 돕지 않음만 못하다 한다. 그렇다면 협은 무엇이고 또 의는 무엇인가! 바름은 어디에 있는가! 도대체 무엇이 옳고 무엇이 그른 것인가!'

찬바람에 온몸이 꽁꽁 얼어붙을 때까지 이순신은 오랫동안 움직일 줄을 몰랐다.

# 八, 조광조에 기대어 의로움을 논하다

구불구불 흰 너덜겅을 따라 삿갓을 쓴 이순신이 비틀거렸다. 오른쪽 어깨에서 왼쪽 옆구리로 흑각궁을 맸고 목이 좁은 옥빛 술병을 왼손에 들었다. 찢어진 두루마기로 누런 탁주가 흘렀지만 아랑곳하지 않았다. 적어도 닷새는 낯을 씻지 않은 듯, 이마에 온통 얼룩이 지고 양 볼이 푸석푸석했다. 그 흔한 봇짐 하나 없었다. 허리에 찬 짚신 두 켤레는 이미 닳아 구멍이 뚫렸다.

아직 오시(낮 11시)도 되기 전인데 몸을 가눌 수 없을 만큼 대취한 것이다. 이순신은 술병을 입에 갖다 댄 후 벌컥벌컥 세 모금을 들이켰다. 입술은 갈라 터져 피딱지가 앉았고, 제멋대로 뻗은 꺼칠한 수염을 따라 탁주가 또 낙숫물처럼 흘렀다. 그 몸이 기우뚱하는가 싶더니 앞으로 쓰러졌다. 왼발이 그만 돌부리에 걸

117

린 것이다.

"제기랄!"

이순신은 산산조각 난 술병을 보며 화를 버럭 냈다. 마지막 남은 철전 넉 대와 맞바꾼 술이었다.

"이젠 어떻게 술을 마신담."

시선이 자연스럽게 어깨에 멘 흑각궁으로 향했다. 오른손으로 쓰윽 심고(시위 양끝에 심으로 둥글게 만들어 양낭고자에 거는 고리)를 만졌다.

"하는 수 없군. 다음 식점에선 요거라도 팔아야겠다."

은행나무 가지 사이로 떠가는 양털 구름을 우러렀다. 고개를 들자 삿갓 아래 가렸던 이목구비가 드러났다. 눈두덩은 퉁퉁 부은 반면 양 볼은 주걱으로 떠낸 듯 움푹 파였다. 며칠 동안 곡기를 끊고 술만 마신 탓이다. 올려다본 하늘 위 구름에 겹쳐 집에 두고 온 아내와 자식들 얼굴이 흘러갔다. 두 눈이 잠시 회한에 젖었지만 곧 흐리멍덩해졌다.

갑자기 눈앞에 그림자가 일었다.

"어허, 많이 드셨구먼. 우리에게 공돈 보태려고 만취하셨나?"

쇠방망이를 지팡이처럼 짚고 선 텁석부리가 침을 질질 흘리며 말했다.

"뭐야, 너희들은? 누가 천하 협객 이순신을 가로막는 거야?"

양손에 낫을 든 말라깽이가 이순신 엉덩이를 툭툭 찼다.

"화순(和順)에서 능주(綾州)로 가려면 길 값을 내야지."

"길 값?"

이순신이 고개를 숙이며 헛웃음을 지었다. 말라깽이가 오른쪽 낫으로 삿갓을 벗기면서 왼쪽 낫을 턱에 갖다 대었다.

"웃어? 어라, 이거 아주 젊은 놈 아냐? 스무 살을 겨우 넘었겠는걸."

텁석부리가 말을 받았다.

"부지런히 인생길 개척할 나이에 웬 술을 이리도 퍼 마셨어?"

한심하다는 듯 혀를 끌끌 찼다.

"남이야 술을 마시든 고기를 뜯든 네깟 놈들이 무슨 상관이냐."

이순신은 오른손을 들어 낫을 아래로 쳐 내고 잉거주춤 일어섰다. 그러나 이내 중심을 잃고 다시 엉덩방아를 찧었다. 말라깽이가 침을 찍 뱉었다.

"길 값을 낼래, 목숨을 내놓을래? 좋을 대로 골라 보렴. 어느 쪽이냐?"

이순신이 앞가슴을 열어 보이며 답했다.

"나, 돈 가진 거 없어. 보다시피 알거지라고."

"알거지가 술은 어떻게 마셨누?"

"정읍(井邑) 지날 때 가진 양식 탈탈 털어 한 상 받아먹고 장성(長城)에선 철전까지 다 잡혀 쑥개떡에 술 마셨지. 이젠 없어. 돈이든 쌀이든 한 푼도 없다고. 있으면 너희들 다 가져. 자, 자!"

이순신은 두루마기를 풀고 바지까지 끌어내리려 했다. 손이 떨려 제대로 고름을 풀 수 없었다. 텁석부리가 쇠몽둥이로 땅바닥을 쿵 찧으며 짜증을 부렸다.

"요즈음 날떠퀴가 안 좋더니 어디서 이런 거지새끼가 걸리나.

그 활이라도 내놓고 꺼져."

"이건 안 돼."

말라깽이가 낫 끝으로 흑각궁을 건드렸다.

"안 되긴 뭐가 안 돼. 죽고 싶어?"

이순신은 다시 몸을 일으켜 서너 걸음 물러섰다.

"능주로 들어서는 고개에 날도적 두 놈이 있다더니 너희들이로
구나. 싸우고 싶지 않으니 썩 내 눈 앞에서 사라져!"

"말로 해선 안 되겠군. 우릴 원망하지 마라. 명을 재촉한 건
네놈이니."

텁석부리가 쇠몽둥이를 빙빙 돌리며 다가섰다. 한 방에 저승길
로 보내 버릴 기세였다. 이순신은 천천히 뒷걸음질쳤다. 자세를
고쳐 잡고 틈을 노리려 했지만 자꾸 발이 엉켰다. 역시 술이 과
했다.

"어디까지 물러날 셈이냐?"

어느새 말라깽이가 사마귀처럼 낫을 들고 등 뒤에 섰다. 더 이
상 물러설 자리도 없는 것이다. 뛰어오르고 싶었지만 무릎이 자
꾸 꺾였다.

'화살만 있었어도 단숨에 버릇을 가르칠 텐데.'

때늦은 후회였다. 한적한 고갯마루에서 도적을 만날 수 있다
는 생각은 전혀 못했던 것이다. 취하고 또 취한 것부터가 잘못이
었다.

'그렇다고 저따위 놈들에게 당할 수는 없지.'

눈을 힘껏 감았다 뜨며 양발에 힘을 실었다. 텁석부리가 두 주

먹을 불끈 쥔 이순신을 보며 이죽거렸다.

"어허! 한판 붙어 보시겠다? 좋아. 그냥 때려잡는 것보다야 살려고 발버둥치는 놈을 죽이는 게 재미있지."

텁석부리가 쇠몽둥이를 휘돌리며 달려들었다. 이순신은 날아온 몽둥이를 피하느라 크게 엉덩방아를 찧었다. 술 때문에 두 발로 다시 서기도 힘이 들었다. 그 순간 말라깽이가 오른발로 옆구리를 내질렀다. 텁석부리 역시 가슴과 배를 짓이기기 시작했다. 이순신은 벌레처럼 몸을 뒤틀면서도 활만은 꼭 품에 안았다.

"병신 같은 놈! 활이 목숨보다 중해?"

말라깽이가 낫을 목에 들이대며 소리쳤다. 양 볼은 퉁퉁 부어올랐고 입술을 터졌으며 눈썹 위 이마도 새끼손가락만큼 찢어져 피가 흘렀다.

"이건 안 돼……. 이건……."

"안 되겠군. 황천길을 재촉하니 보내 줘야겠어."

텁석부리가 쇠방망이를 머리 위로 치켜든 순간, 멀리 천하대장군 장승 뒤에서 비아냥거리는 소리가 들려왔다.

"에잇, 비겁한지고. 흉측한 무기를 든 놈 둘이서 술 취한 사람 하나를 잡으려는구나."

얼굴이 대추처럼 붉고 옴팡눈이 그윽한 사내가 마디 굵은 왕대 지팡이를 짚으며 천천히 걸어 나왔다.

몸에는 붉은 도포를 입었는데 긴 머리는 풀어헤쳐 허리에 닿았고, 시커먼 맨발은 펑퍼짐하기가 곰 발바닥 같았다. 이마에 두른 붉은 두건에는 발이 셋인 새 한 마리가 선명했으며 천을 덧대 기운 무릎과 어깨에도 각각 호랑이와 곰이 그려져 있었다.

"넌 또 뭐야? 오늘은 제 무덤을 파는 놈이 왜 이리 많아?"

"술 취한 과객을 해치는 것은 옳지 않아. 함부로 재물을 빼앗는 것도 사람이 할 짓이 아니고. 요놈들아! 어서 무기를 내려놓고 고향으로 돌아가라."

이번에는 말라깽이가 나섰다.

"주둥아릴 찢고 세 치 혀를 토막 내 주마."

말라깽이와 거리가 열 걸음쯤 되었을 때 사내는 오른손을 들어 손바닥을 쭉 폈다.

"인생이 불쌍해서 그냥 보내려고 했건만……, 꼭 몸을 다쳐야 정신을 차리겠다면 하는 수 없지."

"윽!"

갑자기 말라깽이가 낫을 떨어뜨리고 가슴을 부여안은 채 주저앉았다.

"이놈! 무슨 잡술을 부린 게야? 네가 무슨 전우치(田禹治)라도 돼?"

텁석부리가 쇠방망이를 휘두르며 달려들었지만 그 역시 말라깽이가 쓰러진 바로 옆에 배를 움켜잡고 엎어졌다. 사내는 산적들에게 다가가서 낫과 쇠방망이를 멀리 던져 버렸다.

"도, 도사님! 목숨만 살려 주십쇼."

"이놈들아! 다시는 이 길에 나타나지 마라. 네놈들이 또 보이면 아예 북망산으로 보내 버릴 테니까."

텁석부리와 말라깽이가 비틀대며 겨우 몸을 일으켜 능주 쪽으로 사라졌다.

사내는 저만치 떨어진 삿갓을 주워들었다. 이순신은 정신을 잃고 길바닥에 쓰러져 있었다. 사내가 천천히 다가가 오른 손바닥으로 이순신 머리 위를 만지는 시늉을 했다. 머리와 손바닥 사이가 두 뼘은 족히 되었지만 손바닥이 머문 자리마다 뜨거운 기운이 흐르고 이순신 얼굴에 경련이 일었다. 사내는 무릎까지 천천히 수평으로 손을 움직인 다음 긴 숨을 내쉬었다.

얼마나 시간이 흘렀을까.

깜박 정신이 돌아온 이순신 귓속으로 새소리가 파고들었다. 아주 까마득히 높은 하늘에서부터 조금씩 그 소리가 커졌다.

'참새일까? 꾀꼬리? 박새?'

여러 새들이 스치고 지나갔지만 무슨 소리인지 알 수 없었다. 지금까지 한 번도 들어본 적이 없는 소리였다.

'언젠가 요신이 형이 말한 가릉빈가(迦陵頻伽. 인도의 새로 그 소리가 곱기로 유명함) 울음이 이럴까?'

천천히 눈을 떴다. 해가 바로 머리 위에 있었다.

'여긴 어디지?'

황급히 몸을 일으켰다. 굴참나무 가지가 이마에 닿았다. 그 뒤에 누워 있었으니 행인 눈에 띌 염려는 없었다.

'장풍을 쓰던 도사가 날 이곳으로 데려왔는가? 감사 인사도 못

했는데.'

목을 뽑아 이리저리 살폈지만 인기척이 없었다. 텁석부리와 말라깽이가 저지른 횡포 때문에 장사치들도 이 길로 다니지 않는 모양이다.

그런데 머리가 이상할 만큼 맑았다. 배도 시원하고 등뼈에서 느껴지던 뻐근함도 사라졌다. 술에 취하면 머리가 쑤시고 번갈(煩渴)이 나면서 온몸이 시큰거리게 마련인데, 이상한 일이었다. 따뜻한 탕 속에 깊이 몸을 담그고 한숨 늘어지게 잔 것처럼 온몸이 너무나도 부드러웠다. 흑각궁은 머리맡에 놓여 있었지만 삿갓은 보이지 않았다.

'서둘러야겠어.'

이순신은 굴참나무를 돌아 다시 길을 나섰다. 멀리 비봉산(飛鳳山)이 보였다.

조광조가 사약을 마시고 절명한 초가를 찾는 것은 쉽지 않았다. 조정에서 조광조를 신원(伸寃)하였으나 배소(配所, 유배지)를 돌보는 손길은 아직 없었다. 기묘사화를 겪은 후 중종 시절에는 감히 그 이름 석 자도 거론할 수 없었던 터이다. 반백 년이 흐른 오늘까지 의로운 선비들이 그 죽음을 말할 때마다 은밀히 슬퍼하고 자탄할 뿐이었다.

언덕을 돌아드니 찬배(竄配, 죄인을 귀양 보냄)된 조광조가 한 달 남짓 머물렀던 초가가 나타났다. 비분강개하던 젊은 학인이 만들어 간 치열한 삶과는 달리 초가를 둘러싼 산들은 완만하여 부드럽기만 했다. 산을 등지지도 않고 비스듬히 자리 잡은 집 마당에는 냇바람만 몰려왔다 흩어졌다.

이순신 얼굴로 굵은 눈물 두 줄기가 흘러내렸다. 가볍고 당당하던 걸음걸이는 온데간데없고 술 취한 사람처럼 다시 비틀대기 시작했다. 잡풀 무성하게 자란 마당에 털썩 무릎을 꿇고 허리를 숙여 이마를 땅에 갖다 대고는 통곡을 시작했다. 비명인지 신음인지 구분되지 않는 소리를 뱉고 또 뱉었다. 주먹에 피가 날 정도로 땅바닥을 내리쳤고 간질 걸린 사람처럼 머리를 휘저었다. 답답한 듯 손바닥으로 가슴을 두드리기도 했다.

"쯧쯧, 울음을 감추기 위해 이걸 썼던 게로군."

삿갓이 무릎에 떨어졌다. 이순신은 고개를 들었다.

천하대장군 뒤에서 나타나 장풍을 날리던 도사가 장난꾸러기처럼 웃으며 마루에 앉아 있었다.

이순신은 겨우 울음을 삼키며 다시 고개를 들었다. 도사가 내처 말했다.

"가장 노릇을 포기했다지? 들짐승처럼 산과 강을 쏘다니고 광대처럼 술에 취해 춤춘다지? 작은 시비에도 주먹질부터 한다지? 서책은 베고 잘 때만 쓰고 값나가는 장검과 화살은 모조리 팔아먹는다지? 충고하면 귓문을 막고 꾸짖으면 시끄럽게 웃는다며?"

"뉘십니까? 뉘시기에 그런 망언을 하시는 겝니까?"

"뉘라면? 이름을 대면 날 알까? 꼭 그렇게 캐묻는 것도 소문대로군. 망언이라고? 천만에 말씀! 자네 외엔 아무도 내 말을 망언이라 하지 않아."

"돌아가세요. 아무랑도 이야기하고 싶지 않습니다."

도사가 맨발로 허공을 날아서 왕대 시팡이도 이마를 때렸다.

"아얏! 왜 이러십니까?"

"말로 타일러서 정신을 못 차리는 놈은 맞아야지. 출성비어(出聲悲語, 말을 하면 곧 슬픈 소리를 냄)라더니, 숫제 세상을 완전히 포기할 기세로구나."

"그리 못할 것도 없지요."

"성질 머리하곤……. 목숨을 버리려거든 조용히 자진하지. 곡을 하며 떠드는 건 무슨 흉내야?"

"제 마음입니다."

지팡이가 이번에는 왼쪽 어깨를 내리쳤다. 피했다고 생각했는데 튀어나온 왕대 마디가 어깨뼈에 부딪혀 딱 소리를 냈다. 그만 어깨를 잡고 왼 무릎을 꿇었다.

"왜 때리십니까?"

"내 마음이야."

도사는 왕대 지팡이를 빙글빙글 돌리며 킬킬거렸다. 어찌 보면 학덕이 풍부한 은사(隱士) 같기도 하고 어찌 보면 일자무식 장난꾸러기를 닮았다. 얼굴을 찬찬히 뜯어보았지만 전혀 기억이 나지 않았다.

마루에 다시 걸터앉은 도사가 지팡이를 들어 이순신 눈을 똑바로 가리켰다.

"요놈아! 살고 싶지. 길을 찾고 싶지. 그게 아니라면 여기 조정암 선생 적소(謫所, 유배지)까지 와서 하늘이 떠나가라 통곡하고 앉았을 까닭이 있나."

그러더니 지팡이로 땅을 통통 두들기며 헤벌쭉 웃는다.

"가소롭다, 가소로워. 고작 술잔에 코를 박고 길가 잡놈들과 아옹다옹하면서 길을 찾겠다고! 허!"

이순신이 도사를 노려보며 말을 잘랐다.

"함부로 말씀하지 마십시오. 언제 저를 보았다고 그리 넘겨짚으십니까?"

"함부로 말하든 넘겨짚든 내 말이 틀렸어? 저 혼자 동절최붕(棟折榱崩, 대들보가 무너지면 서까래도 무너진다.)하는 고통에 빠져 허우적거리는 멍청한 녀석 같으니. 어릴 땐 제법 똘똘했다더니만, 영 비뚜로 자랐네그려."

"아니, 뉘신데⋯⋯. 절 아십니까?"

얼떨떨한 낯으로 이순신이 물었다.

"정암 선생과 단금(斷金, 쇠를 자를 만큼 굳은 우의를 비유함) 같은 정을 나눈 서생 후손이 아산에 산다기에 한번 살펴보려던 참이지."

"단금 같은 정이라고요?"

"네 조부가 처음 찾아왔을 때 정암 선생이 착발(捉髮, 어진 사람이 찾아오면 감던 머리를 쥐고 만난다는 뜻으로, 어진 사람을 우대함을 뜻함.)하며 맞이했다지."

정신이 번쩍 들었다. 이순신은 저절로 몸을 바로하며 넘겨짚어 물었다.

"혹, 때를 기다리는 분이십니까?"

도사가 이순신의 핏발 선 눈을 스쳐보며 어린애처럼 웃었다.

"허허, 태공망(太公望)이냐고? 좋은 시절이 올 리도 없다만, 온 다 해도 나는 관심 없어."

"그렇게 마음을 접은 어른이시면 왜 저를 나무라십니까? 죽든 살든, 술에 절어 풀숲에 거꾸러지든 제 일입니다. 이 마당을 보십시오. 잡풀만 무성한 이 뜰을 보십시오. 외로운 혼이 구천을 떠돌며 한스럽게 우는 소리가 들리지 않습니까."

말하던 도중에 목에 메어 꺼억거리는 까마귀 소리가 났다. 저절로 두 줄기 분한 눈물이 흘렀다.

"진흙과 먼지에 묻힌 의로운 선비들 이름이 하나 남김없이 광명을 찾을 때까지 이 나라 어디에 길이 있다 하겠습니까. 소생은 차라리 초야에 묻혀 눈과 귀를 막은 채 밭이나 갈고 술추렴이나 하며 지내렵니다."

도사가 코웃음을 치나 했더니 번개처럼 왕대 지팡이가 날아왔다. 누른빛이 번쩍 하는 것을 보고 피하려고 했지만 어림도 없었다. 명치끝이 시큰하자 기식이 턱 막히며 정신이 아찔했다. 윗몸이 힘없이 뒤로 넘어갔다.

땅에 뒤통수를 대고 자빠진 몸 주위를 한가로이 빙 돌며, 도사가 이순신에게 입을 비죽거렸다.

"조부 일이 한스러워 출사를 아니 하겠다? 핑계는 청산유수로군. 이런 녀석을 두고 가문을 일으킬 아이라고 기꺼워하다니, 네 증조부 혼이 부끄러워 돌아갈 데를 모를라. 에이, 태몽이 아깝다, 이 녀석아!"

이순신이 누운 채로 눈을 끔벅였다.

'태몽?'

처음 듣는 소리였다. 늘 밖으로만 떠돈 아버지 대신 생계를 추스르기에 바빴던 어머니는 한없이 자애로움을 보여 주었을 뿐 네 형제 누구에게도 특별한 기대를 내보인 적이 없었다. 도사가 빤히 눈을 보며 말했다.

"널 품었을 적에 네 증조부가 꿈에 보여서, 가문을 일으키고 귀히 될 아이를 품었으니 잘 기르라고 당부하였다더라."

얼굴이 뜨거워졌다. 눈을 내리깔며 고집을 세웠다.

"헛꿈입니다. 벼슬길에 나가기보다 차라리 힘을 다해 식솔과 가문을 돌보겠습니다. 집안에 밥을 굶는 아이들이 없도록 하겠습니다."

"호오, 그래? 농사꾼으로 늙겠다고? 그럼 왜 사방 천지를 헤매며 이 광태를 부리는 게야? 집에서 힘써 밭이나 갈고 농서(農書)나 읽을 것이지."

"그, 그건……"

이순신은 즉답을 못했다. 이순신 본인도 자신이 왜 능주에 와 있는지 몰랐다. 조광조가 사약을 받은 곳이란 말은 얼핏 들었지만 이렇게 오게 될 줄은 상상도 못했다. 조부가 믿고 따른 어른이긴 해도 적소까지 찾아올 이유는 없는 것이다.

"방 궁수 딸과 혼인하고 아이를 얻고, 한동안은 농사꾼에 사냥꾼으로 지낼 양 했겠지. 한데 결국 여기 와 울고 있단 말이거든."

껄껄껄 낮게 웃으며 얼굴을 뚫어지게 본다. 이순신은 몸을 일으키며 턱이 가슴에 닿도록 고개를 묻었다. 긴 머리를 풀어 늘어뜨린 도사가 이순신이 썼던 삿갓을 주워들었다. 손에서 한 번 빙그르르 돌리는가 했더니 돌려주지 않고 자기 머리에 덮어썼다.

"자네한텐 이게 필요 없어."

삿갓은 오래전부터 사내에게 속했던 물건인 듯 썩 잘 어울렸다. 도사가 품에서 무엇을 한 움큼 움켜 내어 이순신 무릎 앞에 뿌렸다. 이순신이 능주로 내려오며 주막에 팔아먹은 철전이었다.

"다음부턴 아무리 술이 마시고 싶어도 화살을 팔진 말게. 혹각 궁만 있으면 뭘 하나. 이 화살은 자네 목숨이야."

'날 미행했구나. 왜 내 뒤를 밟은 것일까?'

흠칫 놀라는 사이에 도사는 이미 몸을 돌렸다. 이순신은 후다닥 일어서서 도사를 붙들려고 했다. 대체 어떤 내력을 가진 어른인지, 무엇 때문에 능주까지 뒤를 밟았는지 캐묻고 싶었다. 그러나 아무리 달음박질쳐도 따라잡을 수 없었다. 바삐 쫓을수록 거리는 점점 더 멀어졌다. 마침내 이순신은 헛디딘 발을 멈추고 손나팔로 사내를 불렀다.

"도사님! 어디로 가십니까?"

대답이 메아리처럼 울렸다.

"바람처럼 왔다 가는 인생에 가는 곳은 어디고 오는 곳은 또 어디겠는가. 인연이 있으면 또 보겠지! 허허허, 허허허허."

# 九. 원균, 눈사람을 굴리다

"다 모였나?"

웃통을 모두 벗고 일렬횡대로 늘어선 군졸들을 향해 풍산 권관(豊山權管) 원균이 물었다. 그 역시 꽁꽁 얼어붙은 가슴 털을 드러냈다.

어제 내린 소나기눈으로 천하가 온통 하얗게 변했다. 무산에서 오는 길도 완전히 끊겼다.

제법 늠름하게 어깨를 펴고 서 있던 군관 최명(崔明)이 큰 소리로 답했다. 매부리코에 큰 입이 외인(外人) 같은 분위기를 풍겼다.

"열네 명 모두 모였습니다."

원균이 당장이라도 잡아먹을 것처럼 두 눈을 부라리며 다시 물었다.

"춥나?"

"······."

대답이 없었다. 입술이 얼고 혀가 굳어 답을 할 수 없는지도 몰랐다. 원균이 한 걸음 다가서며 다시 말했다.

"추우냐고 물었다."

"아닙니다."

군졸들은 하는 수 없이 큰 소리로 답했다. 원균이 입 꼬리를 기묘하게 꿈틀거렸다.

"그으래? 웃통을 벗고도 춥지 않다 그 말이지? 좋다. 그럼 지금부터 바지도 벗는다. 속곳까지 남김없이 벗어야 한다."

최명이 울상을 지으며 끼어들었다.

"추, 춥습니다. 바지까지 벗으면 모두 얼어 죽을 겁니다······."

원균이 호랑이처럼 노려보자 최명은 말끝을 흐렸다. 군졸들은 시선을 내리고 벌벌벌 떨었다. 잠시만 더 서 있으면 추위를 참지 못하고 쓰러질 것 같았다. 원균이 군졸들을 하나하나 살핀 후 먼저 바지를 쑥 내렸다. 속곳까지 벗어 던지는 데 아무런 주저함이 없었다.

"자, 바지를 벗겠느냐? 아니면 저 얼음 강 아래로 잠수를 하겠느냐?"

"벗겠습니다."

군졸들은 미적거리며 하나씩 바지를 벗었다. 모두 알몸인 것을 확인한 후 원균이 명령했다.

"잘 들어라. 알몸으로 그냥 서 있으면 곧 지독한 감환이나 동상에 걸린다. 지금부터 군막으로 돌아갈 때까지 잠시도 쉬지 않고 움직여야 한다. 살 길은 그뿐이다."

"어디로 움직이라는 건지요?"

최명이 양손으로 하물(下物)을 가린 채 물었다. 원균이 웃으며 고개를 끄덕였다.

"좋은 질문이다. 지금부터 너희들이 할 일을 가르쳐 주마. 우선 목책으로부터 백 보 뒤로 물러난다."

"목책을 이탈하면 군율에 따라 엄한 벌을 받습니다."

입바른 소리를 곧잘 하는 곰보 조용식(趙容植)이 토를 달았다. 옴팡지게 얽은 이마와 왼 볼에 벌써 핏기가 하나도 없었다. 원균이 오른 주먹으로 가슴을 한 차례 두드렸다.

"모든 책임은 내가 진다. 발가벗고 목책에 서 있겠다고 고집하면 말리지는 않겠다. 누가 남겠느냐?"

그 말에 조용식이 눈을 내리깔았다. 괜히 심기를 건드렸다가는 사흘 내내 쫄쫄 굶으며 산을 오르내릴지도 몰랐다.

"좋다. 그럼 모두 목책으로부터 백 보 뒤 언덕까지 물러난다. 거기서 눈사람을 만드는 게다."

"눈, 사, 람?"

최명이 믿기지 않는 듯 눈사람 석 자를 따라 했다.

"그래. 지금이 오시(낮 11시)니 신시(낮 3~5시)까지 편을 갈라 저 언덕에 눈사람을 세워라. 덩치가 적어도 나보다는 더 커야 한다. 멋진 눈사람을 많이 만드는 쪽은 내일부터 열흘 동안 소고기

살점을 두 점씩 더 주마. 또 무산에 나가 이틀 동안 맘껏 놀고 오게 하겠다."

군졸들이 곱절 강해진 눈씨가 되었다. 조용식이 감을 잡지 못하고 또 물었다.

"강 건너 야인들 움직임이 심상치 않습니다. 각별히 살피라는 병마사 특명도 내려오지 않았습니까? 이런 판국에 눈사람을 만드는 이유가 무엇입니까?"

원균이 표정을 딱딱하게 굳혔다.

"이유야 있지만 지금은 가르쳐 주고 싶지 않다. 너희들끼리 고민해 봐라. 한 가지만 말하자면, 난 눈사람을 만들라는 명령을 내렸고 너희는 내 명령에 따라야 한다는 게다. 게으름 피우거나 군령을 어기는 놈은 이 주먹이 용서치 않을 것이야. 조 군관, 너부터 주먹맛을 보겠느냐?"

조용식은 얽은 이마를 양손으로 가리며 고개를 숙이는 시늉을 했다.

"아닙니다. 만들지요. 열 개라도 만들겠습니다. 하지만……"

"하지만?"

"눈사람을 만들더라도 옷을 입고 하면 아니 되겠습니까?"

"안 돼. 조 군관과 최 군관, 너희가 중심이 돼서 두 패로 나눠라. 자, 이제 시작하자."

벌거벗은 군졸들이 언덕으로 올라갔다. 처음에는 몸을 사리며 언 손을 호호 불었지만 통나무 토막을 굴려 눈 덩이가 커지는 데 점점 재미를 붙이기 시작했다. 몸싸움을 즐기기도 하고 눈 뭉치를 던지기도 했다. 원균은 두 패를 오가며 군졸들을 독려했다.

"너무 작아! 꼬마 눈사람을 만드는 게야? 최 군관! 지금 무얼 하고 있나? 둥글게 굴려야지. 그렇게 모가 나서야 나중에 어떻게 중심을 잡아 세울 수 있겠어?"

황량한 언덕에 눈사람이 하나씩 섰다. 해가 뉘엿뉘엿 지기 시작할 즈음엔 최명 쪽에 열두 개, 조용식 쪽에 아홉 개가 만들어졌다. 원균은 그것들을 일정한 간격을 두고 세웠다. 그리고 군졸들에게 다시 옷을 입히고 특별히 준비한 시래깃국에 더운밥과 소고기를 먹였다. 군졸들은 술도 한 사발 마시고 싶어 했지만 원균은 술통을 멀리 치워 버렸다. 조용식이 말했다.

"이 소고기 좀 드십시오. 맛이 썩 좋습니다."

"난 괜찮다. 너희들이나 실컷 먹어라."

원균은 홀로 목책까지 나갔다. 조용히 흘러가는 두만강을 바라보며 천천히 걸었다. 선전관 시절을 끝내고 처음 권관으로 발령받은 곳이 이곳 풍산이었다. 어둠이 들자 날씨는 더 추워졌다. 신발 안에 발감개를 하지 않았다면 발가락이 벌써 꽁꽁 얼어붙었을 것이다. 된하늬바람이 코끝을 벌겋게 때리고 지나갈 때마다 고개를 돌려 언덕을 보았다. 낮에 만든 눈사람 스물한 개가 초병처럼 서 있었다. 그걸 바라보는 원균 입가에 희미한 미소가 피어올랐다가 사라졌다.

"들어가십시오. 밤바람이 찹니다. 제가 번을 설 차례입니다."

최명이었다. 군졸 둘을 데리고 목책을 지키기 위해 나온 것이다. 원균이 천천히 고개를 저었다.

"아니야. 오늘 밤은 내가 지키지. 자네나 들어가 몸을 녹이게."

"괜찮습니다."

잠시 뜸을 들인 후, 물었다.

"오늘인가요?"

원균이 최명의 유난히 큰 매부리코를 쳐다보았다.

"잠시 걸을까?"

군졸들로부터 멀어지자 원균이 먼저 입을 열었다.

"감환에 걸린 군졸은 없나?"

최명이 약간 들뜬 목소리로 답했다.

"한 명도 없습니다. 오히려 감환을 앓던 군졸 둘이 말끔히 나았습니다."

원균이 고개를 끄덕였다.

"시월만 해도 무산에서 서른 명이나 탈영했다네. 녹봉도 제대로 지급되지 않고 가솔과도 떨어져 있는 하삼도 출신이 대부분이지. 최 군관! 자네 고향은 어딘가?"

"경기도 죽산(竹山)입니다."

"죽산! 안성 옆 죽산 말이지? 자식이 몇이라고 했던가?"

"딸만 둘입니다. 쌍둥입죠. 벌써 네 살입니다."

"많이 보고 싶겠군."

"재작년 돌에 잠깐 보고 아직 고향에 가지 못했습니다."

원균이 걸음을 멈추고 강 건너를 바라보며 혼잣말을 뱉었다.

"그냥 두면 이곳 풍산에서도 네댓 명 정도는 달아나겠지. 자네 생각은 어떤가?"

최명은 얼굴이 벌겋게 달아올랐다. 가슴 속 깊은 곳에 숨겨 둔 비밀을 들킨 사람 같았다.

"어, 어느 놈이 감히 허락도 받지 않고 여길 떠나겠습니까?"

원균이 몸을 돌려 그 얼굴을 노려보았다. 최명은 고양이 앞에 생쥐처럼 시선을 내린 채 온몸을 떨었다.

"그렇지. 내 휘하에 있는 군졸이 달아난다면 제주(濟州)나 무릉(武陵. 울릉도)에 숨더라도 쫓아가서 목을 벨 거야. 군졸들이 몸도 마음도 모두 나약해 걱정일세. 이 정도 추위와 배고픔을 이기지 못하고 달아날 궁리부터 하다니."

"그래서 벌거숭이로 눈을 굴리게 하셨군요."

최명이 다시 걷기 시작한 원균을 따르며 말했다.

"춥다고 웅크리면 내장까지 얼어붙는 법일세. 어차피 북삼도 추위를 피할 수 없다면 당당하게 맞서야지. 사람이란 말이야, 아무리 나쁜 상황에 빠져도 그리 쉽게는 죽지 않아. 벌거숭이로 눈밭을 뛰든 얼음 강에 빠지든 살겠다는 의지만 있으면 사는 법이지."

최명은 오늘따라 원균 목소리가 더욱 낮고 무겁다는 느낌을 받았다.

'천하에 두려운 것 없는 당신도 저 어둠 뒤에 도사린 늑대들과 벌여야 하는 한판 싸움은 걱정이 되는 겁니까? 우리는 겨우 열다섯! 결사 항전으로 맞서라는 연통이 무산에서 왔지만 병력 증원은 없었습니다. 싸워 보나 마나 백전백패 아닙니까?'

"능이시지불능(能而示之不能, 할 수 있으면서도 못하는 것처럼 보이게 한다. 『손자병법』에 나오는 말.)이라고 했네. 야인들이 얼어붙은 강을 달려오면 우린 조금 싸우는 척하다가 목책을 포기할 거야."

"목책을 포기한다고 하셨습니까? 요해처(要害處, 적을 막고 아군을 지키기에 유리한 지점)를 버리자고요?"

최명은 그 말을 이해할 수 없었다. 목책 위에서 아래를 보며 싸운다면 군졸 하나가 능히 야인 대여섯 명과 맞설 수 있다. 목책을 포기하는 것은 가장 좋은 방어선 하나를 스스로 무너뜨리는 일이다.

"그래, 무조건 저 눈사람이 서 있는 언덕을 향해 뛰게."

원균이 오른손을 들어 언덕을 가리켰다.

"달아나는 겁니까?"

최명이 용기를 내어 물었다. 원균이 간단하게 답했다.

"잡히면 죽으니까 달아나는 거지. 언덕에 닿으면 자넨 제일 왼쪽 눈사람 뒤에 서게. 그 옆에 활과 화살을 두었으니, 다시 언덕을 내려올 때 챙겨 가지고 오도록 해."

"다시 언덕을 내려오다니요?"

"내가 시키는 대로만 하면 돼. 알겠지?"

둥둥둥둥.

갑자기 귀청을 찢는 북소리가 들렸다. 번을 서던 군졸들이 위급을 알리기 위해 북을 친 것이다. 군막에서 쉬고 있던 군졸들까지 목책으로 달려 나왔다. 원균이 최명과 눈을 맞춘 다음 명령했다.

"기다려라. 절대로 먼저 공격하지 마라. 화살을 아끼고 엎드려

라. 이유를 따지지 말고 내가 달리기 시작하면 내 뒤를 따르라. 알겠느냐?"

"예!"

원균은 가장 높은 목책에 올라서서 어둠을 노려보며 섰다. 군졸들은 모두 목책 뒤에 숨었지만 원균은 불어오는 높하늬바람을 피하지 않았다. 요성(妖星, 불길한 별) 하나가 긴 꼬리를 끌며 강 너머로 사라졌다. 거기서 분명 살기가 느껴졌다. 야인들이 좁은 보폭으로 빠르게 강을 건너오고 있는 것이다.

'오너라, 이놈들! 한 놈도 살려 두지 않겠다.'

원균은 장검을 뽑아 콧잔등 위까지 들어올렸다. 시퍼런 칼날이 번뜩였다.

휘이익!

어둠 속에서 꿩 깃을 단 화살 하나가 심장을 노리고 날아들었다. 원균은 날쌔게 오른발을 뒤로 빼며 화살을 둘로 잘랐다. 다시 화살 하나가 날아오자 목책에서 뛰어내렸다. 그러곤 언덕을 향해 미친 듯이 달렸다.

"가자!"

최명을 따라서 나머지 군졸들도 있는 힘을 향해 뛰었다. 발 빠른 여진족 척후가 목책에 닿기도 전에 원균과 휘하 군졸들이 언덕에 도착했다. 군졸들은 이미 강을 건너온 야인들 수에 기세가 꺾였다. 갈까귀 떼처럼 새까맣게 목책 주위로 모여든 것이다.

원균이 슬금슬금 뒷걸음질 치던 조용식에게 다가가 뒤통수를 주먹으로 갈겼다. 그러곤 그 목에 장검을 들이대며 물었다.

"어딜 달아나려는 게냐? 우린 내일 아침 해뜰 때까지 여기서 싸운다. 모두 죽든지 단 한 사람도 죽지 않든지 둘 중 하나가 될 것이다. 내 명령만 따른다면 큰 상을 타고 고향에 다녀올 수 있다. 겁먹고 뒷걸음질 치면 오랑캐를 죽이기 전에 네 목부터 베겠다. 어찌할 텐가?"

조용식이 사색이 된 얼굴로 양 손바닥을 비비며 사죄했다.

"용서하십시오! 군령에 따르겠습니다. 홀로 적진으로 뛰어들라 하셔도 그리 하겠습니다."

원균이 칼을 거두며 돌아섰다.

"자, 모두 저 아래 목책을 보아라. 우린 열다섯 명이고 저들은 줄잡아 백 명이 넘는다. 우리들 각자가 예닐곱 명을 죽인다 해도 질 수밖에 없는 싸움이다. 그렇다고 너무 떨지는 마라. 저자들이 언덕에 오르기 전에 전멸시킬 수 있다. 자, 나를 믿고 각자 눈사람 뒤에 서라. 그리고 명령에 따라 눈사람을 언덕 아래로 굴려라."

그제야 군졸들도 원균이 세운 전술을 알아차렸다.

피 한 방울 흘리지 않고 목책을 점령한 야인들은 매복을 염려하며 잠시 주변을 살폈다. 언덕 위에 초병들이 서 있는 것을 발견하고 긴장했지만, 척후가 눈사람이라는 보고를 한 후에는 큰 소리로 웃음을 터뜨리기까지 했다. 언덕을 향해 달려오는 야인들 발걸음이 가볍고 경쾌했다. 목책을 지키던 초병이 모두 줄행랑을 쳤다고 판단한 것이다. 이제 언덕 너머 마을로 들이닥쳐 곡물을 빼앗고 조선인들을 묶어 돌아가는 일만 남았다.

원균은 가장 큰 눈사람 뒤에서 마지막으로 지형을 살폈다. 펼친 부채처럼 넓은 언덕이 점점 좁아지다가 목책 앞에 이르러 좁고 가파른 길로 바뀌었다. 그곳을 목책으로 막은 것도 그만큼 방어하기에 유리했기 때문이다.

'가운데가 움푹 들어갔고 좌우가 높으니 이길 수밖에 없다. 이긴다, 나는!'

야인들 움직임이 점점 또렷하게 보였다. 짧은 창과 활을 들고 좌우로 길게 늘어서서 경계하며 나아왔다.

'지금이다!'

원균이 장검을 머리 위로 크게 한 바퀴 돌렸다. 그런 다음 눈사람에 등을 대고 힘껏 밀었다. 눈사람 스물한 개가 일제히 굉음을 내며 굴러 떨어지기 시작했다. 구르면 구를수록 눈이 붙어 처음 굴릴 때보다 서너 배 이상 커졌다. 갑자기 어마어마하게 큰 눈 덩이가 빠르게 덮치자 야인들은 피하지도 못한 채 치여 쓰러졌다. 눈 덩이 하나에 예닐곱 명이 깔려 심하게 다치거나 죽었다. 화살을 쏘고 검을 휘둘러도 소용없는 일이었다. 여기저기서 비명과 신음이 뒤섞여 쏟아졌다.

"나를 따르라!"

눈사람을 모두 굴린 다음 원균이 나는 듯이 언덕을 뛰어 내려갔다. 적에게 대열을 정비할 여유를 주지 않으려는 것이다. 원균이 쓰러진 오랑캐 머리를 장검으로 사정없이 베었다. 조용식도 원균을 따라 칼날을 번뜩였다. 제일 뒤에서 무리를 따르던 야인들은 다시 목책을 넘어 두만강 쪽으로 달아났다. 목책까지 다다른 원균이 큰 소리로 명령했다.

"목책을 넘지 마라. 활을 쏴라."

막 목책을 넘어가던 조용식이 다시 돌아왔다. 최명이 군졸 둘을 이끌고 가져온 활과 화살을 목책 아래에 풀었다. 원균이 그중 가장 크고 단단한 각궁에 철전을 걸었다. 그러곤 막 얼어붙은 강으로 접어든 야인들을 향해 화살을 날렸다. 최명과 조용식도 연이어 화살을 쏘았다. 약탈을 위해 두만강을 건넜던 야인들이 차가운 강얼음 위에 쓰러졌다.

원균은 최명에게 우선 목책 안에서 다친 포로들을 포박하고 이미 절명한 경우는 목을 베어 수급을 취하도록 했다. 강 위에 쓰러진 시신들은 내일 아침 날이 밝는 대로 거둘 작정이었다. 원균을 포함하여 열다섯 명 모두 털끝 하나 다치지 않았다.

군막으로 돌아온 원균은 탁자 아래 놓인 술동이를 들어 벌컥벌컥 마셨다. 뜨거운 기운이 식도를 타고 위장을 지나 손과 발까지 내려갔다. 오리나무 침상에 누워 팔베개를 한 채 눈을 감았다. 당겨 놓은 활줄 같던 긴장이 비로소 조금씩 풀렸다. 등이 뻐근하고 뒷목이 당겼다. 눈사람을 밀어 넘길 때 다친 모양이었다.

'운이 좋았던 게다. 이번 한 번은 어떻게 속일 수 있었지만 오랑캐 백 명이 또다시 두만강을 건너온다면 이기기 힘들다. 제갈공명이나 손자가 살아 온대도 살아남기 힘들다. 조정에 있는 문신들이 이 참혹한 변방 형편을 알아야 하련만.'

"휴우!"

한숨이 절로 나왔다. 병력이 부족한 건 어제오늘의 일이 아니었다. 무기를 들고 오랑캐와 맞설 사내들이 절대 부족한 탓이다. 그나마 북삼도에 살던 백성들도 한두 차례 노략질을 당한 후에는 따뜻한 하삼도로 이사를 갔다. 창이(瘡痍. 상처와 손상. 백성들의 고통을 비유함.)가 완치될 수 없었던 것이다. 무산만 해도 그렇게 텅 빈 마을이 벌써 다섯 곳이었다. 흉가가 많아질수록 민심은 어지러웠다. 강을 건너와서 폐가에 몸을 숨기고 오랫동안 노략질을 하는 대담한 야인들까지 있었다.

"최명입니다."

군막 앞에서 목소리가 났다.

"정리가 다 끝났는가?"

"예."

원균은 양 손바닥으로 얼굴을 세수하듯 쓸어내린 후 다시 밖으로 나갔다.

군막 앞에는 천으로 덮은 소달구지가 놓였고 그 옆에 포로 일곱 명이 손을 뒤로 묶인 채 무릎을 꿇었다. 세 명은 머리가 터져 피가 얼굴로 흘러내렸고 두 명은 다리가 부러졌으며 나머지 두 명도 가슴과 팔에 시퍼렇게 멍이 들었다.

최명이 읍을 한 다음 소달구지 위의 천을 걷어 냈다. 포로들이 땅에 머리를 박으며 울음을 삼켰다.

원균이 천천히 소달구지 쪽으로 다가갔다. 그러곤 맨 위에 놓인 수급의 턱수염을 움켜쥐어 들어올렸다. 눈을 부릅뜬 채 목이 잘린 수급이 세찬 바람에 좌우로 흔들거렸다.

"소금을 충분히 뿌려 아침 일찍 북병영으로 옮겨라."

"이놈들은 어찌 할까요?"

최명이 포로들을 힐끔 보고 물었다.

원균이 천천히 다가가 앞이마가 터져 피를 흘리는 포로 앞에 멈춰 섰다. 수염이 희고 눈언저리에 주름이 자글자글한 것을 보니 적어도 마흔 살은 넘었다. 그자는 원균을 똑바로 노려보며 외쳤다.

"어서 죽여라."

원균이 왼쪽 눈을 실룩거렸다.

"조선말을…… 아는구나. 두만강을 건너온 건 네놈 마음이지만 죽는 건 네 뜻대로 되지 않을 게다. 네놈들은 그동안 죽어 간 우리 군졸들 피 값을 치러야 해."

원균이 사내 머리를 양손으로 힘껏 움켜잡았다.

"으윽!"

긴 목이 무 뽑히듯 올라왔다. 조용식이 일그러진 표정을 살피며 원균에게 말했다.

"포로를 잡으면 죽이거나 때리지 말고 북병영으로 압송한 후 두만강 너머로 끌려간 조선 백성과 바꾸도록 하라는 군령이 내려왔지 않습니까? 상처를 치료하고 밥을 먹여 북병영으로 보내야 합니다."

원균이 조용식을 노려보며 답했다.

"우리도 희멀건 죽 한 그릇으로 겨우 연명하는 판에 이놈들에게 밥을 주라? 어림없는 소리! 밥이 남아돈다 해도 개나 돼지에게 던져 줄지언정 이놈들 배를 채울 수는 없다."

원균은 피 묻은 사내 이마를 힘껏 물어뜯었다. 검붉은 피가 양 손과 갑옷을 물들였다. 사내는 몸을 잔뜩 웅크린 채 고통을 참지 못하고 땅바닥을 굴렀고 나머지 포로들은 눈을 질끈 감은 채 벌 벌 떨었다.

원균은 오른 손등으로 피 묻은 입술을 닦은 후 떼어 낸 살점을 질겅질겅 씹어 삼켰다. 비위가 약한 조용식은 입을 손으로 막고 군막 뒤로 사라졌다.

원균이 두 눈을 부릅뜨고 군졸들에게 명령했다.

"목책 밖에 깃대를 세우고 놈들을 거꾸로 매달아라. 하루 세 번 날카로운 창으로 놈들 얼굴을 스무 번씩 찔러라. 밥 한 숟가 락 물 한 모금도 줘서는 아니 된다. 혼절하면 두만강 얼음물을 끼얹고 잠들면 채찍으로 발바닥을 사정없이 쳐라. 저녁이면 살점 을 한 점씩 뜯어 들개에게 던져라. 죽음보다 더한 아픔이 무엇인 지, 조선 강토를 넘보면 어찌 되는지 똑똑히 가르쳐 주어라."

# 十, 소인의 의, 대인의 의

　"어, 춥다! 어서 가세. 아무래도 뜨듯한 아랫목에 배를 대고 누워 한 이틀 푹 쉬어야겠어."

　윤남충(尹南忠)이 어깨를 움츠리며 발걸음을 빨리했다. 강은성이 뒤따르며 말을 받았다.

　"그러게. 이 추운 날씨에 북도에라도 나가 앉아 곱은 손으로 시위를 매고 있을라 치면 고생이 자심할걸. 한데 여보게. 자네 최 참판 아들 소문 들었나?"

　윤남충이 벌렁코를 킁킁대며 되물었다.

　"무슨 소문?"

　"자네도 알지만 그 친군 아기살을 오십 보도 날리지 못하는 약골이잖아? 그런데도 을과(乙科)에 떠억 하니 붙어서 훈련원에 배속되었더라고.”

“그래, 나도 그게 이상했어.”

비틀대며 따르던 이순신이 가까이 다가왔다.

세 사람이 어울려 이 고을 저 산천을 떠돌며 술을 마신 지 벌써 달포였다. 가지고 간 노자도 다 떨어져 하는 수 없이 아산으로 돌아오는 길이었다.

“별시(別試)가 열리던 날 그 친굴 두류산(頭流山)에서 보았다는 사람이 있어. 기생까지 거느리고 유산(遊山)을 왔더라는 거야.”

“한양에 있어야 할 사람이 두류산에? 그렇다면……”

윤남충이 고개를 끄덕였다.

“그래, 대시(代試, 대리 시험)를 보았다는군.”

“정말인가? 문과에서 거벽(巨擘, 과거 답안을 대신 지어 주는 사람)과 사수(寫手, 글씨를 대신 써 주는 사람)가 있어 차술(借述, 다른 사람 글을 그대로 빌려 제출하는 일)을 하거나 각자(各字, 형제 항렬자를 다른 자로 고쳐 형제가 아닌 것처럼 속이는 부정행위. 시험관이 형제가 동시에 합격하는 것을 꺼려 불합격시킬 우려가 있기 때문에 이런 일을 행하곤 함)를 한다는 소린 들었네만……, 발각되면 무사하지 못할 무거운 죄 아닌가?”

“안 들키면 되지. 차사(借射, 무과에서 남에게 대신 활쏘기 시험을 치르게 하는 일.)를 제대로 한 게지. 그 친구가 부러워. 아버지 잘 만난 덕에 훈련원 봉사(奉事)도 되고.”

강은성이 두 눈을 깜빡이며 물었다.

“알아볼 길이 있나? 그 길만 알면 추운 겨울날 괜히 사대에서 벌벌 떨며 아기살을 쏘지 않아도 되는데."

"알았어. 믿어 보게."

강은성이 고개를 돌려 이순신에게 물었다.

"여해, 자네 병이라도 났는가? 죽 안색이 어두워."

"아, 아닐세."

이순신이 입 꼬리를 올리며 억지웃음을 지었다.

"일전에 안성 장 구경을 간다 했지? 게서 무슨 일이 있었나? 자네가 호형호제하며 어울리는 그 하류배들이 혹 무슨……"

"아니라고 했잖나. 아무 일 없었네."

강은성이 이순신 얼굴을 뚫어지게 보았다.

"하면 왜 산천도 즐기지 않고 풍류에 웃지도 않나? 달포를 혼자 술잔을 붙들고 독주(毒酒)만 켜지 않았는가. 함께 주유(周遊)하면서도 자네는 영 마음이 편치 않아 보였네."

이순신이 눈을 내린 채 아무 말이 없자 윤남충이 말했다.

"자넨 왜 무과를 보지 않는 겐가? 등과하기 위해 벌써 몇 년이나 무예를 연마하지 않았는가. 활 솜씨는 근방에 따를 자가 없고, 무경칠서(武經七書. 무학의 기본이 되는 일곱 책. 『손자』, 『오자(吳子)』, 『사마법(司馬法)』, 『위료자(尉繚子)』, 『이위공문대(李衛工問對)』, 『삼략(三略)』, 『육도(六韜)』.)를 열 번이나 독파한 이는 조선에 자네 혼자일걸. 자네라면 지금 당장 과장에 나가도 거뜬히 급제할 텐데."

강은성이 이어 받았다.

"장수가 되고 싶긴 한 게야? 우리야 부형들 은택을 입어 높은 배 두드리며 편히 지내는 터수니 상관없지만, 자네는 문신으로 입시하는 게 낫지 않겠나. 무과에 급제하더라도 북삼도 끄트머리에 가면 식솔을 돌보기 힘들걸."

이순신이 머리를 저었다.

"문신은 아니 되겠네."

윤남충이 갑자기 윗몸을 기울이며 목소리를 낮추었다.

"장인이 스승이셔서 무과를 고집하는 건 아닌가? 자존심이 강한 자네가 여러 해째 처가살이를 하고 보니 답답하여 마음 갈피를 잡지 못하고 그리 떠도는 게지."

이순신이 갑자기 웃음을 터뜨리더니 냅다 달리기 시작했다. 강은성과 윤남충이 놀라 붙잡으려 했지만 벌써 오십 보도 넘게 거리가 벌어졌다. 소리쳐 부르려 할 때 이순신이 걸음을 멈추고 뒤돌아섰다. 그리고 양손을 휘휘 저으며 외쳤다.

"나 먼저 가네! 한 사흘 몸 챙긴 후 다시 만나세. 이번엔 개골산(皆骨山, 겨울 금강산) 유람이나 갈까? 한잔 독하게 마시고 동해 바다에 풍덩 빠지는 걸세."

이순신은 달리고, 달리고, 또 달렸다.

과녁에 아기살을 꽂고 말을 탄 채 바위 계곡을 올라도 후련하지 않았다. 독한 술을 아무리 쏟아 부어도 막힌 가슴이 트이지 않았다. 조광조 적소에서 눈물을 쏟은 후로 온몸이 텅 빈 듯 공허하기만 했다. 홀로 열심히 노력하여 세상을 바꿀 수만 있다면 과거 공부에 매진할 것이다. 그러나 막막하고 막막할 뿐이었다.

국법을 엄히 지킨 호랑이 장령(掌令)이자 군왕의 사부로 이름

이 드높았던 증조부 이거의 광영도 빛바랬고. 개혁의 새바람을
몰고 정암 조광조와 함께했던 조부 이백록의 패기도 기억 저편으
로 사라졌다. 처족이 사는 동리로 낙향한 아버지 이정의 침묵은
위로가 될 수 없었다.

"어딜 갔다 이제 오세요?"

아내 방 씨가 사립문 앞까지 나와서 이순신을 맞았다. 손을 앞
으로 모은 채 조심스레 안색을 살핀다. 둘 사이에는 벌써 회(薈)
와 위(蔚), 두 아들이 있었다. 무성할 회와 성할 위. 모두 가문이
번영할 것을 바라고 지은 이름이다. 대문에 들어서며 무뚝뚝하게
물었다.

"무슨 일이라도 있소?"

뒤따라 들어서며 방 씨가 답했다.

"아버지가 오셨어요. 어젯밤 늦게요."

틈만 나면 두류산이나 금강산으로 유산을 떠나는 장인이었다.
방진이 왔을 때 집에 없었던 게 조금 마음에 걸렸다. 그러나 이
미 엎질러진 물이었다.

"날 찾으셨소?"

"손님이 오셨어요. 사랑방에서 기다리고 계십니다."

방 씨가 양손을 맞잡고 조용히 답했다. 조선 제일 궁수인 아버
지를 닮아 침착하고 대담했다. 작고 얇은 입술은 맺고 끊음이 분

명했고, 검은자위가 유난히 동그란 눈은 주위에서 일어난 작은 변화 하나도 놓치지 않았다. 계룡산 범 사냥에서 맺은 인연으로 방진 집을 드나들긴 했지만 처음부터 사위가 되겠다는 생각을 한 것은 아니다. 그러나 과일이나 으름덩굴잎차를 내오는 방 씨를 몇 번 스치듯 만나고부터 조금씩 그리는 마음이 싹텄다.

"누가 오셨기에 날?"

이순신은 대수롭지 않게 물었다. 방진은 팔도에 많은 벗을 두고 있었다. 방진이 벗들을 찾아 떠도는 것만큼이나 다양한 사람들이 방진을 찾아왔다. 산삼을 캐는 심마니에서부터 비렁뱅이 중과 명나라를 오가는 역관, 사냥꾼에다 수염이 바닥에 닿을 만큼 긴 자칭 신선도 있었다.

"아버지가 아니라 서방님을 찾아오셨어요."

"날 찾아왔다고?"

이순신이 고개를 갸웃거렸다.

"병조 좌랑(兵曹佐郞)이라 하셨어요. 사냥을 나가셨다고 말씀드렸습니다."

'병조 좌랑? 하면 이현 형님이 오셨단 말인가!'

이순신은 사랑채로 향하는 발걸음을 빨리했다. 문을 열려다 말고 잠시 옷차림을 살폈다. 그러고는 살금살금 물러 나와 두루마기와 바지에 묻은 흙을 털고, 자기 방으로 돌아가 흑각궁을 메워 가지고 나와 다시 사랑채로 갔다.

"장인어른! 접니다."

"여해 왔는가!"

방문이 열리면서 병조 좌랑 류성룡이 급히 마당으로 뛰어내려 왔다. 류성룡은 손을 내밀어 이순신 양팔을 붙잡고 허리를 약간 젖힌 채 얼굴을 살폈다.

"여해가 맞구먼. 건천동에서 가장 고집 셌던 꼬마 이순신이 맞아. 반가우이. 이게 얼마 만인가."

"이현 형님, 그간 평안하셨는지요?"

방진이 뒤따라 나오다가 문지방에 섰다. 이순신은 류성룡 어깨 너머로 장인 낯빛을 살폈다. 보통 때와 다름없이 차분한 낯이었다.

"그럼 이야기들 나누게. 나는 또 나가 봐야 하니."

방진은 그렇게 말하고 무심히 흑각궁에 눈길을 주었다.

"사냥 갔다고? 무엇 좀 잡아 왔는가?"

이순신이 눈길을 돌리고 거짓으로 답했다.

"토끼만 두어 마리 잡았습니다."

사랑방으로 들어가서 자리를 잡고 앉자마자, 류성룡은 따지듯 물었다.

"한번 찾아오라고 서찰을 보냈는데 왜 오지 않았나?"

이순신이 감국차에 시선을 고정시킨 채 답했다.

"무관(無官) 필부(匹夫)가 함부로 병조 좌랑 나리를 찾아뵐 수 있겠습니까?"

류성룡이 차를 입에 갖다 대다 말고 되물었다.

"무슨 소리인가? 내가 조정에 나아갔기 때문에 찾지 않았다는 게야?"

"……"

류성룡은 이요신에게 부탁을 받은 이래 세 번이나 이순신에게 한번 찾아오라는 서찰을 보냈다. 그러나 답신은 없었고, 가끔 생각이 났지만 일부러 몸을 움직여 이순신을 찾을 여유는 없었다. 하루하루 공무가 밀려들었고 젊은 군왕을 도와 새로운 나라를 만들기에 시간이 빠듯했다.

그런데 신미년(1571년) 내내 경기도와 충청도 장터 곳곳에 왜인이 나타난다는 풍문이 들려 그 실상을 은밀히 살피고 오라는 어명이 내렸다. 그 길에 짬을 내어 겨우 들를 수 있었던 것이다.

류성룡이 옆자리에 놓인 흑각궁을 잠시 쳐다본 후 말을 이었다.

"사냥을 다닌다니 놀랍군. 무과에 응시하기 위해 무예를 연마한다고 들었네. 장인어른이 권유하시던가? 방 자 진 자 하면 천하가 다 아는 명궁이지만, 그렇다고 그 사위가 꼭 무과에 급제해야 하는 건 아니지 않나?"

"장인어른 때문이 아닙니다. 제가 결정한 일입니다."

"자네가 정한 일이라고? 더욱 놀랍군. 난 자네가 문과로 입시하여 홍문관에 들 줄만 알았으이. 한데 사냥에 무과라!"

"태평성대에 무과에 응시하는 것이 이상하단 말씀이십니까?"

류성룡이 웃으며 고개를 저었다.

"이상하진 않네. 새로운 기풍이 진작되고는 있어도 오랑캐들이 들끓는 변방은 손이 미처 닿지 못했지. 두만강을 넘나드는 여진족과 남해 바다를 위협하는 왜구가 어찌 우환이 아니겠는가. 임금을 지키고 백성을 편케 할 올곧고 굳센 장수들이 더 많이 있어야 해. 하나 여해 자네가 그 장수들 중 한 사람이 될 거라곤 생각한 적이 없구먼. 그 뜻이 확고한가? 자네 가문은 대대로 문신으로 입신하여 대제학까지 냈던 명문이잖은가. 자네 형제 역시 글재주가 특출함을 내 일찍부터 알거늘, 왜 장수가 되려는 게야?"

"……"

이순신은 또 침묵했다. 안색이 지나치게 어둡고 어깨에 힘이 하나도 없었다. 류성룡이 아는 이순신답지 않았다. 그 옹골차고 대담하던 소년이 침울하게 가라앉아 있었다. 고집스레 다문 입은 굳은 각오나 큰 뜻이 아니라 무너진 마음을 숨기기 위한 것인 듯했다.

류성룡은 가슴이 답답해 왔다.

'무엇이 순신이를 이토록 짓누르고 있을까. 무엇이, 해진 옷을 입고 배를 곯으면서도 치면 되튈 듯 당당하던 그 아이를 이토록 초라하게 가라앉혀 버렸는가.'

"힘을 내게. 소인들이 천하를 좌지우지하던 시절은 갔으이. 천하의 큰 도를 생각하는 자네 마음은 내 충분히 알지. 하나 그렇다고 군자가 시간을 헛되이 보내서야 쓰겠는가. 하루빨리 마음을 다잡고 공부에 매진해야지. 과장에서 볼 날을 손꼽아 기다리겠네. 자, 그럼 난 가네."

류성룡은 서둘러 자리에서 일어섰다.

이순신이 따라 일어섰다.

"벌써 가시렵니까?"

"내일 저녁까진 입궐해야 한다네. 다음에 시간을 넉넉히 내어 다시 들름세. 아차차, 자네 평중 소식 들었나?"

이순신이 두 눈을 끔벅이며 고개를 저었다.

"평중은 지금 함경도 무산 근처 풍산이란 곳에 권관으로 가 있다네. 이달 초하룻날 두만강을 건너온 야인들과 싸워 이겼다는군. 겨우 군졸 열넷을 이끌고 말이야."

"멋지군요……."

이순신은 말끝을 흐렸다. 류성룡이 양손을 맞잡으며 빙그레 웃었다.

"잊지는 않았겠지? 건천동과 필동 일대를 휩쓸고 다니던 골목대장 원균을. 그 호방함은 여전한 것 같으이. 언제 셋이 모여 회포를 풀 날이 있었으면 좋겠구먼. 어린 시절 추억을 더듬으면서 말이야. 한양에 오거들랑 꼭 우리 집에 와 묵게. 알겠는가?"

간곡히 당부하는 목소리였다. 이순신은 감히 류성룡의 눈을 마주볼 수 없었다.

왼손에 흑각궁을 든 채 대문 밖까지 류성룡을 배웅했다. 류성룡이 멀리 사라지자, 이순신은 저도 모르게 고개를 젖히고 아득한 하늘을 바라보았다.

'모두들 나보다 앞서 가는구나. 평중 형님은 함경도에서 야인과 싸워 이겼고, 이현 형님은 벌써 병조 좌랑이시다. 그 재주와 학덕으로 보면 그리 놀랄 일도 아니지. 그래도 너무 멀리 가는구나. 도저히 따라잡을 수 없을 만큼. 아, 나는 지금 어디 서 있는 것이냐.'

"좌랑은 돌아갔는가?"

방진이 뒤에서 묻자 이순신은 흠칫 놀랐다.

'출타하신 게 아니었던가?'

부끄러운 모습을 들킨 것처럼 낯이 저절로 숙으며 뜨거운 피가 올라왔다.

안쪽 문간에 선 방 씨 치맛자락이 눈에 스쳤다. 큰아들 회가 언뜻 그 옆에서 얼굴을 내밀었다 들어간 것도 같았다.

"그 활을 이리 내게."

이순신이 공손히 활을 드렸다.

"……따르게."

방진이 그 한 마디를 던지고 그대로 앞서 걷기 시작했다. 목소리에 심상치 않은 기색이 어렸다. 뒤돌아보자 방 씨도 얼굴이 딱딱하게 굳어 있었다. 어서 따르라는 듯 양손을 가슴에 모으고 입술을 조금 벌렸다가 오므렸다. 회가 아버지를 향해 양손을 나비처럼 흔들었다.


달리다시피 걸어 동림산(桐林山)에 들 때까지 방진은 한마디 말이 없었다. 이순신은 빠른 걸음을 쫓아가기에도 숨이 찼다. 두류산 천왕봉을 마을 뒷산처럼 오르내리는 장인이었다.

인적 드문 곳에 이르러 걸음을 멈춘 방진이 몸을 돌려 흑각궁을 땅에 던졌다. 이순신은 어찌할 바를 몰랐다. 평소에 활과 화살을 몸처럼 애중하던 장인이었다.

"그 활을 꺾어 버리게."

"자, 장인어른!"

"시장 바닥에서 힘자랑이나 하려거는 시금 낭상 활을 부리뜨려! 잡놈들과 어울려 다니며 싸움질이나 하는 옹졸한 무뢰배가 되려고 무예를 배웠는가?"

애써 감추었건만, 안성 장에서 벌인 일이 드러난 것이다.

"힘없는 백성들 돈을 갈취하는 놈들입니다."

그러나 항변이 너무 약했다.

"나라에는 지엄한 국법이 있네. 자네가 감히 국법을 무시하고 의적 흉내라도 내려고 그러는가?"

"당치 않은 말씀입니다. 어찌 반족(班族)의 몸으로 도적이 될 꿈을 꾸겠습니까?"

식은땀을 흘리며 변명을 했지만, 방진은 차분하고도 서슬 푸른 기세로 계속 추궁했다.

"자네가 때려눕힌 포졸들은 나라님 명을 받아 백성을 돌보는 자들일세. 사사로이 관원을 징벌하려 하는 무법 무도한 무리를 적(賊)이라 하지 않으면 무엇이라 하리!"

"국법을 어긴 것은 그놈들이 먼저입니다. 백성들 고혈을 빨아 제 배를 채우려는 놈들이 더그레를 입고 승냥이나 이리처럼 백주에 횡행합니다."

그 말을 듣는 방진은 얼굴이 붉으락푸르락해졌다. 지그시 이순신을 바라보는 눈매가 그윽하고도 매서웠다.

"그렇다면 어찌하여 관아에 고변하지 아니했는가?"

"관아에 알린다고 갈취가 없어지겠습니까? 외려 고변한 사람만 옥에 갇혀 신고를 겪습니다."

"그래서 쇠도리깨를 휘둘러 악인들 골을 부수고 화살 한 대로 간사한 자들 심장을 꿰는 적당(賊黨)의 길을 가려는구먼."

이순신은 대답을 못했다. 가슴에 울컥 치받은 것이 부끄러움인지 한스러움인지 알 수 없었다.

방진이 한결 음성을 낮추어 말을 이었다.

"여보게. 욕계(欲界)에서 일어나는 모든 일이 순리대로 흘러간다면야 무슨 문제가 있겠나? 하나 번잡한 세상은 그렇지 않지. 작은 의를 위해 머리를 잃고 불끈하는 협기로 몸을 버리는 것은 어리석은 일일세."

"장인어른! 소서(小壻, 사위가 자신을 낮추는 말.) 공맹의 도리가 귀중한 것도, 국법이 지엄함도 잘 알고 있습니다. 하지만 악이 작다 하여 바로잡지 않고 버려둔다면 곧 천하에 만연하여 수습할 길이 없게 될 것입니다. 오늘날 세속에 찌든 병폐가 과연 어디에서 비롯되었겠습니까? 불의를 바로잡지 아니하고 그저 지난 일로 묻어 둔 채 지나왔기 때문이 아닙니까?"

방진이 말허리를 잘랐다.

"그만 하게. 자넨 아무것도 몰라. 한 가지 억울함에 눈멀고 귀먹어 미치광이처럼 분을 풀려 할 뿐이야. 진정 미망(迷妄)에서 벗어나지 못하겠다면 차라리 여기서 연을 끊세."

'절연이라니.'

눈앞이 깜깜해졌다. 이순신은 왼 무릎을 털썩 꿇고 고개를 숙였다.

"한 번만 용서해 주십시오. 소서, 우둔하여 갈 길을 모르겠습니다. 장인어른께서는 제게는 또한 스승이 되십니다. 제가 어찌 해야 하겠습니까?"

방진이 고즈넉이 이순신을 바라보았다.

"의와 협을 새로 깨우치게. 심중에 끓는 울분이 눈과 귀를 가렸으이. 자넨 지금까지 자네 눈앞에만 보이는 소인의 의에 머물렀네. 가서 천하를 살피는 대인의 의를 배우고 오게나."

방진이 소매에서 서찰 한 장을 꺼내 이순신 무릎 앞에 떨어뜨렸다.

"경상도 금오산(金鰲山) 자락에 사발 굽는 마을이 있네. 거기 남궁 선생을 찾아가게."

"장인어른."

"그이가 무슨 일을 시키든 그대로 하면서 거기 있게. 깨달음을 얻지 못하면 돌아오지 않는 것이 피차 나을 게야."

이순신은 천천히 왼 무릎을 펴며 일어섰다.

"두 아들을 둔 아비가 되고서도 자넨 계룡산에서 무모하게 호랑이에게 달려들던 열다섯 살 선창꾼 그대로야. 이제는 호랑이 심장에 똑바로 창날을 꽂아야 하지 않겠나. 자네가 무엇이고 무엇이 되려 하는지 찬찬히 돌아보고 오게. 다시 마주 대할 날을 기다림세."

# 十一, 도<sub>道</sub>는 하나다

임신년(1572년) 정월.

대보름달이 두둥실 사천(泗川) 앞바다로 떠올랐다.

금오산으로 달맞이를 나온 사람들은 일제히 두 손을 모으고 소
원을 빌었다. 병든 자는 완쾌를, 가난한 자는 넉넉함을, 선남선
녀는 일생을 함께할 짝을 원했다. 밤나들이에 신이 난 아이들은
벌써 쑥 방망이를 돌리며 쥐불놀이를 시작했다. 봉우리 봉우리마
다 불꽃이 작은 달을 만들며 돌았다.

이순신은 천천히 몸을 돌려 곰솔에 둘러싸인 가마를 훑었다.
붉은 기운이 어둠을 뚫고 산봉우리까지 뻗쳤다. 바위틈을 노니는
물고기를 헤아릴 만큼 물이 맑은 계곡을 사이에 두고 저편에 움
집이 하나 있었다.

불빛이 보였다. 마루에는 구워 낸 사발늘이 널을 낮추어 놓니 있고, 두 사내가 가마를 바라보며 등을 돌린 채 앉아 있었다. 한 사내는 가부좌를 틀고 입으로 중얼중얼 주문을 외우고, 또 한 사내는 마들가리(잔가지나 줄거리 토막으로 된 땔나무)를 깔고 앉아 무릎 위에 턱을 괸 채 하염없이 불꽃을 들여다보는 참이었다.

천천히 다가가려던 이순신은 갑자기 이상한 느낌에 걸음을 멈추었다. 뺨으로 불어오던 마파람이 갑자기 사라졌다. 누군가가 앞에서 바람 방향을 바꿔 놓은 탓이다.

이순신은 몸을 빙글 돌려 크게 반원을 그렸다. 대나무 마디 유난히 굵은 남서쪽 숲, 오른손에 단검을 든 채 웅크리고 앉아 있는 사람 모습이 눈 끝에 잡혔다.

'자객이다.'

이순신은 두 발로 왕대를 차며 날아올랐다. 오른발로 턱을 갈겨 단매에 쓰러뜨릴 참이었지만, 상대는 뜻밖에도 허리를 펴며 뒤로 재주를 넘어 피해 버렸다.

간신히 발길질을 피한 사내가 낭패한 얼굴로 자세를 고쳐 잡으며 외쳤다.

"누구냐?"

가는 목소리 끝이 갈라졌다. 숨이 가쁘다는 증거였다.

이순신은 사내를 쓰러뜨리지 못하고 허공을 찬 것이 못내 억울했다. 무예를 익힌 후 선수를 점하고도 이기지 못한 일은 거의 없었던 탓이다. 자존심이 상한 이순신은 일단 사내를 제압한 후 이야기를 나눌 작정을 했다.

마침 사내가 기세를 가다듬어 공격해 왔다. 공중으로 날아올라 가볍게 몸을 뒤채며 양 무릎으로 이순신의 가슴을 찍어 왔다. 이순신은 슬쩍 옆으로 비켜 서면서 손바닥으로 그 무릎을 밀었다. 사내는 균형을 잃고 벌러덩 땅에 나뒹굴었지만, 곧바로 굴러 일어나 단검을 콧잔등에 대고 방어 태세를 갖췄다.

어린 티가 가시지 않은 잘생긴 얼굴에 당황하면서도 화난 빛이 역력했다. 살기는 찾아볼 수 없었다. 어린 녀석이 장난을 치려 했을 뿐임을 깨닫고 맥이 풀린 이순신은 천천히 두 팔을 내렸다.

"칼을 거두오. 싸우고 싶지 않으니……"

그 말을 중간에 자르며 사내가 단검을 내질렀다. 피하지 않으면 왼 가슴에 박힐 순간이었다. 이순신은 허리를 숙이면서 오른손을 뻗어 그 팔목을 잡아챘다. 상대방이 "앗" 소리를 지르며 단검을 땅에 떨어뜨렸다.

이순신은 팔목을 쥔 채 그 얼굴을 똑바로 쳐다보았다.

"어째 이상타 했더니……. 허허허. 남장한 처자였구려."

"이것 놓으세요, 아얏!"

남장을 했지만 맑은 눈과 고운 볼, 그리고 귀여운 보조개를 감추진 못했다. 눈썹이 짙고 입술이 얇으며 이마가 넓어 차가운 인상을 풍겼다.

"못 놓겠소. 나를 노린 이유를 알아야겠소."

처녀가 울상을 지으며 되물었다.

"우리 가마를 훔쳐본 이유는 뭔가요?"

이순신이 메아리처럼 따라 했다.

"우리…… 가마! 하면 낭자가 서 가마에 신탄 밀이오?"

"그래요. 저기가 제 집이에요."

"주인은 어떤 사람이오? 몹시도 괴팍하다던데……."

처녀가 발끈했다.

"어느 놈이 감히 스승님을 괴팍하다고 하던가요? 누구예요?"

"스승이라고 하였소? 가마 주인에게 말괄량이 여제자가 하나 있다더니 낭자였구려."

"말괄량이라고요?"

이순신이 가마를 눈결로 훑었다.

"스승님 존함부터 말해 보오."

"싫어요."

더욱 힘껏 팔목을 틀어쥐었다.

"아, 알았어요. 이것부터 놓으세요."

팔목을 쥔 손을 풀었다. 처녀가 팔목을 허벅지 사이에 넣고 끙끙 앓는 소릴 냈다.

"존함을 말해 주오."

처녀가 다시 허리를 폈다.

"잘 들으세요. 조선 제일 사기장인 스승님은 성이 남궁(南宮)이시고, 존함은 외자로 두(斗) 자를 쓰세요."

'남궁두?'

석 자를 되뇌어 보았지만 역시 낯선 이름이었다. 이순신은 토라진 처녀를 내버려 두고 성큼성큼 대숲을 벗어났다.

가마 앞에 앉아 있던 두 사내 중 젊은 사람이 인기척을 느꼈는지 일어나 돌아보았다. 이순신은 볼에 바람을 잔뜩 넣고 씩씩거리면서 따라오는 처녀를 무시한 채 가마로 다가갔다. 마중 나온 사내가 양손을 모으고 공손하게 읍하자 이순신도 거울을 보듯 똑같이 인사했다.

"소은우라고 합니다."

이순신은 인사를 나누는 대신 아무 일도 없다는 듯 계속 주문을 외우고 있는 까까머리 사내를 살폈다.

'불제자인가?'

그러나 가사 장삼 대신 붉은 도포를 입었다. 조금 더 가까이 다가갔다. 얼굴을 거듭 확인하고 나자 떨리는 음성으로 말했다.

"다, 당신은……."

그 순간 남궁두가 눈을 떴다. 지금은 길고 지저분하던 머리카락이 한 올도 남지 않았지만 그 얼굴은 틀림이 없었다.

"정말 도사님이시군요. 능주 가는 길에 소생을 구해 주셨지요. 장인어른 친구 분이셨습니까? 하면 그때 왜 말씀하지 않으셨습니까?"

이순신이 묻는 말에 남궁두가 가부좌를 풀고 일어섰다.

"요놈아! 내가 네 장인 친구면 어떻고, 아니면 또 어때? 날파람둥이처럼 돌아다니더니만 결국 날 찾아왔군."

"한데 머리가?"

남궁두가 빡빡머리를 쓰윽 만지며 웃었다.

"십 년마다 한 번씩 깎지. 마침 어제가 십 년 되는 날이었어. 그래, 무슨 말썽을 벌였기에 예까지 왔어?"

이순신이 뒤에 선 두 사람을 돌아본 후 목소리를 낮추었나.

"조용한 곳으로 가시지요."

"허허, 부끄러운 줄은 아나 보지? 따라와. 너희들은 예서 불을 살펴라."

남궁두는 이순신을 데리고 가마 곁에 붙은 안방으로 들어섰다. 예를 갖춘 후 마주앉자마자 이순신이 물었다.

"언제부터 장인어른을 아셨습니까?"

남궁두가 마른 헝겊으로 오른쪽 검은 발바닥을 툭툭 털어 냈다.

"언제부터 알았느냐고? 글쎄, 잘 기억이 나지 않아. 만난 것은 오래되었지만 내가 방 궁수를 안다고 할 수 있나? 오늘 두 번째 만난 우리도 아무것도 모르는 사이가 아닌가?"

이순신이 고쳐 물었다.

"친구가 되신 건 언제부터입니까?"

"방 궁수가 날 친구라고 생각하는지 모르겠지만 방 궁수와 이 처사, 그리고 내가 함께 낚시를 다닌 지는 스무 해가 넘었지."

"아버지와도 교분이 있으십니까?"

남궁두가 이번에는 왼쪽 발바닥을 털어 냈다.

"그럼 내가 괜히 그 먼 능주까지 네 꽁무니를 따라간 줄 알아? 이 처사와 방 궁수가 한번 보아 달라고 부탁하여 뿌리치지 못했던 거야. 가마에 들여놓고 먹이고 재워야 하는 일인 줄 알았더라면 그때 거절했을걸."

이순신이 소매에서 방진이 써 준 서찰을 꺼냈다. 서찰을 건네받은 남궁두는 빠르게 읽어 내리다가 갑자기 왕대 지팡이로 이순신 머리를 퉁 소리 나게 때렸다. 이순신이 양손으로 머리를 감싸며 물러섰다.

"또, 또 왜 이러십니까?"

"요놈아! 포졸을 두들겨 패다니 제정신이야? 아예 관아를 뒤집어엎지 그랬나?"

"그놈들이 워낙 나쁜 짓을 해서……"

"뒷구멍으로 뇌물 챙기는 놈들을 만날 때마다 두들겨 팰 거야? 그놈들이 죄를 지은 건 지은 거고, 포졸들을 쥐어 팬 네 잘못은 그보다 훨씬 크고 무거워. 네 녀석이 포졸 둘을 징계했다고 치자. 그런다고 안성 장 식점들을 돌며 돈을 뜯는 포졸들이 사라질 것 같아? 고작 포졸 둘을 혼내려고 인생을 망칠 작정이야? 아들을 둘씩이나 두고도 정신을 못 차렸군. 말로 해 듣지 않는 놈에겐 죽비자(竹篦子. 쳐서 소리를 내어 불사의 처음과 끝을 알리는 법구(法具). 수행자를 지도할 때에도 사용하며 죽비라고도 함.)가 최고지."

"그래도 왕대 지팡이만은……."

"깊이 좋아하는 것은 수석(水石)이요 크게 볼 만한 것은 송죽(松竹)뿐이라는 시도 있지. 왜? 이 지팡이가 보기 흉한가? 내가 보기엔 네 하는 짓이 이보다 더 흉해."

이순신은 왕대 시팡이를 잠시 쳐다보았다.

'내 삶이 저보다 흉하다고?'

"그래, 무얼 하고 싶기에 조용히 과거 공부는 않고 이 난리를 부리는 거야?"

그 물음이 칼날처럼 뒤통수를 쳤다. 이순신이 남궁두를 똑바로 쳐다보며 속에 든 생각을 조금 내비쳤다.

"……세상을 바꾸고 싶습니다."

왕대 지팡이가 소리 없이 이순신에게 다가와 가슴을 쿡 찔렀다. 윽, 신음을 삼키면서 이순신은 허리를 숙였다.

"세상을 바꾸려 하기 전에, 사람 잡아먹을 것 같은 네 그 흉한 눈빛부터 바꿔."

방문 틈으로 눈동자 하나가 나타났다. 그 처녀가 궁금증을 참지 못하고 도둑고양이처럼 몰래 엿보고 있었다.

"들어오너라. 은우도 함께."

말괄량이 처녀와 얌전한 청년이 냉큼 방으로 들어와서 이순신 옆에 나란히 앉았다.

"방 궁수 알지?"

처녀의 얼굴이 환하게 밝아졌다.

"재작년 찾아오셨던 조선 제일 명궁 어른 말씀이시지요? 이백 보 밖에서 감나무에 달린 감 꼭지를 맞힌 분!"

남궁두가 고개를 끄덕였다.

"그래, 그 사람 망나니 사위야."

"이순신이라고 합니다."

이순신이 두 사람을 보며 눈인사를 건넸다. 남궁두가 연이어 말했다.

"내 일을 돕는 아이들일세."

"소은우입니다."

청년이 수줍게 인사했다.

"박미진이라고 해요. 반가워요."

처녀는 호기심 어린 눈으로 이순신을 빤히 쳐다보았다.

"미진이는 광 옆 빈방을 치우도록 해라. 은우는 아궁이에 불을 지피고."

소은우가 약간 놀란 표정으로 물었다.

"소생과 함께 방을 쓰는 게 낫지 않겠습니까?"

남궁두가 고개를 저었다.

"아니야. 그래도 자칭 협(俠)을 추구하는 손님〔客〕인데 독방을 줘야지."

곁에 있던 박미진이 고개를 살짝 돌리고 입을 가린 채 웃었다.

잠시 후 안내받은 방으로 들어서자마자, 이순신은 소은우가 놀라고 박미진이 웃은 이유를 알아차렸다. 걸레로 방바닥을 훔쳤지만 코를 쥘 수밖에 없는 지린내가 배어 나왔던 것이다. 소은우가 베개와 이불을 들여놓으며 미안해했다.

"오늘은 불편하시더라도 예서 주무세요. 내일 스승님께 말씀드려 제 방으로 옮겨 드리겠습니다."

"원래 이 방에 뭐가 있었소?"

소은우가 잠시 머뭇거린 후 답했다.

"말린…… 인분과 여물을……."

인분과 여물!

화가 머리끝까지 치밀어 올랐다. 개돼지 취급을 당한 것이다. 곧바로 달려가서 따질까 했지만 아무리 이상한 일을 당해도 참으라고 이르던 방진이 떠올랐다.

"깨끗이 치워 놓으니 신방 같소. 오랜만에 편히 잘 수 있게 되어 고맙다고 선생께 전해 주오."

웃으며 방문을 닫았지만 차디찬 방바닥에 어떤 자세로 몸을 뉘어야 할지 난감했다. 문 앞에서 소은우가 작은 목소리로 말했다.

"한 가지 말씀 못 전한 것이 있습니다."

이순신이 다시 일어나 웃음 띤 얼굴로 방문을 열었다.

"구들장을 오래 쓰지 않아서 더러 막히거나 갈라진 곳이 있을지 모릅니다. 따뜻한 곳을 골라 몸을 뉘십시오. 또 연기가 올라오더라도 놀라지 마십시오."

"알았소. 염려 마오."

큰소리는 쳤지만 이불을 펴고 잠을 청하기도 전에 방 네 귀퉁이에서 모락모락 연기가 흘러나왔다. 연기를 피하여 윗목과 아랫목을 왕복했다. 방문을 여니 칼바람이 방으로 썩 들어왔다. 이러지도 저러지도 못하는 상황이었다.

차라리 가마 곁에 웅크리고 잠을 청하는 편이 나을 것 같았다. 방을 나와 섬돌 위 왼쪽 신발에 발을 꿰는데 저만치 웃통을 벗어젖힌 채 가부좌를 틀고 앉았던 남궁두가 물었다.

"잠자리가 불편해?"

이순신이 왼발을 거둬 올리며 답했다.

"아닙니다. 뒤, 뒷간을……."

"따르세요."

소은우가 친절하게 앞장을 섰다. 뒷간에 다녀온 후에는 지린내가 더욱 심했다.

'악연이야. 장인어른은 어쩌자고 날 이런 곳으로 보냈는가.'

요를 깔고 이불을 머리 위까지 덮었다. 그래도 이불은 새것인 듯 좋은 냄새가 났다. 거기에 코를 묻으니 견딜 만했다. 스르르 졸음이 밀려왔다. 아산에서 금오산까지 물어물어 찾아온 길이었다. 길에서 밤을 지낸 여독이 몸을 뻐근하게 죄어 왔다.

'오늘 밤만 버티리라. 잠시 똥통에 엄지발가락을 빠트렸다 생각하면 되지.'

호롱불 빛도 작아지고 지린내도 점점 엷어졌다.

"아얏!"

갑자기 등이 바늘로 찌르듯 아팠다. 후다닥 일어서서 벅벅 긁자 무엇인가가 손에 잡혔다. 손바닥만 한 지네였다. 추위를 피해 구들에 숨었던 지네들이 방바닥 틈으로 기어 나온 것이다.

"무슨 일입니까?"

소은우가 방문을 열었다. 이순신이 얼굴을 잔뜩 찡그리며 식은 땀을 쏟았다. 눈앞이 어질어질했다. 독 기운이 퍼지기 시작한 것이다. 소은우가 손에 들린 지네를 빼앗아 마당에 내동댕이친 후 뛰어가 닭똥을 한 움큼 쥐어 가지고 왔다. 냄새가 코를 찔렀다.

"그건 왜……?"

소은우가 내답 대신 벌겋게 부어오르기 시작한 등에 다짜고짜 닭똥을 발라 문댔다. 이순신이 몸을 틀며 버럭 화를 냈다.

"이게 무엇 하는 짓인가?"

소은우가 닭똥을 더 바른 후 답했다.

"가만히 계세요. 지네 독에는 닭똥이 잘 듣습니다. 지금 처방

하지 않으면 온몸에 독이 퍼져 사경을 헤맬 수도 있습니다."

그제야 닭과 지네가 천적이란 게 기억났다. 소은우가 닭똥 묻은 손을 등 뒤로 감추며 밝게 웃었다.

"오늘은 엎드려 주무세요. 하루 정도 쓰리고 곧 나을 겁니다."

이순신은 배를 대고 엎드렸지만 쉽게 잠들지 못했다. 지네가 또 나와서 지친 몸을 물어뜯을 것만 같았다. 등이 화끈거리기 시작하자 온몸이 근지러웠다. 발바닥에서부터 머리끝까지 손이 닿는 곳은 모조리 긁었다. 긁어도 긁어도 가려움은 사라지지 않았다. 엄지손톱이 부러지고 피까지 비쳤다.


"냉큼 일어나."

어느새 다시 잠들었던가.

아침 첫 빛이 동창으로 쏟아져 들어오고 있었다. 눈두덩을 비비며 마당으로 내려서자 남궁두가 발 앞에 지게를 휙 내던졌다. 소은우가 독과 새끼줄을 가져다 그 곁에 놓았다.

"아침 먹기 전에 다녀와."

"어딜 말입니까?"

"밥값은 해야 할 것 아냐. 가서 흙 한 독만 담아 지고 오너라."

이순신은 잠이 확 깼다.

'흙을 퍼 오라니? 내가 종인가?'

"못합니다. 제겐 맞지 않습니다."

"맞지 않아? 아하, 꼴에 양반이라 이거지? 잘 들어. 나나 은우도 너와 똑같은 양반이야. 하지만 지게도 지고 도끼질도 해. 양

반이라고 놀고먹겠다는 생각은 버려. 일하지 않으면 물 한 모금
도 못 줘."

"굶어 죽어도 못하겠습니다. 전 떠나겠습니다."

"떠나겠다고? 어허. 오는 건 네 마음이지만 보내는 건 내 마음
이야. 이걸 포기하겠다면 당장 보내 주지."

남궁두의 왼손에 흑각궁이 들려 있었다. 혼례를 치른 날 방진
이 특별히 선물한 활이다. 방에 잘 걸어 두었는데 잠든 틈에 가
져간 모양이었다.

"주십시오. 이건 도적질입니다."

남궁두가 벙글벙글 웃으며 놀려 댔다.

"그냥은 못 주지. 빼앗을 수 있으면 빼앗아 봐."

"참는 데도 한계가 있습니다."

이순신이 목소리를 조금 더 키웠다.

"참지 마. 빼앗아 보라니까."

왕대 지팡이가 앞가슴을 툭툭 밀어 댔다.

"에잇!"

이순신이 몸을 돌리며 지팡이를 걸어차려 했다. 그러나 어느새
지팡이는 연기처럼 사라지고 이순신은 도는 힘에 스스로 균형을
잃어 왼쪽으로 쓰러졌다. 지팡이가 이번에는 엉덩이를 찰싹 때
렸다.

"멍청한 놈! 흑각궁을 빼앗아 보라 했더니 허공은 왜 차고 난
리야?"

이순신은 날렵하게 몸을 일으켰다. 두 주먹을 앞으로 내밀며

거리를 쟀다. 남궁두가 지팡이를 어깨에 턱 걸친 채 실실거렸다.

"뻣뻣해, 뻣뻣해! 그래 가지고서야 개구리 한 마리라도 잡겠냐?"

이순신은 대답 대신 주먹을 날렸다. 남궁두는 날아오는 주먹을 보며 딱 반 뼘만 왼쪽으로 비켜섰다. 그 후로도 마찬가지였다. 이순신이 내지르는 주먹이 당장이라도 코뼈를 부수고 턱을 짓이길 것 같았지만 남궁두는 바람처럼 구름처럼 잡히지가 않았다. 제풀에 지쳐 버린 이순신이 헉헉거리면서 거친 숨을 내뱉었다.

'한 방에 끝내는 거다. 딱 한 방에!'

이순신은 주먹을 뻗으면서도 오른발에 힘을 실었다. 허점이 보이면 목이나 가슴을 정통으로 휘갈길 작정이었다. 옆걸음질을 치던 남궁두 몸이 갑자기 기우뚱했다. 돌부리에 발끝이 걸리기라도 한 모양이었다. 이순신은 왼발을 힘껏 딛고 날아올랐다. 오른발로 목을 후려치려는 것이다. 그러나 그 순간, 갑자기 심한 바람이 일어 이순신은 바닥으로 나동그라졌다. 고개를 들고 주위를 둘러보았지만 남궁두는 흔적도 찾을 수 없었다.

"멍청한 놈!"

정수리 위에서 남궁두 목소리가 들려왔다. 어느새 지붕 위까지 날아오른 것이다.

"대, 대체 이게……?"

왕대 지팡이가 등을 후려쳤다. 비명을 삼키며 허리를 접었다가 펴니, 남궁두는 다시 코앞에 서서 입맛을 다셨다.

"요놈아! 넌 아직 멀었다. 어서 저 독이나 지게에 묶어. 언덕을 넘어가서 흙부터 채워 와. 독 안에 호미가 있으니 그걸로 흙을 파 담아."

이순신은 지게를 지고 가마를 나섰다. 참담한 심정이었다.

오늘까지 싸움이라면 자신이 있었다. 협객을 자처하며 충청도와 경기도 일대를 돌아다니는 동안 남과 싸워 당한 일은 한 번도 없었다. 그런데 남궁두에게는 상대도 되지 않았다. 그 몸에 손끝하나도 댈 수 없었다. 패배를 인정할 수밖에 없었다.

'아, 세상엔 정말 재주를 숨기며 사는 기인들이 많구나. 내 주먹 따위는 아무것도 아니로구나. 이기고 싶은데, 날 업신여기는자들을 모두 이겨 코를 납작하게 만들고 싶은데……'

하지만 지금으로서는 그럴 힘이 없었다.

언덕을 넘는 것은 쉬웠다. 시원한 나무 그늘만 찾아 걸으니 발걸음도 가벼웠다. 물기가 촉촉한 흙을 발견하고 지게에 맨 독을내린 후 호미로 흙을 파서 담기 시작했다. 독이 반도 차지 않았는데 서툰 호미질에 굵은 땀이 등줄기를 타고 흘렀다.

독에 흙이 가득 차자 지게에 올려놓고 줄로 묶었다. 지게를 지고 허리를 펴니 어찌나 무거운지 다리가 휘청했다. 몇 걸음 가기도 전에 어깨가 쓰라리고 허리가 뻐근했다.

평지를 걸을 때에는 그래도 견딜 만했다. 언덕길로 접어들자그만 무릎이 후들거렸다. 네 걸음 걷고 한참 쉬고, 또 네 걸음걷고 한참 쉬기를 반복했다. 무릎이 떨리고 땀이 비 오듯 흘러내렸다. 지금까지 꾸준히 무예를 수련해 왔어도 흙이 담긴 큰 독을지는 것은 쉽지 않았다.

"휴우."

겨우 가마에 닿았다.

독을 풀고 지게를 내린 다음 마루에 걸터앉아 긴 숨을 내쉬었다. 어디선가 시큼한 김치 냄새가 풍겼다. 박미진과 소은우가 아침을 차리는 모양이었다. 저도 모르게 침이 꼴깍 넘어갔다. 생각해 보니 어제 낮부터 굶었다.

'이제 맛있는 아침밥을 먹겠구나.'

남궁두가 안방에서 나와 독이 있는 곳으로 걸어왔다. 이순신은 이마에 송골송골 맺힌 땀을 손등으로 훔치며 그 곁에 섰다. 흙을 본 남궁두는 눈빛이 싸늘해졌다.

"바보 같은 놈! 이걸 흙이라고 퍼 온 거야?"

말릴 겨를도 없이 남궁두가 독을 엎어 흙을 모두 쏟아 버렸다.

"아니, 왜 이러시는 겁니까? 흙을 담아 오라 하지 않으셨습니까?"

"흙도 흙 나름이지. 이걸로 어찌 사발을 빚을 수 있겠어? 다시 다녀와."

남궁두는 화를 내며 안방으로 들어가 버렸다.

부엌에서 이 광경을 지켜보던 소은우가 얼이 빠진 채 서 있는 이순신에게 다가왔다. 마당에 흩어진 흙을 한번 보곤 말했다.

"이런 흙은 아무리 많이 담아 와도 소용없습니다. 백토(白土)를 파 오셔야 합니다."

"백토라니?"

"달리 고릉토(高陵土, 고령토)라고도 합니다. 도자기 만들기에 가장 좋은 흙입니다. 여기 금오산 일대에 특히 많습니다. 하얀 진흙을 찾아 보십시오. 찾아 드리고 싶지만……."

"알았소. 내 다시 가리다."

이순신은 지게에 독을 묶고 다시 가마를 나섰다. 어젯밤 지네에게 물린 등에 따가운 아침 햇살이 내리쬐었다.

'악연이야. 골탕을 먹이려는 게지. 처음부터 백토를 구해 오라 했으면 헛걸음하지 않았을 것을. 일부러 나를 괴롭히려 한 것이야.'

구박은 끝없이 이어졌다.

이순신이 백토를 담아 오자 잡흙이 섞였다고 퇴짜를 놓았다. 그 다음에는 겉흙을 걷지 않았다고 타박이었다. 보다 못해 소은우가 흙 파는 법을 소상히 가르쳐 주었다. 그러고서야 간신히 흙을 안에 들일 수 있었다.

이걸로 되었는가 했더니 남궁두가 내일은 물을 떠 오라고 했다. 이번에는 미리 소은우에게 어떤 물을 떠 와야 하는지 물었다. 백토처럼 물 또한 특별한 것을 쓰리라 짐작한 것이다.

소은우가 웃으며 가르쳐 주었다.

"물이야 어려울 것이 없지요. 가마를 돌면 산길이 나옵니다. 그 길을 따라 걸어 올라가면 아름드리 흑느릅나무가 나오고, 그곳을 지나면 길이 둘로 갈라지지요. 왼쪽 길을 따라 능선을 타면 사람 발을 닮은 바위가 우뚝 서 있습니다. 그 바위 아래에 샘이 있지요. 내일 샐녘에 가서 그 물을 길어 오십시오.”

다음 날 아침 이순신은 지게에 독을 묶고 산길을 올랐다.

소은우가 설명한 대로 키가 큰 흑느릅나무가 서 있고, 왼쪽 길을 따라 능선을 타니 발 바위가 나왔다. 엄지와 검지 발가락 사이에서 물이 졸졸 흘러나와 바위틈에 고였다. 이순신은 독에 가득 물을 채운 뒤 조심조심 가마로 지고 내려왔다.

‘오늘은 편하게 아침을 먹을 수 있겠지. 녹두죽 한 그릇 마셨으면 소원이 없겠구나.’

그러나 이순신이 마당에 지게를 내려놓자 남궁두는 독을 들여다보지도 않고 그대로 기울여 쓰러뜨렸다. 애써 길어 온 물이 죄다 쏟아져 온 마당에 흥건했다.

“왜 이러시는 겁니까?”

이순신은 그만 벌컥 성이 났다.

그러자 어김없이 남궁두가 지팡이를 날렸다.

“멍청한 놈! 이걸 물이라고 길어 왔어?”

“발 바위 샘에서 떠 온 겁니다. 그 물로 사발을 만들지 않습니까?”

남궁두는 대답 대신 혀를 차며 방으로 들어가 버렸다. 소은우가 다가섰다.

“샐녘에 긷는다고 어제 말씀드리지 않았습니까? 한데 해가 다 떠오른 다음에야 산을 오르셨어요.”

“샐녘이든 아침이든 그게 뭐 그리 중요하오? 게서 나오는 샘물이면 되지 않소?"

"아닙니다. 아침에 나오는 물과 저녁에 나오는 물이 다르고 여름에 흐르는 물과 겨울에 흐르는 물이 다릅니다. 맛이나 빛깔이 조선에서 최고라는 우통수(于筒水, 오대산 서대 아래 함천에서 나는 물. 서쪽으로 수백 리를 흘러 한강이 된다.)도 시시때때로 변하죠. 발바위 샘물은 묘시(새벽 5시~7시)에 담아 와야 합니다. 그런데 진시(아침 7시~9시)에 물을 떴기 때문에 스승님께서 노여워하시는 겁니다. 내일은 묘시에 물을 길어 오십시오."

다음 날, 오기로 이를 악물고 날이 새기 전에 일어나 졸린 눈을 비비며 산을 오른 이순신은 묘시에 꼭 맞추어 물을 떠 날라 왔다. 그러고서야 비로소 왕대 지팡이 대신 더운 아침을 얻어먹었다.

그런데 그 일로 끝난 줄 알았더니, 남궁두는 이제 이순신에게 돌 판에 올라서서 흙을 밟는 일을 시켰다. 남궁두 자신이 직접 상사람처럼 홑바지를 정강이까지 걷어 올리고 직사각형 모양으로 안을 깎아 낸 넓적한 돌 판에 올라섰다.

"이런 짓까지 해야 합니까?"

이순신은 돌 판을 발끝으로 툭툭 차면서 버텼다.

남궁두는 돌 판 위에 수비(水飛)한 흙을 쏟았다. 그러곤 그 위에 샘물을 부어 갠 다음 맨발로 자근자근 밟아 섞기 시작했다. 소은우도 박미진도 남궁두처럼 바지를 걷고 흙을 밟았다. 돌 판 밖에 선 사람은 이순신뿐이었다. 남궁두가 등을 보인 채 물었다.

"이러는 게 이상해 보여? 양반 할 짓이 아닌 것 같아?"

"……"

"요놈아! 아무리 좋은 흙과 귀한 물을 가져와도 발로 밟고 손으로 반죽하지 않으면 아무것도 만들 수 없어. 흙 파고 물 길은 수고가 모두 헛것이 된단 말이다."

"……밟으면 되지 않습니까."

이순신이 마지못해 바지를 걷고 돌 판으로 올라섰다. 네 사람이 함께 서기엔 돌 판이 작았으므로 남궁두가 대신 내려왔다. 이순신이 흙을 밟는 발놀림이 어설퍼 보였던지 소은우가 귀띔했다.

"이렇게 밟으세요, 이렇게."

발을 씻던 남궁두가 소은우를 불렀다.

"무직이한테서 토끼 가죽 일곱 장 받아 왔느냐?"

"지금 갔다 오겠습니다."

소은우가 머리를 움츠리고 돌 판에서 내려와 짚신을 신고 가마를 나섰다. 계곡에는 물이 제법 많이 흘렀지만, 이웃에 사는 사냥꾼 천무직이 놓은 돌다리 덕분에 장맛비가 발비로 쏟아지지 않는 한 건너오고 건너가는 데 어려움이 없었다.

남궁두가 방으로 들어가 버리자 마당에는 이순신과 박미진만 남았다. 경쾌하게 발을 놀리던 박미진이 힐끔 안방을 살핀 다음 말을 걸었다.

"무예 수련은 얼마나 하셨어요?"

"흙이나 밟읍시다. 괜히 일 안 하고 노닥거렸다는 소릴 듣긴 싫소."

이순신이 비스듬히 몸을 틀자 박미진이 입술을 비죽거렸다.

"원래 흙을 밟으며 흥겨운 노래도 하고 재미난 이야기도 하고 그러는 거예요."

"그래도 싫소. 낭자와는 할 말 없소."

박미진은 그만 토라진 듯 냉큼 돌 판 아래로 내려서더니 마당을 가로질러 저리로 가 버렸다. 그 뒷모습이 산길로 접어들도록 이순신은 눈길 한 번 주지 않았다.

혼자서 한참 흙을 밟고 있으려니 소은우가 돌아왔다.

소은우는 토끼 가죽 꾸러미를 마루 끝에 놓고 바지를 걷고 다시 돌 판 위로 올라섰다. 한동안 묵묵히 흙을 밟다가 문득 이순신이 고개를 숙인 채 물었다.

"한데 남궁 선생은 방에서 무얼 하시는 게요?"

며칠을 지내며 보아도 하루 종일 바깥출입을 않는 날이 많았다.

"여러 서책을 두루 읽으십니다."

"가까이 두시는 서책이 무엇이오?"

"『황제음부경(黃帝陰符經)』, 『금벽용호경(金碧龍虎經)』, 『태식심인(胎息心印)』 등이지요."

하나같이 낯선 책이다.

"그 책들을 읽은 적이 있소?"

"『황세음부경』과 『금벽용호경』은 스승님께 배웠습니다. 나머지 책들은 아직이고요. 하나 평생 내단(內丹)을 닦으신 화담, 허암(虛庵, 정희량의 호), 북창(北窓, 정렴의 호) 선생이 쓰신 시들과 함께 곧 배우게 될 겁니다."

"그 책들은 바른 도가 아니지 않소?"

"유가와 도가를 가르는 것이 뭐 그리 대수롭겠습니까? 세상 이치를 깨닫고 사도(四道, 열반에 이르는 네 길)를 걷는 데 도움이 되는 서책이라면 배우고 익힐 만하지 않습니까."

소은우가 학동들을 가르치는 서당 훈장처럼 말했다.

"하나 어찌 그런 잡서(雜書)가 성현들 가르침을 대신할 수 있겠소?"

소은우가 딱 부러지게 답했다.

"잡서가 아니지요. 읽어 보지도 않고 함부로 말씀 마세요. 그 서책들은 문장도 아름답고 가르침도 깊습니다. 정 궁금하면 청하여 읽어 보십시오."

"되었소. 단결(丹訣, 도교에서 불로장생의 방법인 단을 만드는 비결)이나 잡술에 관한 서책은 요격궤사(擾激詭邪, 사람의 마음을 격동시키고 간사하게 함)하여 사람들을 허튼 길로 가게 한다오."

"그렇지 않습니다."

이순신이 말머리를 돌렸다.

"남궁 선생이야 기인이시니 그렇다 치고, 소 형은 어찌하여 양반 된 몸으로 이런 곳에서 흙을 빚는 게요?"

소은우가 잠시 사이를 두었다가 되물었다.

"이 일이 어때서 그러십니까?"

자기 속마음을 터놓는 대신 이순신을 떠보려는 뜻이었다.

"글을 익혀 문신이 되든가 무예를 익혀 무장이 되든가……, 이도 저도 아니라면 산천을 벗하며 안빈낙도할 수도 있지 않소? 한데 사기장이라니……."

소은우는 자신이 서얼임을 굳이 밝히지 않았다. 서얼이니까 사발을 굽는다는 소리는 하고 싶지도 듣고 싶지도 않았다. 계기는 되었을지 몰라도, 가마를 지키는 것이 반드시 불행한 출신이기 때문만은 아니다.

"사람은 크게 자기 도(道)를 추구하는 사람과 도 같은 덴 관심 없이 그저 그렇게 사는 사람으로 나뉘지요. 후자를 논외로 치면, 과연 어떤 도를 추구할 것인가가 문제가 됩니다. 어떤 이는 서책과 시문을 통해 도를 추구하고 어떤 이는 강궁과 장검을 통해 도를 꿈꾸지요. 하나 세간에서 흔히 말하는 그 두 길만이 전부는 아닙니다. 어떤 이는 그림으로, 어떤 이는 천문을 살피고 지리를 탐구하는 것으로, 어떤 이는 배 만드는 것으로 그 도를 구하지요. 저는 이 가마에서 그 도를 찾고 있습니다."

그 정연한 설명에 이순신은 소은우를 다시 보았다. 심약하고 줏대 없어 보이던 첫인상과는 달리 의외로 가슴속에 뜨거운 불덩이를 숨겨 두고 있었다.

"저 투박한 사발에 도가 있다 이 말이오?"

"사발은 출발이겠지요. 시작은 거칠고 엉성하지만 오롯이 힘을 쏟아 간다면 대국(大國, 중국) 도자기를 뛰어넘는 정치(精緻)한 일품을 빚을 수 있을 것입니다."

그 순간 방문이 열리고 남궁두가 헛기침을 하며 밖으로 나왔다. 웃통을 벗었는데 온몸에서 땀이 비 오듯 흘렀다. 벌겋게 달아오른 가슴과 어깨가 스무 살 청년보다도 더 단단했다.

남궁두는 이순신 곁으로 성큼 다가와서 찐득찐득한 흙을 손으로 한 움큼 집었다. 소은우가 돌 판에서 내려와 발을 씻으러 부엌으로 들어가자, 남궁두는 들고 있던 왕대 지팡이로 갑자기 이순신 종아리를 쳤다.

깜짝 놀란 이순신이 펄쩍 뛰며 양손으로 종아리를 비벼 댔다.

"또……, 또……, 왜요……?"

억울해서 말도 나오지 않았다. 종아리에 붉은 자국이 선명했다. 남궁두가 지팡이로 흙을 가리켰다.

"왜 저 흙을 발로 밟는지 알아?"

"……"

이순신은 즉답을 못했다. 밟으라고 시키니 밟았을 뿐이다.

"무턱 대고 밟아 대기만 했으니 흙이 이 모양이지."

"흙이 어떻다고 종아리까지 치십니까?"

"무식한 놈 눈에는 다 똑같은 흙으로 보일지 모르지만 천하 만물처럼 다양한 것이 바로 흙이야. 흙이라고 다 같은 흙이 아니란 말이야. 흙 사이로 바람이 너무 많이 통하면 가마에 넣자마자 갈라지고 금이 가. 또 너무 심하게 다지면 바람이 하나도 들지 않아 거기만 뭉쳐 버려. 두루 고르게 밟아야 하는데 넌 조긴 심하게 다지고 요긴 거의 밟지도 않았어. 이런 흙을 쓰면 사발을 하나도 못 만들어."

"그럼 처음부터 그리 밟으라고 가르쳐 주시지, 왜 이렇게 항상 잘못하기를 기다렸다가 나무라십니까?"

남궁두가 혀를 차며 웃었다.

"처음부터 가르쳐 달라? 세상 어디에 네 비위에 맞춰 코앞에 딱 대령하는 길이 있겠느냐? 애써 찾고 또 찾아야 하는 것이지! 흉측한 네놈이 못하는 일이 흙 퍼 오고 물 긷고 흙 밟는 일뿐인 줄 알아?"

"낯선 일이라 실수하는 것뿐입니다."

"호오, 그래. 그래서 아이 아비가 되고도 하는 일 없이 술독에 잠겨 떠돌기만 했군."

더는 견딜 수 없었다. 이순신은 돌 판에서 내려와 짚신을 신었다.

"계속 밟아. 제대로 곱게 다져질 때까지 밟아."

"더 이상 놀림감이 되고 싶지 않습니다. 장인어른이 말씀하셔서 잠시 몸을 의탁하러 왔을 뿐이지 사기장이나 하는 일을 배우러 온 건 아닙니다."

이순신은 방으로 쏙 들어가서 흑각궁과 전동을 어깨에 두르고 종종걸음으로 마당을 가로질렀다. 가슴이 답답해 터질 것 같았다. 남궁두의 매정한 외침이 뒤통수로 날아왔다.

"오늘 저녁밥은 없어."

얼마나 걸었을까.

짭조름한 바다 냄새가 먼저 코에 닿았다. 눈은 해송에 가렸지만 발은 이미 갯가를 뛰듯 빠르게 움직였다. 노량 앞바다가 순식간에 눈앞에 덮쳐 왔다. 고깃배 예닐곱 척이 섬 뒤로 나왔다 사라졌고 활짝 날개를 편 갈매기도 빙빙 원을 그리며 날아올랐다가 떨어졌다. 이순신은 그 자리에 털썩 주저앉았다.

스물여덟 살. 이제 서른이 코앞이다.

장수가 되겠노라고 말을 뱉은 지도 벌써 여섯 해가 지났다. 활을 배우고 검을 익혔지만 떠돌아다니기를 더욱 즐겼다. 아무리 비켜서도 무엇인가가 자꾸 앞을 막았다. 가슴 저 깊은 곳에서부터 울분이 터져 나왔다.

'업신여기지 마라. 가난하고 이름 없는 무부(武夫)라 해도 네놈들쯤은 꺾을 수 있다. 나서라, 썩 나서! 단칼에 베어 주마.'

밑도 끝도 없이 응어리진 그 분노가 결국 이 남쪽 바다까지 이순신을 이끌었는지도 몰랐다. 그 울분 때문에, 곧 있을 별시(別試)를 위해 매일 사대에 서도 모자랄 지금 흙이나 지고 샘물이나 나르며 세월을 죽이고 있는 것이다.

갑자기 눈물 한 줄기가 눈 허리로 흘렀다.

'아, 저 바다. 붉은 울음으로 가득 찼구나. 처음 보는데도 왜 이리 낯익을까. 꼭 이곳에서 오랜 나날을 보낸 것만 같다. 저 바다로 저벅저벅 걸어 들어가 사라지는 건 어떨까. 다시 떠오르지 않고 영원히 가라앉아 버리는 건 어떨까. 이 몸이 작은 물고기들로 변하여 헤엄치는 것 또한 즐겁지 않을까. 아, 내가 지금 무슨 생각을 하는 건가. 그거 죽음이 아닌가. 이 눈물은 또 어인 일인가.'

붉은 눈에서 눈물을 훔치며 전동에서 철전을 하나 뽑았다. 저만치 모여 선 아름드리 해송 몇 그루가 보였다. 바탕(사대에서 과녁까지의 거리)이 백 보는 되었다. 바람막이 구실을 하는 해송들 사이사이로 석양에 물든 바다가 잔잔히 빛나며 눈을 어리게 했다. 이순신은 그중 키 큰 나무를 골라 과녁으로 삼았다. 촉바람

(과녁에서 사대로 불어오는 바람)이 거셌다. 왼손에 든 철전을 배꼽 앞으로 들어올려 시위에 오늬를 먹였다.

팔 전체 힘으로 천천히 시위를 당긴 후 앞가슴을 쫙 폈다. 줌 손을 고정한 채 깍짓손을 놓았다. 촉바람을 가르고 날아간 철전 이 어김없이 노린 곳에 가 박혔다. 쉼 없이 두 순을 쏘고 또 쏘 았다. 앞을 가로막은 거대한 바위를 향해 돌진하는 범처럼 연이 어 화살 열 발을 모두 명중시킨 이순신은, 마침내 흑각궁을 옆에 던져 놓고 벌렁 드러누웠다. 흐느낌을 닮은 긴 한숨이 가슴에서 부터 새어나왔다.

그로부터 이십 보쯤 떨어진 나무 뒤에서, 상기된 얼굴을 반만 가린 박미진이 차마 나와서 말 걸지 못하고 훔쳐보며 입술만 깨 물고 있는 줄을 이순신은 조금도 눈치 채지 못했다.

어두운 바다가 금오산을 덮칠 듯 성큼 다가와 있었다.

# 十二, 꼽추 장사꾼의 세치 혀

임신년(1572년) 이월 일일.

재빠른 비선(飛船) 한 척이 남몰래 왜관(倭館)을 지나 가덕진(加德鎭)으로 향했다.

경상 좌수영(慶尙左水營) 소속 판옥선(板屋船) 한 척이 먼 바다를 살폈지만 파도가 높고 가루 비까지 내려 작고 날렵한 배를 발견하기 어려웠다. 비선은 신문(新門) 앞바다에 조용히 닻을 내렸다. 빗줄기가 점점 굵어졌다. 갑판 위로 머리 하나가 쏙 올라왔다 사라졌다. 이내 반 벌거숭이 차림을 한 사내가 원숭이처럼 이물 쪽으로 뛰어갔다. 큰 파도에 부딪혀 배가 위아래로 출렁거렸다.

"옵니다."

또 한 척 조각배가 큰 파도 사이로 언뜻 보였다. 배 위에는 아무엇도 없는 듯했다. 그러나 조각배가 비선에 닿을 만큼 가까워지자 갑자기 그 안에서 칼을 찬 두 사내가 일어섰다. 두 사람 사이엔 검은 안대를 쓰고 두 팔을 뒤로 묶인 꼽추가 온몸을 사시나무 떨듯 떨고 있었다. 두 사내는 꼽추 옆구리에 팔을 건 다음 비선 갑판으로 날아올랐다. 그네들이 갑판 아래로 사라지자 배는 다시 나는 듯 움직였다.

거제(巨濟) 지세포(知世浦)를 지나 가라산(加羅山) 아래를 멀리 돌아서 추원도(秋元島)를 스친 배는 욕지도(欲知島)와 연화도(蓮花島) 사이에 멈췄다. 빗줄기가 조금씩 줄어들기 시작했다.

갑판 문이 다시 열렸다. 두 사내가 꼽추를 끌어올렸다. 뒤이어 두루마기를 입은 젊은이가 따라 올라왔다. 갓 스무 살이나 되었을까. 수염 자국 하나 없이 곱상한 얼굴을 보면 어느 집 글 읽는 도령이 선유(船遊)라도 나선 듯했지만, 사내들 사이를 지나 의자에 가 앉는 동작엔 유생답지 않은 낯선 데가 있었다.

젊은이가 턱짓을 하자 사내들이 눈을 가린 검은 안대를 풀었다. 꼽추는 갑자기 쏟아진 빛 때문에 눈도 뜨지 못한 채 쓰러졌다. 코에서 피가 주르륵 흘러내렸다.

꼽추는 얼굴에 살이 하나도 없어 말 그대로 광대등걸이었다. 쫙 찢어져 위로 올라간 실눈과 콧구멍이 들여다보이는 들창코가 몹시도 박복한 인상을 풍겼다. 무엇보다도 돌이 되기도 전에 화상을 입어 눈썹이 없는 밋밋한 빈 자리는 검고 주름진 이마를 더욱 흉측하게 보이게 만들었다.

"사실이냐?"

젊은 사내가 단도직입해서 물었다. 꼽추가 고개를 들어 사내 얼굴을 살피려고 했다. 주먹이 날아들었다.

"한 번 더 허락 없이 고개를 들면…… 죽이겠다."

꼽추가 코를 갑판에 박은 채 말했다.

"야스요시(安好) 대장님이신지 확인하기 전에는 거래를 할 수 없습니다요, 윽!"

다시 아랫배에 극심한 통증이 왔다. 좌우에 선 사내들에게 동시에 발길질을 당한 것이다.

"허락 없이 입을 열지도 마라."

"차라리 죽이십시오, 윽!"

이번에는 허벅지가 끊어질 듯 아렸다.

"그만! 제법이구나. 하긴 그 정도 배포는 있어야겠지. 거간꾼 주제에 밥벌이를 시켜 주던 윤 도주(都主)를 배신하고 직접 거래를 트자고 연통을 넣은 놈이 아니더냐. 풀어 주어라."

사내들이 손에 묶인 끈을 푼 다음 무릎을 꿇렸다. 두루마기를 입은 사내가 왜어(倭語)로 물었다.

"임천수(林千收)라고 했느냐?"

임천수도 능숙한 왜말로 답했다.

"그렇습니다요."

"고개를 들어라."

임천수가 천천히 눈을 들어 사내를 보았다.

"나를 본 적이 있느냐?"

"재작년 왜관 근처에서 한 번 뵈었습죠. 윤 도주와 만나지 않으셨습니까요."

"우리 말은 어디서 배웠느냐?"

"소인 놈 고향이 바로 왜관 근처 엄광산(嚴光山) 아래입니다요. 어려서부터 자주 왜관을 왕래하며 귀국 말을 배웠습죠."

와키자카 야스요시(脇坂安好)는 눈썹을 치켜 올리고 임천수를 찬찬히 뜯어보았다.

"태어날 때부터 꼽추였느냐?"

"아닙니다요. 다섯 살 때 사고를 당했습죠. 소인 놈 부모 역시 윤 도주 밑에서 오랫동안 거간꾼 노릇을 했습니다요. 쌀을 배에 가득 싣고 부산포에서 함흥까지 가던 길이었습죠. 소인 놈도 부모님과 함께 그 배에 탔습니다. 풍랑을 만나 그만 쌓아 둔 쌀이 와르르 갑판 위로 쏟아졌습죠. 부모님은 모두 바다에 빠져 생사를 알 수 없게 되었고, 소인 놈만 허리를 다친 채 구출되었습니다요. 그때부터 이런 몰골로 삽니다."

"다섯 살 때부터 윤 도주가 먹이고 입힌 게냐?"

"그렇습죠. 윤 도주가 운영하는 객주에서 잔심부름을 하며 컸습니다요."

"윤 도주가 고아인 너를 거둬 준 것이 아니냐. 하면 네게는 커다란 은인일 터인데 왜 윤 도주를 배신하려느냐? 돈 때문이냐?"

임천수가 허리를 튕기듯 쳐 올렸다.

"윤 도주 그자는 은인이 아니라 원수입니다요. 소인의 아비 임조동(林兆東)은 거간을 해서 모은 돈 전부를 윤 도주에게 맡겼습죠. 사고가 난 후 그 돈을 받으러 갔더니, 윤 도주는 돈을 주기

는커녕 소인 놈을 광에 가두고 매질을 해 댔습니다요. 임조동에 게서 돈은 한 푼도 받아 둔 일이 없고, 도리어 쌀 백 가마가 고스란히 바다에 빠졌으니 일을 해서 갚으라는 겁니다요. 그로부터 이십여 년이 흘렀는데 아직 반도 갚지 못했습죠. 한뉘를 윤 도주 집 개로 살고 싶지 않습니다요."

와키자카 야스요시가 천천히 의자에서 일어섰다. 서늘한 웃음이 해말끔한 얼굴을 스치고 지나갔다.

"윤 도주가 널 잡아 죽이려 들 게다. 두렵지 않느냐? 윤 도주라면 경상도에서 첫손 꼽히는 객주가 아니냐? 윤 도주와 싸워 이길 수 있겠느냐?"

"무고불기(無高不企)라 하였습니다요."

"바라보지 못할 만큼 높은 곳은 없다? 하하하. 정말 대단한 놈이로군. 한데 넌 나를 믿느냐?"

"……"

갑작스러운 질문에 임천수는 즉답을 못했다.

"순진한 친구로세. 우리 집안은 지난 십 년 동안 줄곧 윤 도주와 거래를 텄어. 한데 거간꾼 꼽추 놈이 보낸 서찰을 받고 그동안 쌓은 정리를 바꾸리라고 보는가?"

갑판 위로 낯익은 사내 둘이 올라왔다. 사내들과 눈이 마주친 임천수는 벌어진 입을 다물지 못하고 엉덩방아를 찧었다. 윤 도주 아래에서 객주 일을 총괄하는 행수(行首) 남고진(南高眞)과 백광(白光)이었다. 두 사람은 임천수를 향해 벙글벙글 웃었다. 네놈의 시커먼 속을 진작부터 알고 있었다는 표정이었다.

두 행수는 야스요시에게 읍한 다음 천천히 임천수에게 다가왔다. 임천수는 엉덩이를 들고 일어설 생각도 못했다. 이마에 검은 혹이 난 백광이 멱살을 움켜쥐었다.

"어서 일어나. 도주 어르신이 기다리신다."

남고진이 뒤로 돌아가서 오른팔을 꺾었다. 우두둑. 어깨뼈가 어긋나는 소리와 함께 비명이 터져 나왔다.

"쉬이! 엄살 부리지 마. 우릴 속일 때에는 사지가 부러질 각오 정도는 했겠지? 두 눈을 뽑고 혀를 자르고 네 하물(下物)을 떼어내 돼지우리에 던져 주마."

'이대로 끌려가면 죽을 수밖에 없다.'

임천수는 머리로 백광의 가슴을 힘껏 들이받은 다음 외쳤다.

"물증이 있습니다요."

쓰러졌던 백광이 다시 임천수에게 다가가 명치를 주먹으로 내질렀다. 저만치 나가떨어진 임천수 머리를 남고진이 걷어차려는 순간, 야스요시가 명을 내렸다.

"멈춰라!"

고개를 돌린 백광이 비굴하게 웃으면서 말했다.

"이놈은 저희들에게 맡기십시오."

남고진이 품에서 은 나비를 새긴 비단 주머니를 꺼냈다.

"윤 도주 어르신이 보내신 선물입니다. 꼽추 놈 흥계를 미리 알려 주신 보답이기도 하고요. 나중에 따로 크게 대접을 하시겠다는 어르신 말씀이 있으셨습니다."

야스요시가 묵직한 비단 주머니를 가볍게 위로 던졌다 받았다.

찰그락, 작지만 맑은 소리가 났다. 귀한 은전(銀錢)이 분명했다. 두 행수는 임천수를 끈으로 꽁꽁 묶기 시작했다. 만약을 대비해서 입에 재갈까지 물렸다.

"이상한 일이군."

야스요시가 혼잣말을 하듯 내뱉자 두 행수는 손이 멈췄다.

"우리 집안이 윤 도주와 십 년 동안 거래를 했지만 단 한 번도 은전을 선물 받은 적은 없었는데……. 말은 호탕하게 하고 음식 대접은 크게 하더라도 거래를 할 때는 한 냥 한 푼까지 일일이 세는 늙은이가 아니던가. 한데 이렇게 많은 은전을 선뜻 건넨 이유가 뭘까? 행수들 생각은 어떠한가?"

백광이 할 말을 찾지 못한 듯 이마를 벌겋게 물들였다. 남고진이 서둘러 답했다.

"그동안 큰 탈 없이 거래를 주고받은 보답이라 생각하십시오. 와키자카 가문 도움으로 저희 객주가 경상도에서 가장 큰 객주로 성장한 것이 아닙니까. 약소합니다."

야스요시가 고개를 갸웃거렸다.

"보답이라! 그 또한 뜻밖이군. 정말로 보답하려 했다면 좀 더 생색을 내야 하지 않나. 이런 외딴 바다에서 서찰 한 장 없이 비단 주머니만 내민다! 그대들이라면 이상하지 않겠는가?"

두 행수가 답을 잇지 못하자 야스요시가 눈을 임천수에게 돌렸다.

"물증이 있다 하였느냐?"

재갈을 문 임천수는 고개만 끄덕였다. 야스요시가 턱짓을 하자 왜인 하나가 다가와서 입에 물린 재갈을 풀어 주었다.

"그렇습니다요."

"서찰에 적은 대로 윤 도주가 우리 가문에 물건을 넘기면서 턱없이 비싼 값을 매겼다는 물증이렷다?"

"그렇습죠. 십 년 동안 어떻게 가수치부(加數置簿. 금전이나 물품의 출납을 기록하며 숫자를 부풀려 적는 것)하였는지 남김없이 알 수 있습니다요."

백광이 임천수 목을 뒤에서 조르며 끼어들었다.

"냅뜰성이 많은 요 꼽추는 객주 일에 사사건건 불만을 품고 있었습니다. 윤 도주 어르신 은혜도 모르고 늘 한몫 챙길 생각뿐이었습죠. 우리가 어찌 와키자카 가문을 속일 수 있겠습니까? 밝게 헤아려 주십시오."

야스요시가 쌍별 표창을 오른손 검지와 중지 사이에 끼워 갈대처럼 흔들었다.

"당장 물러나지 않으면 네 이마에 이걸 꽂겠다. 꼽추에게서 손을 떼라."

백광이 얼른 뒷걸음질쳤다. 왜인과 거래하는 행수들 사이에 와키자카 가문 사람들이 가졌다는 귀신같은 표창 솜씨는 소문이 자자했다.

"자, 다시 설명해 보아라. 윤 도주가 날 속인 물증이 있다 이거지? 지금 그걸 가지고 있나?"

임천수가 야스요시를 똑바로 쳐다보며 말했다.

"답을 드리기 전에 두 가지 청이 있습니다요."

야스요시는 팔목에 감은 말가죽에 쌍별 표창을 천천히 닦았다.

"맹랑한 놈이로구나. 널 죽이고 물증을 빼앗을 수도 있어. 한데 조건을 두 가지나 내걸다니. 나더러 그 조건을 따르라는 것인가?"

임천수도 지지 않고 답했다.

"이놈 목을 치십시오. 하나 귀한 물증을 그냥 이곳까지 가져올 만큼 이놈이 어리석다고 보십니까? 제 목을 치는 순간 물증은 영원히 사라지고 맙니다요. 믿지 못하시겠다면 어서 이놈을 죽이십시오."

야스요시가 양미간을 조금씩 좁혔다.

"조건을 말해 보아라."

임천수의 왼손이 천천히 반원을 그리며 백광과 남고진에게 향했다.

"저 두 놈 목을 주십시오."

행수들 얼굴이 하얗게 질렸다.

"그건 윤 도주와 거래를 끊으라는 소리와 같다."

"윤 도주를 믿으십니까요, 아니면 물증을 가지고 있다는 이놈 말을 믿으십니까요? 하나만 택하십시오."

백광과 남고진이 털썩 무릎을 꿇었다.

"윤 도주 어르신과 나눈 의리를 생각하십시오. 저희를 죽이면 천목 다완(天目茶碗, 중국 천목산에서 나는 질 좋은 찻잔)보다 더 좋다는 고려 다완을 다시는 구하실 수 없을 겁니다. 또한……"

"베라!"

야스요시가 짧게 명령하자 뒤에 섰던 두 사내가 동시에 왜도(倭刀)를 번뜩였다. 피가 튀었고 백광과 남고진의 머리가 쿵 소리를 내며 떨어져 임천수 발 아래로 굴렀다. 임천수는 눈을 질끈 감았다 떴다.

"이번에 거래할 금액 중 절반을 미리 주십시오."

"물건도 보기 전에 값을 반이나 치르라? 윤 도주와 거래할 때는 미리 돈을 낸 적이 없다."

"알고 있습니다요."

"알면서도 돈을 미리 내라고?"

"지금부터 이놈은 대장을 모시고 조선 땅에 내릴 겁니다요. 그러곤 제법 긴 시간 동안 산을 타고 강을 건너겠지요. 위험한 상황에 빠질 수도 있고 서로 오해가 생길 수도 있습죠. 돈을 먼저 내십시오. 돈을 내지 않는 사람은 믿을 수 없습니다요."

"돈을 주는 것은 어렵지 않다. 하나 네가 그 돈을 갖고 달아날 수도 있지 않으냐?"

임천수가 작은 눈을 번뜩이며 더욱 조리 있게 답했다.

"소인 목숨은 이미 대장님 것입니다요."

"……"

"두 행수들 목이 떨어졌으므로 이놈은 다신 윤 도주에게 갈 수 없습죠. 그건 이제 왜관 근처에는 얼씬도 할 수 없다는 뜻입니다요. 이놈이 목숨을 부지할 유일한 길은 대장님과 거래를 해서 돈을 벌어 사람과 재물을 사는 것입죠."

"꿈이 큰 놈이로구나. 윤 도주와 맞서고 싶다? 그 배포가 마음에 든다. 좋다, 곰 가죽 값부터 먼저 치르도록 하지."

야스요시가 왼손을 들자 검은 보따리 하나가 임천수에게 전해
졌다.

"자, 이제 물증 있는 곳을 대라."

임천수가 오른손을 가슴 깊숙이 집어넣어 서책 하나를 쑥 뽑아
냈다.

"몸에 지니고 있었던 게야? 방금 전까지 없다 하지 않았느냐?"

"늘 그런 건 아니지만 때론 가장 어리석어 보이는 행동이 가장
현명한 경우도 있습죠. 자, 보십시오. 표 위쪽은 조선에서 거래
되는 값이고 아래쪽이 와키자카 가문에 넘긴 값입니다요. 윤 도
주가 깐깐한 성미만큼이나 보기 좋게 정리해 두었으니 한눈에 아
실 수 있을 겁니다요. 윤 도주가 착압(著押, 이름이나 직함 아래 본
인임을 확인하기 위하여 일정한 자형(字形)으로 수결하는 일)한 게 각
장마다 맨 아래에 있으니 확인하십시오."

서책을 펼쳐 든 야스요시 눈이 점점 더 날카로워졌다. 십 년
동안 철저히 속은 것을 확인한 것이다.

'쥐새끼 같은 놈들. 앞으로는 웃음을 띠고 발라맞추는 말을 하
면서 뒤에선 우릴 속여 이문을 챙길 궁리만 했구나. 윤 도주, 이
교활한 늙은이! 두고 보자.'

"이제 이놈 말을 믿으시겠습니까?"

와키자카 야스요시는 뚜벅뚜벅 걸어와 눈이 감길 듯 웃는 임천
수의 왼 팔뚝을 움켜쥐었다.

"네 말은 믿겠다. 하나 넌 믿을 수 없어."

임천수가 두 눈을 크게 떴다. 가까이서 보니 야스요시는 볼에 아직도 솜털이 보송보송했다. 키는 크지만 아직 소년이었다. 그러나 그 눈엔 분노에 찬 불꽃이 이글거렸다. 야스요시가 차가운 웃음을 띠고 다시 쌍별 표창을 들어올렸다.

"이제 물증을 얻었으니 내 돈은 돌려줘야겠다."

임천수가 검은 보따리를 품에 안으며 버텼다.

"돌려드릴 수 없습니다요."

"목이 달아나야 말을 듣겠느냐? 이젠 그렇게 뻗댈 처지가 아닐 텐데? 당장이라도 널 죽일 수 있어."

임천수가 지지 않고 답했다.

"대장님께서는 이놈을 죽이지 못하십니다요."

"뭣이라고?"

야스요시는 표창을 쪽박귀 밑까지 갖다 댔다. 그 자세로 손목을 꺾어 흔들면 목에 표창이 꽂히는 것이다. 임천수는 이번에도 고개를 뻣뻣하게 들고 던질 테면 던져 보라는 식으로 기다렸다. 야스요시가 그 자세를 유지하며 물었다.

"왜 죽이지 못한다는 것이냐?"

"가문에서 어르신들로부터 많은 부탁을 받아 이곳에 오신 것이 아닙니까요? 한데 지금 이놈 목을 치시면 그 부탁을 들어 드릴 방도가 없습죠. 윤 도주와는 벌써 원수지간이 되셨고, 경상도 내 다른 객주들은 윤 도주가 무서워 대장님과 거래를 트려고 하지 않을 겁니다요. 오직 이놈만이 대장께서 원하시는 물건들을 아주 아주 싼값에, 그러니까 윤 도주가 받던 값의 반의 반도 안 되는

값에 구해 드릴 수 있습죠. 사정이 이러하니 대장께서는 이놈을
죽이지 못하실 겁니다요."

야스요시가 표창을 내려놓으며 웃음을 터뜨렸다.

"정말 못 당하겠구나. 참으로 놀라운 세 치 혀로다. 하하하!
과연 그렇다. 지금 당장은 네 목숨을 끊지 않겠다. 하나 너무 자
신만만해하지는 마라. 물건에 조금이라도 하자가 있으면 주저하
지 않고 네놈 목부터 베겠다."

"물론입죠. 그땐 이놈 스스로 칼을 물고 거꾸러지겠습니다요."

비선이 빠르게 욕지도를 돌아 창신도(昌善島)로 나아갔다. 가루
비가 그치고 햇볕이 바다에 내리쬐었다. 파도도 제법 잔잔해졌
다. 하얀 바지 저고리를 입은 왜인들이 갑판 위로 나와 시체를
치운 후 물로 씻었다. 멀리 판옥선이 나타나기도 했지만 이 배에
왜인들이 타고 있다고는 꿈에도 생각 못 했다.

참으로 평화로운 남해 바다였다.

# 十三. 협객 왜인을 쏘다

기침을 쏟으며 잠에서 깨었다. 매캐한 연기가 갑자기 코로 쑥 들어왔던 것이다.

이순신은 눈을 뜨고 일어나 앉았다. 가마로는 차마 돌아가지 못하고 바다가 내려다보이는 동굴에서 하룻밤을 지낸 것이다. 동굴 안에 돌 서안이 있는 걸 보니 남궁두가 가끔 머무르며 내단(內丹)을 수련하는 곳인 듯했다. 모닥불 불씨가 아직까지 아물아물 살아 있었다. 주위엔 어둑어둑한 기운이 많이 가셔 어느새 갓밝이였다. 황소바람 한 줄기가 동굴로 들어와 불씨와 재를 한꺼번에 얼굴로 날렸다.

이순신은 기지개를 켜며 동굴 입구로 나섰다.

'누구지?'

갑작스러운 인기척에 이순신은 반사적으로 다시 동굴에 몸을 숨겼다. 큰 검팽나무 세 그루가 나란히 서서 동굴을 가려 주고 있었다.

낯선 사내들이 산길을 따라 올라오고 있었다. 제일 앞에 선 사내는 꼽추였고, 그 옆 사내는 갓을 쓰고 두루마기를 입었다. 그 뒤로 패랭이를 쓰고 흰 저고리와 바지를 입은 사내 열 명이 줄지어 걸어왔다.

'이상하군.'

유산을 나선 복색이 아니었다. 작은 봇짐도 진 사람이 없었다. 패랭이 쓴 사내들이 주변을 경계하는 모습도 어쩐지 눈에 설어 마음에 걸렸다.

이순신은 발소리를 죽여 가며 가운데 검팽나무에 등을 대고 섰다.

꼽추와 두루마기 사내가 지나가고 조금 간격을 둔 채 패랭이를 쓴 사내들이 동굴 앞을 지났다. 그들이 내뱉는 낯선 말 조각이 귀에 들어왔다.

'왜말! 왜놈들이다!'

이순신은 최대한 가까이 붙어 그 일행을 미행했다. 여러 갈래로 나누어졌던 길이 하나로 모이는 곳에 이를수록 점점 더 불길한 예감이 들었다. 왜인들은 남궁두가 사는 가마터를 향해 가고 있었다.

'이놈들을 여기서 붙잡아야 하나? 노략질을 하러 온 것이 아니면 틈을 살피러 온 것이겠지. 그러나……'

전동에 화살은 꼭 열 대였다. 어제 쏘고 거둬 놓은 것이다. 이 것으로는 쏘는 족족 맞힌다 해도 대적할 수 없었다. 필경 반도 쏘기 전에 수풀로 뛰어들어서 칼을 뽑아 들고 덮쳐 올 것이다.

급박하게 뛰는 가슴을 누르고 뒤를 쫓는 사이에 왜인들은 골짜 기에 거의 다다랐다. 저만치 천무직이 사는 움집이 보이자 꼽추 가 뒤돌아서서 가볍게 손을 흔들었다. 목적지에 도착했다는 신호 였다.

쌍도끼를 등에 메고 늑대 가죽을 어깨에 두른 천무직이 싸리나 무로 엮은 문 앞에서 서성거리고 있다가 일행을 발견하고 급히 맞으러 나왔다. 정수리가 더부룩한 덩덕새머리 하며 유난히 털이 많은 텁석나룻이 눈길을 끌었다. 말끝을 잘라먹는 바람에 늘 버 릇없다는 소리를 듣고 살았지만, 천무직 하면 곤양(昆陽)과 하동 (河東) 일대에서는 제법 이름난 사냥꾼이었다. 호랑이나 곰을 만 나면 쌍도끼를 휘두르며 먼저 달려들 만큼 대범한 위인이지만 지 금 임천수 일행을 맞는 낯은 편치 못했다.

"왜 이렇게 늦었우? 자시(밤 11시)에 오겠다고 연통을 넣지 않 았우?"

수염을 흔들며 으르렁거렸다.

"판옥선을 만나는 바람에 창선에 잠시 머물렀다 왔네. 자, 이 분들이 곰 가죽을 사실 거라네."

천무직이 두루마기 사내와 눈을 맞추었다. 와카자키 야스요시 가 능숙한 조선말로 날카롭게 물었다.

"발목을 제외하고는 전혀 구멍이 뚫리지 않은 가죽이라 들었다. 가슴에는 만날무늬가 신명하고. 끼깃은 이니겠지?"

천무직이 시선을 피하지 않고 답했다.

"걱정 마슈. 함정을 파서 사로잡은 다음 발목만 잘라 피를 뽑았우."

꼽추와 사내가 천무직을 따라 방으로 들어가고 나머지 사내들은 집 근처에 벌여 서서 주위를 경계했다. 이윽고 방문이 열리더니 꼽추가 사내들을 방으로 불러들였다. 잠시 후 방에 들어갔던 다섯 사내가 등짐을 하나씩 지고 나와서는 곧장 돌다리로 계곡을 건너 남궁두가 있는 가마로 향했다.

비싼 값에 곰 가죽 열 장을 판 천무직은 콧노래를 부르며 움집으로 향했다. 오늘같이 기분 좋은 날은 탁주나 실컷 마시고 한잠 늘어지게 자는 게 상책이었다. 마당으로 들어서려는데 뒤에서 누군가 부르는 소리가 들렸다.

"저자들은 뭣 하는 자들인가?"

천무직이 천천히 도끼 하나를 뽑아 들고 뒤돌아섰다. 며칠 전부터 남궁 선생 가마에 머무르고 있는 충청도 양반이었다. 천무직이 도끼를 내리며 빙긋 웃어 보였다.

"함부로 이 근처를 돌아다니지 마시우. 이 도끼가 언제 화를 낼지 모르니깐."

"저자들은 누군가?"

이순신이 다시 물었다.

"누굴 말씀하는 게요?"

천무직은 딴전을 피웠다.

"자네 집을 방금 다녀간 자들 말이야. 그자들과 거래를 하지 않았는가? 다 보았으니 발뺌할 생각 말게."

천무직이 도끼를 천천히 허리께로 끌어올렸다.

"무슨 말씀이신지 당최 모르겠우. 오늘 이 집에 온 사람은 그쪽이 처음이우. 헛것을 보셨나?"

"왜말을 하더군. 언제부터 그자들과 거래를 했나?"

'왜말'이라는 소릴 듣는 순간 천무직은 허벅지에 힘을 실었다. 왜인들과 밀무역을 한 자는 참형을 면키 힘들었다. 거래를 들킨 이상 이순신을 죽여 흔적을 지우는 것이 급선무였다.

도끼가 이마에 닿기 직전 이순신은 왼발로 천무직의 발목을 힘껏 걸어찼다. 공격할 낌새를 미리 알아차린 것이다. 넘어진 천무직의 가슴을 밟은 다음 목을 누르며 철전 하나를 눈구석에 갖다 댔다.

"한살이 맹인으로 살고 싶나?"

도끼 하나는 두어 걸음 뒤에 떨어졌고, 다른 도끼는 등 뒤에 걸려 있었다. 도끼를 다시 주워 들고 이순신과 맞설 틈이 없었다. 천무직이 비굴하게 웃으며 고개를 저었다.

"아, 아니우. 말씀드리겠우."

"왜구들인가?"

"왜관에서 온 자들이라는 것밖엔 모르우. 저 눈썹 없는 꼽추가 한 달 전에 곰 가죽이 필요하다며 찾아왔우."

"꼽추 이름이 뭔가?"

"임천수라고 하우."

"왜인들과 사사롭게 거래를 트는 것이 얼마나 큰 죄인지 알지? 더구나 몰래 잠입한 왜인들에게 물건을 파는 건 참형으로 다스려 왔네."

"나만 그러는 게 아니우. 드러내 놓고 말은 하지 않지만 왜인들과 거래하는 이들이 하삼도에는 꽤 많다우."

이순신은 놀란 표정을 감추며 물었다.

"수군들이 바다를 지키고 있는데도 출입한다는 말인가? 목숨을 걸고 그들과 거래를 하는 이유가 뭔가?"

"아무리 군선이 많아도 바다를 모두 지킬 수는 없우. 물건 값을 후하게 쳐 주니 거래를 할밖에. 누구 돈이든 돈만 많이 챙기면 되는 일이우. 한꺼번에 곰 가죽을 열 장이나 사 가는 이가 하동 근처에는 드무니까. 왜놈들에게 파는 게 찜찜하긴 해도, 빼앗기는 것도 아니고 돈 받고 물건 파는 일이니 마다할 이유가 없우."

"칼을 휘둘러 인명을 해하고 불을 지르는 왜구 놈들에게 물건을 판단 말이야?"

"저자들은 왜구가 아니우. 저자들이 노략질을 한다면 나도 쌍도끼를 휘두르며 맞섰을 게요. 하나 짐승 가죽을 사러 오는 왜인들은 웬만해선 검을 뽑아 들지 않는다우. 괜히 피를 보아 장삿길이 막히는 걸 원하지 않으니까. 오늘 만난 왜인은 특히 더 의젓하고 신중합디다."

"의젓하고 신중했다?"

"조선말도 정말 잘하고 조선 물정도 훤히 아는 듯했우. 다른 왜인들도 훨씬 정중하게 그자를 모셨우."

"몇 번이나 왜인들과 거래를 하였느냐?"

"두, 두 번뿐이우."

철전이 서늘한 한기를 뿌리면서 천천히 아래로 내려왔다.

"네 번."

속눈썹에 닿을 정도였다.

"스무 번이우. 정말이우. 하지만 그 정도는 아무것도 아니우. 남궁 선생 사발을 구해 간 왜인들이 줄잡아 백 명은 넘을 테니까."

"남궁 선생이 왜인들과 오랫동안 거래를 해 왔다는 게냐?"

이순신이 목소리에 날을 세웠다.

"내가 길 안내를 한 것만 해도 열 번이 넘는다우. 오늘 이곳을 찾아온 이들도 남궁 선생이 만든 사발을 사는 게 가장 큰 일이우. 지금쯤 흥정을 시작했겠는데."

이순신은 천무직의 등 뒤에서 도끼를 빼내 문밖으로 던진 다음 목을 누른 발을 뗐다. 천무직은 목을 부여잡고 한동안 밭은기침을 토했다. 이순신이 철전 하나를 꺼내 오늬를 먹였다.

"잘 보게. 앞다리일세."

그러고는 부엌문에 매달린 너구리 쪽으로 몸을 돌렸다. 천무직이 덫으로 잡아 둔 놈이다. 허공을 가른 화살은 정확하게 너구리 앞다리에 박혔다. 도끼를 들고 뒤따라오면 화살로 심장을 뚫어 버리겠다는 경고였다.

천무직은 이순신이 산길을 돌아 계곡 쪽으로 사라진 후에도 감히 문밖에 나서지 못했다.

이순신은 돌다리를 건너 가마를 향해 달렸다.

'왜관에 머물러야 할 왜인들이 하삼도를 제집처럼 드나든다고?
제놈들이 감히 국법을 어기고 조선 땅을 멋대로 쑤시고 다닌단
말인가? 그냥 둘 수 없는 일이다. 다시는 오지 못하게 혼쭐을 내
리라.'

남궁두가 왜인들에게 은밀히 사발을 판다는 말이 정말인지 두
눈으로 확인하고 싶었다. 뒷마당에 놓인 사발이 이상하긴 했다.
하동 근방에서 제일가는 사기장이라면서 왜 백자가 아니라 사발
을 만들까. 울퉁불퉁한 사발은 이순신 자신도 금방 배워 만들
수 있을 것만 같았다.

'왜인들에게 팔려고 만든 게로군.'

멀리 가마가 보였다. 이순신은 뒷마당 쪽으로 방향을 바꾸었
다. 가마 앞에 소은우와 박미진이 서 있고 패랭이를 쓴 왜인들이
부엌 앞에 옹기종기 모여 있었다. 섬돌 위에 신발 세 켤레가 나
란히 놓였다. 꼽추를 거간꾼으로 남궁두와 두루마기 사내가 흥정
하는 중이었다.

하지만 천무직 집에서와는 달리 방문이 쉽게 열리지 않았다.
세 사람 사이에 대화가 길어지는 듯했다.

기다리기에 지친 왜인 하나가 건들거리며 박미진에게 다가왔
다. 주먹코가 유난히 컸다. 몇 마디 왜말로 인사를 붙여도 박미
진이 응하지 않자 갑자기 손목을 틀어쥐었다. 나머지 왜인들이

일제히 웃음을 터뜨렸다.

소은우가 자리에서 벌떡 일어섰지만 왜인이 눈을 부릅뜨자 나서지도 못하고 물러났다. 왜인은 몸을 틀어 박미진을 안으려고 했다.

'이놈들!'

이순신은 대나무 울타리에 손을 짚었다. 왜인 열 명을 당해 낼 자신은 없으나 박미진이 치욕을 당하는 걸 그냥 보고 있을 수 없었다. 두 발을 동시에 차며 날아오르려 할 때 박미진이 먼저 단검으로 왜인 손등을 찍었다. 왜인은 비명을 지르며 마당을 펄쩍펄쩍 뛰었다.

방문이 열리고 두루마기 사내가 황급히 뛰쳐나왔다. 꼽추와 남궁두도 뒤를 따랐다. 졸개의 손등에 박힌 단검을 본 두루마기 사내가 박미진에게 한 걸음 다가서며 고개를 숙여 조선말로 사과했다.

"용서하십시오."

그러고는 고통에 떨고 있는 졸개에게 다가가 멱살을 틀어쥐고 무릎을 꿇렸다. 그런 다음 오른발로 사정없이 관자놀이를 걷어찼다. 쓰러진 왜인이 일어나 자세를 고쳐 앉았다. 이번에는 주먹이 코를 강타했다.

"그만하게, 와키자카!"

남궁두가 나서서 말렸다. 두루마기 사내는 양손을 앞으로 모은 채 말했다.

"아닙니다. 이놈은 선생을 향한 제 존경과 흠모를 갈가리 찢어

놓았습니다. 얼마나 뵙기를 앙망했는데 이런 짓을 저지르다니, 살려 둘 수 없습니다."

사내가 품에 숨겨 온 왜도를 뽑았다. 남궁두가 화를 버럭 냈다.

"검인(劍刃)을 감추지 못해! 내 가마에서 피를 보려는가? 죽이려거든 돌아가서 해. 칼 빛을 보고 피 냄새를 맡은 그릇들을 다완이라고 팔 순 없네. 싫다면 내 사발은 가져갈 생각을 접게."

두루마기 사내가 도를 품에 감춘 후 잘못을 빌었다.

"너그러이 용서해 주십시오. 이 일로 선생님 다완을 구하지 못하는 일이 없었으면 합니다."

남궁두가 금방 화를 풀고 히죽히죽 웃으며 답했다.

"사람 말을 잘 알아듣는 젊은이로군. 하하하! 자, 어서 저자를 일으켜 세우게. 떠나려거든 피를 닦고 상처를 치료해야지."

"아닙니다. 저런 놈은……."

남궁두가 말허리를 잘랐다.

"얼굴에 온통 피를 묻히고 다니다간 금방 의심을 살 걸세."

"아, 알겠습니다. 선생 말씀대로 하지요."

두루마기 사내는 양손을 모으며 얼른 충고를 받아들였다.

"치료가 끝날 때까지 잠시 뒷마당으로 와 보려나."

남궁두는 두루마기 사내를 이끌고 가마를 돌아 뒷마당으로 향했다.

이순신이 몸을 숨긴 도토리나무에서 불과 네댓 걸음 떨어진 곳에서 두 사람은 걸음을 멈추었다. 남궁두가 서책 하나를 품에서 꺼내 내밀었다.

"자, 이걸 자네 스승 소에키(宗易) 선생께 전해 드리게."

"주(周), 역(易), 참(參), 동(同), 계(契)…… 이게 무슨 서책입니까?"

"후한(後漢) 시절 위백양(魏伯陽)이란 분이 지은 책일세. 『주역』의 큰 도와 연단(煉丹)의 오묘한 법과 노자의 심오한 가르침이 명쾌하게 담겨 있으이. 이 서책을 통해 더 큰 깨달음을 얻으시라 꼭 전해 주게나."

"잘 알겠습니다. 이렇게 귀한 걸 주시니 참으로 감읍할 따름입니다."

남궁두가 빙글빙글 웃으며 손에 든 지팡이를 하늘 위로 힘껏 던졌다가 받았다. 어느샌가 지팡이 끝에 보자기 하나가 매달려 있었다. 야스요시는 그 희한한 재주에 눈을 크게 떴다.

"그리고 이건 자네에게 주지."

"제 것도 있습니까?"

"두류산에서 거둔 녹차라네. 향이 진하고 맛이 깊어 조선 제일로 치는 차일세. 소에키 선생께 차를 배우고 조선 문물에도 관심이 많다기에 내 특별히 준비하였네."

"참으로 감사합니다. 다음에는 더 많은 다완을 사 갔으면 합니다."

"거 좋지. 한데 한 가지 물어봐도 좋겠나?"

"말씀하십시오."

남궁두가 두 눈을 꾹 감았다가 뜨며 물었다.

"저 임천수라는 거간꾼 혼자서 자네들을 여기까지 데려왔는가?"

"그렇습니다."

"이상하구먼. 행수가 나서도 부족한 자리인데 윤 도주가 큰 실수를 했군."

와키자카 야스요시가 잠시 이순신이 숨은 도토리나무를 바라보다가 대답했다.

"선생께는 사실대로 말씀드리겠습니다. 임천수가 윤 도주와 갈라섰습니다."

"갈라섰다? 배신했다 이 말인가?"

"그렇습니다. 그동안 윤 도주를 통해서 사들인 고려 다완 가격이 턱없이 비싸다며 미리 제게 연통을 넣었습니다. 오늘 직접 와서 보니 정말 윤 도주는 우릴 속여 왔습니다. 몇십 배나 이문을 붙였더군요."

"오호! 하면 계속 임천수와 거래를 할 생각인가?"

"윤 도주와는 인연을 끊었습니다. 하나를 보면 열을 안다지 않습니까?"

"임천수가 무모한 짓을 했군. 하삼도에서 가장 세력이 큰 장사치가 윤 도주인데. 그 사람을 배신하고는 장사를 할 수 없을걸. 목숨이 위태로울지도 몰라."

"스스로 일어서려면 그 정도 각오는 해야겠지요. 꼽추이긴 해도 임천수 그자는 야심이 큰 듯하였습니다. 윤 도주에게 화를 입을 수도 있겠지만 그 위기를 잘 넘기면 장차 큰 장사꾼이 되겠습니다."

"허, 그런가?"

남궁두가 사람 좋은 웃음을 흘렸다.

"그건 그렇다 치고, 근래 귀국 사정은 어떠한가? 키요스(淸州)
의 노부나가(信長) 님은 요즘 어떠신지 궁금하이. 작년에 엔랴쿠
지(延曆寺)를 불태운 이야기를 전해 들었네만, 그후 혹 큰일은 없
었는지?"

남궁두는 왜인들에게 사발을 팔 때마다 할거하는 왜국 영주들
의 근황을 물었다. 그중에서도 오다 노부나가(織田信長)에 관해서
는 각별한 관심을 가졌다. 최근 몇 년 동안 이 장수는 눈부신 활
약으로 여러 땅을 제압하여 사분오열된 왜국을 하나로 만들어 가
고 있었다. 이대로 왜국이 백 년 넘도록 계속되어 온 내란을 종
식한다면 그 여파는 음으로 양으로 바다 건너 조선까지 미쳐 올
터였다.

"예, 무탈하십니다. 아무튼 누구도 따를 수 없는 분이시니까
요."

와키자카 야스요시는 짧게 대답했다. 어린 나이에도 신중한 성
격이라 말을 아꼈다. 남궁두는 다시 말을 붙여 와키자카 집안의
안부를 물으며 정세를 탐문하기 시작했다.

다섯 왜인이 허리가 휘청할 만큼 등짐을 졌다. 겹겹이 쌓은 사
발이 그 안에 가득 차 있을 것이다. 박미진에게 당한 왜인은 무
명천으로 감싼 손을 옷소매에 감추었다. 가마를 나서는 품새가

이 장 저 장 떠돌며 물건을 파는 장사치와 다를 바 없었다.

"만족하십니까?"

임천수가 물었다.

"거짓말을 했다면 곧바로 목을 벨 작정이었다."

"하면 계속 소인 놈과 연통을 주고받으시겠지요?"

"그 전에 네 목이 달아나지 않을까? 윤 도주가 자기 식구는 확실히 챙기지만 배신자는 살려 두는 법이 없다고 들었다. 숨을 곳은 있는가?"

"숨다니요? 소인 놈은 숨을 만큼 나쁜 짓을 한 적이 없습니다. 윤 도주가 와키자카 대장님께 옳지 못한 일을 하기에 귀띔을 해 드린 것이 잘못인갑쇼?"

"자신만만하구나. 하나 네 목숨이 위험한 것은 사실이다. 숨지 않으면 윤 도주와 맞서 싸우거나 그 보복을 순순히 받겠다는 뜻이냐?"

"아닙니다. 윤 도주에게 잡히면 살아남지 못합니다요. 소인 놈은 북삼도에 잠시 다녀올까 합니다."

"북삼도? 거기까지 달아난다는 건가?"

"달아나는 게 아닙니다. 다만 거기에서 몇몇 지인들을 만나려고 합지요."

"혹시…… 명나라 장사치들과도 사사로운 거래를 하려는 것인가?"

임천수가 눈을 내리깔고 웃었다.

"글쎄요. 그럴지도 모릅죠."

'역시 만만한 놈이 아니었다. 명나라, 조선, 왜를 함께 이어 이문을 남기려고 하지 않는가. 앞으로 윤 도주와 싸움이 볼 만하겠군.'

일행은 금오산 자락을 타고 왔던 길을 거슬러 올랐다. 동굴을 지나서 해안을 따라 한참 걸으니 바닷물이 깊이 들어온 만이 나왔다. 바다 저쪽은 사천이었다.

와키자카 야스요시는 패랭이 쓴 사내들부터 비선에 태웠다. 임천수까지 굽은 등을 흔들며 배에 오른 후, 혼자 선 야스요시는 쓰고 있던 갓을 벗어 이마에서 머리 가운데까지 반딜 모양으로 말끔히 깎은 머리 모양을 드러냈다. 그러곤 소매에 간직했던 녹차 주머니를 만지며 근처 해안을 눈으로 죽 훑었다. 다음에 올 때는 처음부터 이쪽으로 배를 댈 셈이었다.

'소에키 님께서 무척 기뻐하시겠지. 사기장이면서 배움이 깊어 경지에 오른 이라고 하시더니, 정말 범상한 사람이 아니었어.'

그때 츠렁바위에 홀로 선 소나무 옆에서 아주 작은 빛이 반짝였다.

'무기다.'

날카로운 직감으로 야스요시가 왜도를 뽑으려고 가슴으로 손을 집어넣었지만, 그 순간 철전이 벌써 목을 꿰뚫었다. 녹차 주머니가 반원을 그리며 바다에 떨어졌다. 뒤통수를 땅에 세게 부딪힌 야스요시는 미처 칼을 뽑지도 못한 채 즉사했다. 왜인들이 배에서 뛰어내렸지만 바위 쪽에서 반짝이던 작은 빛은 사라지고 없었다. 열일곱 살, 푸른 꿈을 안고 조선에 왔던 와키자카 야스요시는 이렇게 허무한 최후를 맞았다.

활을 쏜 바위에서 몸을 피해 가마터로 올라가던 도중, 이순신은 소나무 그늘 아래 몸을 숨기고 왜인들이 소동을 벌이는 모습을 살폈다. 몇 명이 우왕좌왕하면서 칼을 빼 들기도 했지만 다시 상륙하여 근방을 뒤지려는 것 같지는 않았다. 와키자카 야스요시는 한 왜인 팔에 안긴 채 축 늘어져 있었다. 죽은 것이 확실했다.

이순신은 이글이글 타는 눈으로 그들을 노려보았다. 가슴속에 뜨거운 피가 끓었다.

'이 나라가 어떤 나라인데 감히 왜놈들이 제집 드나들듯 한단 말인가. 조선에는 군사도 없고 협객도 없는 줄 아는가! 어디 또 다시 와 보아라. 오는 족족 목을 뚫어 주리라.'

十四. 낭주을 그리며 가는 길

임신년(1572년) 오월 오일.

방 씨가 집을 떠난 지도 열흘이 지났다. 옥천(沃川), 지례(知禮)를 거쳤고 어제 거창(居昌)으로 접어들었다. 폭우가 쏟아지지 않았다면 함양(咸陽)을 돌아 오늘쯤 하동에 닿았을 것이다. 장수(長水) 쪽에서 서풍을 타고 다가온 먹구름은 거창을 뒤덮고 이틀 내내 흙비를 뿌렸다.

종복 돌복과 석철은 편안한 잠자리를 찾느라고 바빴다. 방 씨는 혹여 되돌아가야 하지는 않을까 걱정스러웠다. 거창에서 삼가(三嘉)까지 좁은 길이 물에 잠기면 여러 날 기다려야 한다는 말이 들렸던 것이다.

"네가 갈 필요는 없지 않으냐? 돌복이를 보내면 된다."

방진은 남행(南行)을 반대했다. 그러나 방 씨는 침묵으로 보내 줄 것을 청했다. 덕용쌍미(德容雙美. 행실과 얼굴이 모두 아름다움)로 이름이 높은 방 씨가 아버지 명을 거역한 것은 처음 있는 일이었다.

"꼭 가야겠느냐?"

이번에도 말이 없었다.

"그럼 다녀오너라. 돌복이와 석철이를 데리고 가거라. 도중에 어려운 일을 만나면 곧 돌아오고. 알겠느냐?"

"네."

이제 겨우 돌을 넘긴 둘째 아들을 남겨 두고 떠난 길이었다. 다행히 단(疸. 황달)은 거의 나았지만 밤마다 보채며 우는 것은 여전했다. 젖어미를 구해 맡겼지만 울음소리가 귀에 쟁쟁쟁 닿았다.

며칠 전에 꾼 꿈 한 자락이 문제였다.


방진을 따라 작은 못으로 낚시를 갔다. 방 씨는 일곱 살을 넘지 않았다.

방진은 낚싯대를 바라보며 하염없이 앉아 있고 방 씨는 댕기머리 나풀거리며 못가를 돌았다. 범나비 한 마리가 있는 듯도 하고 없는 듯도 했다. 갑자기 방 씨가 걸음을 멈추고 고개를 돌렸다. 방진이 낚싯대를 잡고 일어선 것도 그 순간이었다.

팔뚝만 한 잉어가 물살을 가르며 솟구쳐 올랐다가 떨어졌다. 힘껏 낚싯대를 당겼지만 올라오지 않았다. 오히려 낚싯대와 함께 방진이 끌려 들어갈 기세였다. 방 씨는 어느새 방진 곁에 서 있었다. 궁대에서 우는살 하나를 꺼내 들고 던질 자세를 취했다.

"물러나!"

방진이 왼팔로 어깨를 밀었다.

그러나 방 씨는 물러서지 않았다. 오히려 한 걸음 더 다가섰다.

"물러나라니까."

방진이 다시 고개를 돌리는 순간 잉어가 수면 위로 튀어 올랐다가 떨어졌고, 그 바람에 방진이 못에 빠졌다. 방 씨는 잉어가 떨어진 수면에다 힘껏 우는살을 던졌다.

'잉어를 맞힌 것일까?'

갑자기 수면에 붉은 빛이 돌았다. 종이에 먹이 번지듯 붉은 기운이 이내 못 전체로 퍼졌다.

"애야! 무슨 짓을 한 게냐?"

물에 빠졌던 방진이 아가미에 화살을 맞은 잉어를 끌어안고 못 가로 걸어 나왔다.

그런데 방진이 품에 안은 잉어 꼬리가 사라지면서 두 발이 나오고 가슴지느러미는 자라서 두 팔이 되었다. 아가미는 좁고 가는 목으로 바뀌고, 툭 튀어나온 머리는 편편한 소년 얼굴로 변했다.

낯익은 얼굴. 아, 그것은 이순신 얼굴이었다.

우는살이 박힌 목에서는 계속 피가 흘러나왔다. 방 씨는 천천히 소년에게 다가갔다.

'죽은 걸까.'

눈을 감은 소년은 손가락 하나 움직이지 않았다. 목에서 흔들리는 우는살을 손끝으로 만졌다. 역시 움직임이 없었다. 우는살을 움켜쥐고 힘껏 뽑았다. 피가 하늘로 솟구쳤다.

"비가 그쳤습니다요, 아씨!"

돌복이 마당에서 아뢰었다. 방 씨는 문을 열고 하늘을 살핀 후 물었다.

"떠날 수 있겠느냐?"

"바로 길 형편을 묻고 오겠습니다요. 이대로 날이 개면 하동까지 가는 건 어렵지 않을 듯합니다요."

해거름부터 구름이 걷히고 밤하늘에 별들이 또렷했다.

방 씨는 어둑새벽에 출발하자는 종복들 청을 물리치고 밤이슬 맞으며 길을 나섰다. 한시라도 빨리 낭군을 만나기 위함이었다. 땅이 질퍽거리고 치마가 흙탕물에 젖는 것도 감수하며 묵묵히 걸었다.

을축년(1565년), 방진이 사윗감을 보아 두었다며 혼인을 서두르겠다고 했을 때 처음부터 선뜻 내킨 것은 아니었다. 이순신이란 청년은 협객을 자처하며 벗들과 이 동네 저 동네 기웃거리면서 크고 작은 사고나 친다고 했다. 돈 없고 재주 없고 야심조차 없는, 그렇고 그런 양반 핏줄인 것이다. 계룡산에서 방진이 식인 호랑이를 잡을 때 선창꾼을 했다는 이야기를 듣지 않았다면 아예 혼담을 마다했을지도 모른다.

방 씨는 혼인 전에 자기 눈으로 한번 그 사람됨을 확인하고 싶었다. 일생이 걸린 문제이므로 섣불리 정할 수 없었다. 방진도

딸의 청을 물리치지 않았다.

"네가 정 그래야겠다면 보고 오려무나. 대신 그쪽 사람들에게 들키면 아니 된다. 아무도 모르게 몰래 보고 돌아와야 해."

그때도 방진은 충직하고 눈치 빠른 돌복을 붙여 주었다. 이순신이 벗들과 술추렴을 하고 귀가하는 길목 하나를 알아냈다. 동네 어귀에 숨어 기다리는데 돌복이 슬쩍 눈치를 살피며 물었다.

"한번 시험해 볼까요?"

"무엇을 말이냐?"

"소인 놈이 길 한복판에 쓰러져 있겠습니다요."

방 씨는 웃음을 띠고 고개를 끄덕였다.

해가 지고 한참이 지나서야 이순신이 나타났다. 비틀대는 걸음걸이를 보니 오늘도 건넛마을에서 한잔 거나하게 마신 듯했다. 돌복이 길 가운데에 큰 대 자로 엎드렸고 방 씨는 개박달나무 뒤에 숨었다.

처음에 돌복을 그냥 지나친 이순신이 걸음을 멈추고 뒤돌아섰다. 누군가 쓰러져 있는 걸 그제야 알아차린 것이다. 이순신이 허리를 숙여 오른팔을 잡아끌었다.

"일어나. 예서 자면 승냥이 밥이 될지도 모른다고."

돌복은 진혀 움직이지 않고 코까지 골았다. 이순신이 허리를 펴고 고개를 설레설레 저었다. 서너 걸음 멀어졌던 이순신이 다시 돌복에게 돌아왔다.

"집이 어딘가?"

"……"

돌복은 묵묵부답이었다. 이순신이 등을 보이며 쪼그려앉았다.

"일단 업히게. 자네 집이 기억나지 않는다니 내 집으로 가세나."

돌복이 정신을 차린 듯 머리를 휘저으며 물러나 꿇어 엎드렸다.

"쇤네처럼 천한 것이 어찌 감히……"

"하룻밤 이슬을 피하자는데 천하고 귀한 것은 왜 따지는가? 가자고. 어서 업히게."

"아닙니다. 걸을 수 있습니다."

돌복이 힘겨운 척 천천히 자리에서 일어섰다. 이순신이 다가와 어깨동무를 했다.

"가세. 비록 누추한 방이지만 길바닥보다야 백 배 낫지."

그렇게 이순신 집 앞까지 반강제로 끌려갔던 돌복은 도망치다시피 하여 겨우 돌아왔다. 이순신은 그렇게 바르고 따스한 사람이었다.

방 씨는 이순신이 떠돌지 않고 정착할 수 있는 울타리를 만들어 주고 싶었다. 마음껏 뜻을 펼치도록 돕고 싶었다. 방진에게 돌아가서 이렇게 청했다.

"한 가지만 약조해 주시면 그 사람과 혼인을 하겠어요."

"무엇이냐?"

"형편이 넉넉지 못하다 들었습니다. 그 사람을 친아들처럼 여겨 문하에 두고 무예를 가르치시겠다고 약조해 주십시오."

방진은 뜻하지 않은 요구에 조금 놀란 표정이었다.

"무예를 가르치라? 너무 앞서 가는 게 아니냐? 그 사람이 무과를 볼지 아니 볼지도 아직 정해지지 않았느니라. 또한 무예를 익히고 싶다면 그 사람이 직접 청할 일이지 아녀자인 네가 나설 일이 아니다."

방 씨는 이미 대답을 생각해 두었던 듯 담담히 받았다.

"밖으로 알려지면 좋을 게 없겠지만, 아버님도 이 점만은 늘 염두에 두셨으면 합니다. 그 사람이나 그 사람 집안이 저를 택한 게 아니라 제가 그 사람을 택하는 거예요. 향반(鄕班)으로 그럭저럭 살아갈 정도밖에 아니 되는 사람과는 혼인할 수 없습니다. 아버지도 사위가 좁은 울타리에 갇혀서 술로 나날을 보내는 걸 바라진 않으시겠죠? 다행히 아버지는 조선 최고 궁사이시고 또 우리 집안 형편이 남정네 하나 먹일 정도는 되니, 때가 되면 그 사람을 특별히 거두어 주세요. 무예를 가르치는 것은 물론이고 세상에 나아가 큰일을 할 수 있도록 용기를 북돋아 주시고 안목을 길러 주십시오. 그리 약조하신다면 혼인을 하겠어요."

방진은 딸 얼굴을 지그시 들여다보았다. 방진 역시 이순신을 장차 용맹한 장수로 만들고 싶었으므로 거절할 이유가 없었다.

"그러자꾸나. 네 청을 받아들이마."

그러나 이순신은 방 씨가 상상했던 것보다 훨씬 지독하게 방황했다. 삼마(三魔, 색마(色魔), 주마(酒魔), 시마(詩魔). 이규보가 쓴 「삼마시(三魔詩)」에서 온 말.)에 걸린 사람처럼 떠돌고 또 떠돌았다.

혼인 후 며칠은 서책도 읽고 시도 지었지만 곧 산으로 들로 뛰쳐나갔다. 한번 나가면 열흘이고 보름이고 돌아오지 않았다. 의협심은 여전해서 자주 사람들과 다퉜다. 언제 어느 곳에 있든지 바르지 못한 일을 당하면 수저 없이 나섰던 것이나. 억울한 사람이라면 처음 만나더라도 피붙이처럼 도왔다. 관아에 끌려가도 두려워하거나 꺾이는 법이 없었다. 동헌에서도 당당하게 옳고 그름을 가렸다. 그때마다 정당한 보상이 주어졌던 것은 아니다. 오히려 자기 일도 아니면서 끼어든다고 타박이나 당하기 일쑤였다. 곤장을 맞은 적도 있었고 한밤중에 습격을 받아 온몸에 피멍이 든 적도 있었다.

방 씨는 차츰 깨달았다.

'호랑나비 수 노리개도 연분홍 꽃신도 꿈꾸면 아니 되겠구나. 삶이 고달프더라도 바르고 곧게 살고픈 것이 그이 소원이로구나. 그이 대신 내가 맡아야 할 일이 많겠구나. 아, 한뉘 협객의 아내로 살아야 할지도 모르겠구나.'

큰아들이 태어난 후 친정으로 거처를 옮겼다. 가난한 시댁 살림 탓이기도 했지만, 방진이라면 방랑벽을 잡을 수 있으리라 믿었던 것이다.

그러나 방진은 사위를 꾸짖거나 간섭하지 않았다. 나가면 나가는 대로 들어오면 들어오는 대로 지켜보기만 했다. 안성 장 사건이 일어난 후 방 씨는 딱 한 번 방진에게 따져 물었다.

"왜 미리 그이를 붙들지 않으셨어요?"

방진이 눈을 들여다보며 엷은 웃음을 보였다.

"의협(義俠)을 알고 가슴에 울분이 있는 사람은 돌아다녀야 한다. 불덩어리를 스스로 식힌 후 돌아올 때까지 내버려 둬야지."

"그런 날이 올까요? 바뀌지 않으면 어떻게 하죠?"

"바뀔 게다. 남궁두. 그이라면 할 수 있을 게야. 믿고 기다려야겠지."

방 씨도 남궁두를 먼발치에서나마 본 적이 두 번 있었다. 유독 벗이 많은 방진이었지만 남궁두가 오면 특별히 더 기뻐하며 고이고이 간직했던 국화주를 직접 광에서 꺼내 왔던 것이다. 붉은 도포 차림을 한 남궁두 역시 호탕하게 웃으면서 며칠 밤낮을 꼬박 새며 술에 취하고 이야기에 취했다. 문무에 모두 능한 것은 물론이고 천문과 지리, 전각(篆刻) 등에도 두루 통달한 괴사(怪士, 기이한 선비)였다.

거창에서 밤길을 떠나 다음 날 오시(오전 11시)가 되기 전에 금오산 어귀에 접어들었다. 아버지의 오랜 벗을 찾아뵙는 길인 만큼 산 아래 여염집에 잠시 발을 쉬며 흙 묻은 옷을 갈아입고 머리도 단정히 빗어 매만졌다. 고생스레 밤길을 걸어왔어도 고운 자태는 상하지 않았다.

남궁두의 가마에 이르러 대나무 울타리 안에 들어서자, 마당에서 사발을 살피던 소은우가 일어나 민 길 온 손님을 맞이했다.

"여기가 남궁 선생님 계신 곳인지요?"

"그렇습니다만……."

"아산에서 왔습니다."

"하면……."

두 시선이 짧게 마주쳤나가 어긋났다. 긴넌방 문이 벌컥 열렸다.

"누가 왔나요?"

남장을 한 박미진이 신발을 신으려다 말고 마당에 선 방 씨와 두 종복을 바라보았다. 소은우가 끼어들었다.

"아산에서 오셨다는군요."

박미진이 먼저 인사했다.

"박미진입니다. 어서 오르세요."

방 씨가 걸음을 떼지 않고 안방과 가마 주위를 살폈다. 소은우가 말했다.

"먼 길을 마다 않고 귀한 손님 오셨는데. 어쩌죠. 닷새 전 두류산 산행을 가셨습니다. 오늘 밤이나 내일 아침쯤 돌아오실 겁니다."

산행!

다리에 힘이 쭉 빠졌지만 한편으론 안심이 되었다. 산행을 갈 정도라면 몸이 아프지는 않은 것이다.

"산길이 험해 곤하실 텐데. 자, 들어가세요."

박미진이 거듭 권하자 방 씨는 실례하겠다는 인사와 함께 건넌방으로 올라갔다. 박미진이 솔잎차를 내오는 동안 방 씨는 잠시 방 안을 살폈다. 몸단장에 필요한 경대는 물론 여인네가 쓸 법한 가구가 하나도 없었다. 서안에는 『대통청정(大通淸淨)』이란 서책이 놓였고 그 곁에 낯선 서책들이 무릎 높이까지 아무렇게나 쌓였다. 벽에는 각궁이 걸려 있고 방을 삥 둘러 크기와 모양이 제

각각인 사발들이 놓여 있었다.

그중에서 둘만 따로 나란히 놓인. 손바닥 자국이 그대로 남아 있는 사발과 뭉게구름처럼 하얀 무늬가 그려진 사발 한 쌍이 유난히 눈에 띄었다. 사발을 들고 이리저리 살피는데 문이 열렸다.

박미진이 어설프게 찻상을 내려놓고 방 씨 앞으로 찻잔을 밀었다.

"드세요. 스승님께서 직접 두류산을 돌며 거둔 솔잎으로 만든 차입니다."

방 씨가 얼굴을 찬찬히 뜯어보자. 박미진은 고개를 숙이며 시선을 내렸다. 마음이 불안한지 자꾸 검지 손톱으로 방바닥을 긁었다.

"향이 아주 좋소."

방 씨가 한 모금 마신 다음 웃어 보였다. 박미진이 어색한 웃음과 함께 방 씨를 스쳐보며 겨우 말했다.

"매일 석 잔씩 마시면 눈이 밝아지고 가슴이 시원해진답니다."

"그래요?"

잠시 침묵이 흘렀다. 박미진이 이번에는 중지로 방바닥을 톡톡 치고 있었다. 방 씨 옷에 품긴 은은한 향내가 차향과 어우러졌다.

박미진이 방 씨 눈길을 느낀 듯 문득 손을 끌어당겨 거칠고 굳은살이 박인 손가락을 꼭 쥐어 감추었다. 그러곤 힘겹게 말을 이었다.

"사형(師兄)께서도 이 소수차(少睡茶)를 유난히 좋아하시지요."

방 씨는 놀랐다.

"사형이라니?"

"두류산으로 떠나기 전 스승님께서 호칭을 그리 정해 주셨습니다. 같은 문하에 들어왔으니 사형과 사제로 부르라고요."

"그이가 남궁 선생께 무얼 배운단 말이오? 설마 사발 굽는 법을 배우는 건 아니겠지요?"

사발들을 눈으로 훑는 방 씨 앞에서 박미진은 자꾸만 조급증이 났다.

"사발 굽는 게 뭐가 어때서 그러시죠? 그럼 가마에서 사발 굽는 법을 배우지 글공부를 합니까?"

마치 원망하는 듯한 말투였다. 박미진이 차마 방 씨를 마주보지 못하고 눈길을 무릎 앞에 놓인 사발로 떨어뜨렸다.

"손바닥이 찍힌 그 사발은 사형이 빚은 거랍니다. 원래 사발에는 손으로 만진 흔적이 남아서는 아니 됩니다. 스승님은 내다 깨버리라 하셨지만, 그래도 처음 만든 것이라……."

방 씨는 새삼스러운 눈으로 사발을 보았다.

"저 구름무늬가 들어간 사발도 그이가 만든 게요?"

"무늬가 아닙니다. 사발을 만들다 모래가 유난스럽게 섞여 저런 모양이 난 것이죠. 저 사발은 제가 만든 겁니다."

그제야 박미진은 자신이 혼례상 위에 놓는 목기러기처럼 사발 두 개를 나란히 놓아두었음을 깨달았다. 얼굴이 새빨개졌다. 방 씨는 그 난처한 표정을 못 본 체하며 이야기를 돌렸다.

"그이는 곧 무과를 볼 사람이라오. 한데 사발을 굽고 있다니. 별난 일이로세."

박미진이 목소리를 파르르 돋웠다.

"사형께서 왜 꼭 과거를 보신다고 하십니까? 그런 말씀은 듣지 못했습니다."

방 씨가 맞서 답하려다가 고개를 갸웃했다.

'이 처자가 어찌 그이에 대해 이토록 스스럼없이 말하는가?'

"벌써 오랫동안 준비를 해 왔다오."

결혼한 다음 해인 병인년(1566년)부터 이순신은 방진에게 무예를 배우겠다고 청했다. 수련을 받기 시작하자 실력은 하루가 다르게 늘었다.

그로부터 육 년이 흘러갔다. 지인들에게는 무과 준비를 한다고 둘러댔지만 남편은 아직도 마음을 정하지 못했다. 집에 머무는 날보다 밖으로 도는 날이 훨씬 많았고 집에 오더라도 방진을 따라 낚시를 가거나 『소학』을 읽으며 홀로 탄식했다.

"그이가 순순히 사발 굽는 일을 하시던가?"

방 씨가 말머리를 돌렸다.

"양반이 어찌 흙일을 하느냐 이 말씀이시죠?"

박미진 말에는 또다시 모가 났다. 답을 기다리지 않고 이야기를 이어 갔다.

"사형에게는 이 일이 꼭 필요한 것 같습니다. 근심을 너무 많이 짊어지고 계시니까요. 몸을 놀려 일을 하면서 그 무게를 줄일 수 있지 않겠어요. 흙을 나르고 샘물을 떠 오고 돌 판에 올라서서 흙을 밟노라면 세상 시름을 잊을 수 있지요. 사형도 처음엔 힘들어했지만 사나흘 지나니 샐녘에 물을 긷는 것도 고개 넘어

백토를 담아 오는 것도, 돌 판에 올라서는 것도 거뜬히 해냈답니다. 스승님과 백토를 논하기까지 하더군요. 몇 년 가마내기(가마에 도자기를 넣어 구운 후 꺼내는 과정)를 해 온 사기장처럼 진지하게 막 구운 사발들을 살폈어요. 당분간 머릿속을 사발로 가득 채우며 근심을 씻으실 거예요."

"머릿속을 사발로 가득 채운다?"

방 씨는 그만 말문을 닫았다.

'맹랑한 아이로구나. 사내 옷을 입고 사내들 틈에서 살다 보니 이리 된 것일까.'

하지만 그 말 속에 언뜻언뜻 묻어나는 이순신을 향한 은근한 관심에는 어쩐지 마음이 움직였다. 박미진은 지금 마주 앉은 이가 그리는 사람의 아내임도 잊은 듯 자분자분 생각을 털어놓고 있었다.

"사형이 평범한 사람이 아님을 모르시진 않겠지요? 너무 혼자 멀리 가 있기 때문에 보통 사람은 그 말과 행동을 이해하기 힘듭니다. 스승님께서도 그러셨어요. 한번 날면 붕(鵬)이 될 터인데 계속 날개를 접으려고만 한다고요. 날개를 접고 낑낑대며 걷는 것도 안타깝지만 과연 날개를 폈을 때 누가 감당할 수 있을지 걱정이라고요."

갑자기 밖이 소란스러웠다. 박미진은 급히 자리에서 일어섰다. 천무직과 소은우가 토방에서 실랑이를 벌이고 있었다. 힘으로 밀고 들어오는 천무직을 감당치 못해 소은우는 자꾸 뒷걸음질을 쳤다.

"무슨 일이에요?"

박미진이 마당으로 내려서며 물었다. 천무직은 열린 방문 안을 슬쩍 본 후 소은우를 밀치고 다가섰다. 보자기 하나를 품에 안고 있었다. 천무직이 사람 좋게 웃어 젖혔다.

"이것 받으쇼. 멧돼지 두 마리하고 바꾼 대국 비단이우."

박미진이 보자기를 받지 않고 되물었다.

"내가 왜 그걸 받아야 하죠?"

"내일이 미진 낭자 생일 아니우?"

곁에서 듣고 있던 소은우가 손으로 날짜를 꼽아 보았다. 밤을 새워 사발을 굽느라 깜빡 잊고 있었던 것이다.

"가져가요. 내겐 생일 따원 없어요."

천무직이 벙글벙글 웃으며 너스레를 떨었다.

"세상에 생일 없는 사람도 있우? 주려고 가져온 것이니 두고 가겠우."

"받을 수 없다니까요."

박미진은 방 씨가 자꾸 신경이 쓰였다. 뺨이 절로 확확 달아올랐다. 그런데 천무직은 성큼 박미진을 지나쳐 방 안에 보자기를 던져 넣었다.

"갖기 싫다면 버리든지 태우든지 마음대로 하시우. 그럼 난 이만 가우."

천무직이 도망치듯 가마를 떠났고, 소은우는 박미진의 생일을 잊은 자신을 나무라며 가마로 향했다. 박미진은 두 눈에 맺힌 눈물을 오른손으로 훔쳤다. 두 눈을 끔벅거리며 눈물을 참으려 해도 자꾸 앞이 흐릿했다.

'아버지.'

갑자기 '아버지' 석 자가 서러움과 함께 밀물처럼 밀려들었다.

대윤(大尹, 윤임(尹任) 일파)도 사라지고 소윤(小尹, 윤원형(尹元衡) 일파)도 흔적이 없지만, 소윤의 우두머리 윤원형을 비판하는 상소를 올렸다 화를 당한 홍문관 수찬(修撰) 박남경(朴南京)은 아직도 신원되지 않았다. 이 억울함은 언제쯤 풀릴 것인가. 아버지에 대한 기억은 이미 아스라이 멀어졌다. 대신 그 자리엔 유쾌하고 따뜻한 스승 남궁두가 들어섰다. 핏덩이 때부터 박미진을 업어 키운 은인이었다.

아낌없는 자애를 베풀어 준 스승 덕택에 박미진은 쾌활하고 활달한 성품을 지니게 되었다. 가마 일도 열심일 뿐 아니라 소은우는 싫어하는 검술과 궁술도 남궁두에게 배웠다. 사내들 서넛쯤은 단숨에 제압할 정도였다. 그러나 방 씨 앞에서는 웬일인지 자꾸만 자신이 초라하게 느껴졌다. 찌르는 듯한 슬픔과 부끄러움이 가슴을 옥죄어 왔다.

박미진이 눈가를 다시 한 번 닦고 방으로 들어설 동안, 방 씨는 모른 척 기다려 주었다. 천무직이 던져 놓고 간 보따리를 집어 윗목으로 치워 놓고 박미진이 우물우물 변명부터 시작했다.

"근처에 사는 사냥꾼이랍니다. 천무직이라고……"

방 씨가 아무 말 없이 얼굴만 쳐다보았다. 말이 자꾸 어긋나며 감겼다.

"멧돼지 사냥을 잘해요. 종종 스승님께 사발을 얻어 가곤 하는

데……. 간혹 쓸데없는 짓을 하죠……."

"총각이 처녀 좋아하는 걸 쓸데없는 짓이라 하겠소?"

방 씨가 넌지시 한마디 했다.

"좋아하다뇨? 아니에요. 아무리 제가 가마에서 사발 굽는 일을 하고 있어도 천한 사냥꾼과 어찌……."

박미진은 손으로 입을 가렸다. 남궁두 외에는 아무한테도 말하지 않은 과거가 튀어나올 뻔한 것이다.

'이름과 신분을 감추고 때를 기다리며 사발을 만들겠다고 맹세하지 않았던가. 남복을 하고 배움의 길을 삼아 귀천의 구분을 두지 않으리라 다짐했건만.'

"그게 무슨 말이오?"

"……누구와도 정을 나눌 처지가 아니란 뜻입니다."

'누구와도?'

방 씨가 네 글자를 곱씹었다. 처녀 몸으로 임자 있는 사내를 마음에 두었다면 허랑하고 부박한 계집이라고 하겠지만, 누구와도 마음을 나누지 않겠다는 처연한 말을 듣자 뜻밖이었다. 목소리를 부드럽게 하여 다른 말을 물었다.

"한데 두류산엔 어쩐 일로 가셨소?"

박미진이 수심을 거두고 방그레 웃음을 보였다. 복스러운 볼에 설핏 보조개가 패었다.

"스승님께선 늘 산행을 즐기십니다. 사형도 두류산에는 꼭 한번 들고 싶었다 하셔서 동행하게 된 겁니다. 산에 오르면 속세 일들이 참으로 작게 느껴지지요. 특히 향로봉(香爐峰)이나 비로봉(毗

盧峰) 구름 위는 선계(仙界)에 온 듯한 착각을 불러일으킵니다."

"처자도 자주 가시는가?"

"열 번 정도 갔답니다. 이젠 깜깜한 밤에도 올라갈 수 있어요."

천진하게 말하는 박미진을 보며, 방 씨는 마음이 아려 왔다.

'이 아이는 남편을 사모하고 있구나.'

투기가 일기보다 오히려 가슴이 답답해지며 박미진이 가여웠다.

'심고(心苦)에 몰려 방황하며 고뇌하는 협객에게 마음을 주다니. 그 입으로 옮긴 대로 한번 날면 붕이 되어 구만리장천을 날아갈 사내를 마음에 품으려 하다니.'

방 씨는 예의범절과 삼종지도를 나 몰라라 하고 여자 몸으로 인적 없는 깊은 산에 들고 나기를 두려워하지 않는 박미진이 한편으로 신기했다. 그러나 한편으로 그것은 단지 여도(女道)를 모르는 철부지인 까닭이다.

'가슴에 불을 품고 세상을 바라보는 사내, 그 고집과 울분으로 벼랑 끝에 치달아 선 남편에게 아름답고 대담한 이 처녀가 들어설 지리는 없다. 때가 와 그 큰 날개를 편다 한들 그 밑에 이 아이를 위한 둥지는 틀지 못하리라.'

방 씨는 두 다리가 묵직하고 뒷목이 당기듯 아파 왔다. 그동안 쌓인 피로가 한꺼번에 쏟아지는 듯했다.

'오늘 밤도 홀로 지새워야 하는가.'

낭군 품이 더더욱 그리웠다.

十五、두류산에서
울분을 터뜨리다

　두류산에 들어 겨우 다섯 밤을 보냈을 뿐인데 속세 일이 까마득하게 느껴진다. 유산을 떠나자는 말을 듣자마자 이순신은 당연히 천왕봉을 떠올렸다. 신선이 노닌다는 절경을 오래전부터 구경하고 싶었던 것이다. 그러나 남궁두는 천왕봉 등정에 처음부터 심드렁한 반응을 보였다.

　"요놈아! 욕심 부리지 마라. 천왕봉까지 올라 뭘 자랑하려고? 그냥 두류의 넓은 품에 안기면 그만인 것을."

　남궁두가 반대하면 혼자서라도 천왕봉에 오를 작정이었다. 지금이 아니면 그 아득한 봉우리를 구경하지 못할 듯싶었다.

　유산을 떠날 때부터 남궁두는 표정이 밝지 않았다. 무언가 답답한 일을 당한 듯했다. 곧장 산을 타지 않고 노량 앞바다에서 조각배에 오른 것도, 따라나서겠다는 박미진을 뿌리친 것도, 계속 고된 일만 시킬 것 같더니 산천 유람을 가자고 먼저 권한 것도 이상한 일이었다.

배가 서면(西面) 앞바다를 돌아 강을 거슬러서 악양현(岳陽縣)으로 접어들었을 때, 남궁두가 왕대 지팡이로 옆구리를 쿡 찔렀다. '윽!' 이순신은 비명도 뱉지 못한 채 옆구리를 양손으로 감싸 안고 털썩 주저앉았다.

"네놈 짓이지?"

"무, 무엇 말입니까?"

"시치미 떼지 마. 가마에서 사발을 사 가지고 귀국길에 올랐던 왜인 무사 목에 네가 화살을 꽂았지?"

"왜인이라니요? 금시초문입니다."

이순신은 딱 잡아뗐다. 남궁두는 양손에 침을 퉤퉤 뱉은 후 다시 뒤통수를 후려치려고 했다. 이순신이 허리를 넙죽 숙이며 남궁두를 끌어안았다.

"이거 놔라, 이거 놔. 한심한지고! 네놈이 틀림없어. 그 먼 거리에서 화살 단 한 대로 젊은 와키자카를 죽일 사람은 금오산 자락에 나하고 너밖에 없어. 나는 아니니까 너일밖에. 그러니 바른대로 말해. 맞지?"

이순신은 순식간에 네댓 걸음 물러서며 소리쳤다.

"제가 죽였다 한들 그게 무슨 잘못입니까? 감히 국법을 업신여기고 왜관을 벗어나 저희들 멋대로 금오산까지 기어든 놈들입니다. 하삼도를 염탐하러 온 왜구 앞잡이가 아니겠습니까. 바다 오

랑캐 놈들이 조선 땅을 제 앞마당 드나들듯 하는 꼴을 그냥 두고
보란 말씀입니까?"

남궁두는 왕대 지팡이를 머리 위까지 들어올렸으나 갑자기 그
대로 멈췄다. 그러고는 얼굴을 뚫어지게 노려보았다. 지팡이 몇
대로는 어리석음을 깨우칠 수 없다고 생각한 듯했다. 이윽고 왕
대를 내린 후 탄식하듯 말했다.

"따라와."

남궁두는 뱃사공들로부터 떨어져 이물 쪽으로 갔다. 이순신이
서북쪽에 솟은 두류산 자락을 흘끗 보며 뒤를 쫓았다. 남궁두가
목소리를 낮추어 말했다.

"와키자카가 왜구 간자라면, 그 사람을 만나 찻잔을 앞에 놓고
쌍각룡차(雙角龍茶)를 마시며 사발을 팔고 선물을 안긴 나 역시
간자겠군."

"그, 그건……"

이순신은 즉답을 못했다. 남궁두가 왜인에게 사발을 몰래 파는
이유를 짐작할 수 없었던 것이다.

"왜 관아에 고변하지 않는가? 사기장 남궁두가 왜구와 결탁하
였다고 말이야."

"아닙니다. 선생이 어찌 간사이겠습니까? 하나 선생이 왜구 놈
들과 거래하는 까닭은 정말 모르겠습니다."

"그 왜인 젊은이는 왜구가 아니야. 자네, 왜구가 도대체 뭔지
아나?"

이순신은 거침없이 말을 토했다.

"떼를 지어 배를 타고 바닷가로 기어늘어 노략질을 일삼는 왜놈 해적들이지요. 바다에 익고 약삭빨라 뒤쫓기 어렵고, 성질이 흉폭하고 무도하여 힘없는 백성을 해칩니다."

남궁두는 쓴웃음을 지으며 먼 하늘을 바라보았다.

"그렇지. 해적들이지. 그래 자네 눈엔 와키자카가 해적으로 보였나?"

"그건……"

남궁두가 혀를 끌끌 찼다.

"와키자카는 해적이 아니야. 사사롭게 왜관을 벗어난 것은 사실이나, 왜구나 노략질과는 관계없는 사람이라고. 조선으로 치면 무술을 닦아 정식으로 군문에 든 무인인 셈이지. 왜국에서는 백 년이 넘도록 나라 안에 군웅이 할거하여 싸움이 끊이지 않으니, 수많은 무사들이 저마다 제 주군을 섬겨 싸움터에 나간다네. 자네가 죽인 그 젊은이도 무사일세. 떼를 지어 몰려다니며 무고한 양민을 해치고 재물을 빼앗는 해적과는 완연히 다른 게야."

"그건 선생께서 모르시는 말씀입니다. 조선에 건너오는 왜놈들은 설사 장사치로 위장하고 있을지라도 틈을 엿보아 언제든지 칼날을 들이대려는 왜구이거나, 아니면 같은 패거리에게 이 땅의 사정을 귀띔할 첩자들입니다. 감히 조정의 허락도 없이 왜관을 벗어나 밀매를 자행한 왜놈은 죽여 마땅합니다."

강기 어린 이순신의 항변 앞에 남궁두는 눈길을 들어 잠시 남쪽 바다를 바라보았다. 만경창파 푸른 물결 위로 얼마 전에 서찰을 보내온 센노소에키(千宗易)가 떠올랐다.

"소에키로부터 슬픔에 가득 찬 서찰을 받았어."

이순신은 그 이름을 알지 못했다. 센노소에키가 왜국에서 크게 유행한 다례(茶禮)에 새 길을 연 이로서, 조선에서 만들어진 교 (巧) 없는 다완을 소중히 여겨 고관들과 큰 무장들 사이에 두루 퍼뜨린 인물임은 짐작할 수도 없는 일이었다. 하지만 왜인과 서 신을 주고받는다는 이야기만으로도 놀랍고 불안한 마음을 감출 수 없었다. 남궁두는 이순신이 알거나 말거나 여상히 말을 이어 갔다.

"'피에 물든 예토(穢土) 곳곳마다니, 홍진(紅塵)의 서글픔 벗을 길이 없구나…….' 십칠 세 어린 나이에 횡사한 그 제자를 소에 키는 무던히도 아꼈던 게지. 불가에 몸을 담았다 한들 적멸(寂滅) 에 들기가 그리 쉬울까. 젊은 와키자카가 칼끝에 목숨을 건 무사 의 몸이었다지만, 전장도 아닌 장삿길에서 그토록 허무하게 명을 버렸으니."

남궁두가 이순신을 흘겼다.

"그 젊은이가 나이는 적었지만 정면에서 맞붙었다면 자네가 이 겼다고 장담 못해. 왜인들을 만만하게 보면 큰코다쳐. 오랜 전란 으로 단련된 왜국 검은 조선 검보다 빠르지. 작고 날렵한 그 배 는 하삼도 해안 곳곳으로 파고드네. 아직은 저희끼리 각축(角逐) 을 벌이고 있지만, 머지않아 그 땅을 평정하는 자가 나온다면 어 찌 될 것 같나? 왜국의 큰 장수인 오다 노부나가는 멀고 먼 남만 (南蠻, 네덜란드를 말함)의 문물마저 받아들여 나라를 부요하게 하 고 병마를 양성하는 데 온 힘을 쏟는다네. 그들 눈에는 조선이야말로 가깝고도 탐스러운 땅일 터. 한데 조선은 왜국 사정에 너무나도 어두워. 사발을 팔고 사는 일이든 편지를 주고받는 일이든, 와키자카와 같은 자가 중간에 있어서 오가며 간신히 소식을 들려주고 있었네. 화살 한 대로 목숨을 앗기기 전까지는 말이야."

"사발을 파는 것이 왜국을 정탐하기 위해서란 말씀이십니까? 이치에 닿지 않습니다. 정탐이라면 마땅히 이쪽에서 보내어 살피게 할 일이지, 어찌 저놈들이 조선 땅을 밟고 다니게 하겠습니까?"

남궁두가 싸늘한 얼굴로 물었다.

"자넨 해적질하는 왜구 무리 한둘이 아니라 왜국이 힘을 모아 조선에 침탈할 일을 생각해 본 일 있나? 그렇게 된다면 어느 쪽이 강할까?"

이순신은 목을 뻣뻣이 세웠다.

"오랑캐와 싸우는 데 어찌 강하고 약한 것을 따지겠습니까. 저들은 한낱 무지한 섬나라 오랑캐들에 불과합니다. 만약 불측한 마음을 먹고 이 나라를 침범한다면 철저히 때려부숴 징벌할 따름입니다."

남궁두가 지팡이를 뱃전에 내리쳤다. 수염이 버들버들 떨렸다.

"바보 같은 놈! 왜국은 강해. 네가 상상할 수 없을 만큼 많은 군사와 무기가 있어!"

이순신이 웃음을 머금었다.

"희언(戱言)도 잘하십니다. 왜국이 조선을 물리친다는 건 있을 수 없는 일입니다. 왜놈들과 교유하시다가 그 허풍에 속아 넘어

가신 겁니까?"

"이 나라는 근 이백 년토록 태평성대였어. 더러 오랑캐들 노략질로 변방이 시끄러울지언정 큰 전란은 없었지. 그로 인해 무(武)를 소홀히하고 문(文)만 숭상하며 왜국을 깔보아 그 힘을 우습게 여기지. 파랑국(波浪國. 포르투갈)에서 들여온 조그만 화포를 군졸한 사람 한 사람이 들고 걸으며 일제히 쏘는데, 그 철환이 목표를 맞히면 두꺼운 방패를 종잇장처럼 뚫는다는 이야기를 들어 보았나? 왜장 노부나가는 이 병기를 천 자루나 가지고 있다고 해."

"화포를 들고 다니며 쏘다니요? 크게 다치거나 죽을 짓을 누가 합니까? 믿을 수 없습니다."

남궁두는 이마를 손바닥으로 쓸며 탄식했다.

"큰일이로세, 큰일이야. 알지 못하는 것은 보지 않으려는 어리석음이 골수까지 사무쳤구먼."

대화는 거기서 끊어졌다. 배가 삽암(鍤岩)이란 곳에 닿은 것이다. 메마른 잡풀과 죽은 나무들만이 가득했다.

남궁두는 휘이휘이 앞서 걸었고 이순신은 왜 이런 황량한 곳에 내렸을까 궁금한 눈으로 뒤따랐다.

마침내 남궁두가 가라앉은 음성으로 일렀다.

"여긴 고려 충신 한유한(韓惟漢)의 농장 터야. 나라에서 그이를 대비원록사(大悲院錄事)로 불렀지만 하룻밤 사이에 가솔들을 이끌고 숨어 버렸지."

남궁두는 옆눈으로 흘긋 이순신을 보았다.

"숨고 싶나? 하면 가솔들을 데리고 이곳으로 들어와."

"숨어 지내고 싶지 않습니다."

"무과 공부를 열심히 하는 것도 아니고 물러나 이름을 깨끗하게 지키고 싶은 것도 아니라면, 요놈아! 네가 하고픈 게 뭐야?"

"……"

이순신은 답을 하지 않았다.


다시 배를 타고 거슬러 올라가 도탄(陶灘)에 닿았다. 남궁두가 내리자 이순신이 배 위에서 물었다.

"이번엔 또 어떤 은사(隱士)를 만나러 가는 겁니까? 한유한처럼 완유(阮劉, 죽림칠현인 완적(阮籍)과 유영(劉伶))를 흉내 내며 산림에 숨은 이라면 내리고 싶지 않습니다."

"허허, 뭔가 불편한 구석이 있나 보지? 따라오기 싫다면 아니 와도 돼. 하나 일두(一蠹, 정여창의 호) 선생 거처를 둘러볼 기회는 흔치 않을 듯싶은데……."

이순신이 배에서 내려 남궁두에게 달려왔다.

"일두 선생이라고 하셨습니까? 일두 선생이 이 깊은 산골에 사셨습니까?"

"점필재 선생 문하에서 오경(五經, 유가의 기본 경전인 다섯 가지 책. 『시경』, 『서경』, 『역경』, 『예기』, 『춘추』.)을 배운 바로 그 일두 선생이시지."

남궁두가 성큼성큼 앞서 걸었다. 이순신은 주위 풍광을 살필 겨를도 없이 종종걸음을 쳤다. 키가 크지도 않고 두 다리를 바삐 옮기는 것도 아닌데 따라잡기가 매우 힘들었다.

숨을 헐떡거리며 언덕길을 한참 오르자 텅 빈 기와집이 한 채 나왔다. 남궁두가 문짝이 달랑거리는 대문을 밀고 들어섰다. 강바람이 마당을 지나 부서진 방과 부엌으로 들이쳤다. 마루에는 먼지가 자욱했고 주인 잃은 짚신 하나가 녹슨 호미와 함께 토방에 놓여 있었다.

'이렇게 좁고 누추한 곳에 머무셨단 말인가?'

정여창이라면 김종직 문하 중에서도 특히 성리학에 밝고 몸가짐이 신실한 선비였다. 세자시강원 설서(世子侍講院說書)로 있을 때는 연산군에게 직접 군왕의 바른 도리를 강(講)하기도 했다.

"두려운 게 뭐야?"

남궁두가 화두를 던지듯 물었다. 이순신은 대답 대신 남궁두를 쳐다보았다. 남궁두는 고개도 돌리지 않은 채 정여창이 머물렀을 안방을 똑바로 바라보며 물었다.

"조부처럼 아무 죄 없이 억울하게 고초를 당하는 게 두려워? 아니면 자식들이 너처럼 겁에 질려 세상에 나가기를 주저하는 게 두려워? 그도 저도 아니라면 나달 속에서 점점 잊혀져 가는 조부의 의로움을 청사에 남기지 못할까 두려워?"

"두려움 따윈 없습니다."

이순신이 짧게 부인했다.

"흐음, 그래?"

남궁두가 묘한 웃음을 보였다. 이순신이 빠른 속도로 말했다.

"퇴계, 율곡(栗谷, 이이의 호), 남명, 화담, 하서(河西, 김인후의 호)의 제자들이 조정에 모여들고 있음은 저도 들어 알고 있습니다. 이렇게 사림들이 조정 중론을 이끌기까지는 근 백 년 동안 많은 노력이 있었음도 잘 알고 있지요. 부관참시(剖棺斬屍)로 이어진 나날이었습니다. 무오년(1498년)에는 점필재 선생 관이 파헤쳐졌고, 갑자년(1504년)에는 일두 선생 시신이 훼손당했습니다. 피로 점철된 세월이었습니다. 하나……"

남궁두가 말허리를 잘랐다.

"그래, 여기저기에서 억울한 죽음이 봄날 진달래처럼 흐드러졌지. 하나 정암 선생이 부관참시에 두려움을 느껴 몸을 낮추었다면 결코 오늘날 같은 광명은 비치지 않았을 거야. 네 조부께서 정암 선생과 함께 기묘년에 고초를 겪은 것은 참으로 안타까운 일이나 그렇다고 네가 출사를 주저한다면 평소에 입에 달고 다니던 의는 어디로 간 거지. 점필재 선생이 겪은 억울함을 보고서도 일두 선생은 그 뜻을 이었고, 일두 선생이 당한 참혹함을 알면서도 정암 선생은 직언을 서슴지 않았어. 그때마다 많은 피를 흘렸지만 조금씩 아주 조금씩 명분을 쌓고 힘을 얻었던 거야. 보이지는 않지만 그렇게 모든 일이 올바름으로 돌아간 거지. 네 조부에게 닥친 불행이 반복되지는 않을까 하고 걱정하지 마. 설사 그렇더라도 네 아이들은 똑같은 절망을 느끼지는 않을 거야. 네가 조부를 의롭다 칭송하듯, 아들들도 너를 의롭다 평할 것이야."

"너무 쉽고 간단하게 말씀하시는군요. 이제 다시는 사화가 일어나지 않으리라 확고히 믿고 계십니까. 오로지 사림을 공격한 훈구 대신들이 그를 따름이라는 듯이 말입니다. 과연 그렇겠습니까? 그 많은 서생들이 억울하게 죽은 것이 진정 오직 훈구 대신들 탓인지요? 그자들이 사림파를 비난하는 상소를 연명하여 올린 건 맞습니다."

"무슨 소릴 하고픈 게야?"

"공맹이 살았던 시대나 사마천이 살았던 시대, 또 지금까지 목숨을 건 다툼은 늘 있어 왔습니다. 훈구 대신들이 없었다면 다른 누군가가 사림을 헐뜯고 탄압했겠지요. 의로운 선비의 피를 흘린 것은 훈구 대신들이 아닙니다. 그토록 많은 피가 흐른 까닭은……"

"그만둬. 못하는 소리가 없군."

남궁두가 그 말을 잘랐다. 이순신이 쓸쓸하게 웃음을 흘렸다.

"이야기를 먼저 꺼낸 건 선생이십니다."

흙먼지를 일으키며 회오리를 도는 바람을 살폈다.

"잘 압니다. 사서(四書, 유가의 기본 경전인 네 가지 책. 『논어』, 『맹자』, 『대학』, 『중용』.)와 오경을 읽었는데 어찌 모르겠습니까. 군왕만이 신하를 택할 수 있고 신하는 군왕을 택할 수 없지요. 물러나 기다릴 수는 있으나 나아와 바꿀 수 없는 이치입니다. 돌이켜 보면 지난 백 년은 기다림이 계속된 날들이었습니다. 기다림을 접을 때가 되었나 싶어 출사했다 꺾이고, 다시 돌아와 기다리다가 또 나가서 꺾이고, 용상 주인이 바뀔 때마다 새로운 꿈을 꾸었던가 봅니다. 이번에도 마찬가지가 아닐까요? 지금이야말로 도를 실현할 때라는 말은 정암 선생께서 조정 중론을 이끄실 때도 나왔을 겁니다. 한 가지 여쭈어도 될는지요?"

"말해 봐."

"새 세상이 열렸다면 왜 선생은 출사하지 않으시고 금오산 자락에서 사발이나 빚고 계십니까? 저에게는 출사하라고 권하시지만 정작 선생은 고고하게 숨어 그 이름만 맑게 닦으시는 게 아닙니까?"

날카로운 역공이었지만 남궁두는 당황하지 않았다.

"허어, 요놈아! 난 너처럼 자나 깨나 사도(斯道)만 생각하는 꽁생원이 아냐. 공맹의 제자가 아니다 이 말씀이지."

"공맹의 제자가 아니라고요? 하면 선생은 누구 가르침을 따르십니까?"

"거추장스럽군. 꼭 그렇게 누구누구 문하여야 해? 남궁 도사는 남궁 도사 마음대로 살아."

"밤을 새워 서책을 읽고 새벽마다 가부좌를 한 채 수련을 하시지 않습니까?"

"내 집에 엿보기꾼을 들여놓았군. 노장(老莊)과 몇 마디 나누긴 해도 가르치고 배우는 사인 아냐. 거창하게 수련 운운할 것도 없어. 요놈아! 몸이 튼튼해야 사발을 제대로 빚지. 너처럼 백토 한 가마니도 제대로 못 지고 무릎이 후들거리면 아무 일도 못해."

"매월당(梅月堂, 김시습의 호), 화담, 북창으로 이어지는 내단학을 하시는 게 아닙니까? 붉은 옷만 입는 것도 그 때문이지요?"

이순신이 슬쩍 넘겨짚었다.

"자식! 꼭 그렇게 무엇무엇이라고 이름을 붙여야 직성이 풀리겠냐? 난 그냥 나다. 내 마음대로 공부하고 내 마음대로 사발을 빚어. 구태여 이름을 붙여야 한다면 남궁학(南宮學)이라고 해 두

자. 하기야 너 같은 연작(燕雀)이 구만리장천을 나는 대붕(大鵬)이 이른 이런 경지를 알 턱이 없지."

"저도 무예는 배울 만큼 배웠습니다."

남궁두가 이순신을 쳐다보며 슬며시 비웃음을 흘렸다.

"흐응, 그래? 신립(申砬)이나 이일 같은 장수들은 무예가 참으로 출중하더구나. 넌 아직 그 사람들에게 비할 바가 아냐. 방진이 뛰어난 궁사인 건 인정해도 그 사위가 어떤지는 솔직히 모르겠어."

"제 무예 실력이 부족하다는 겁니까?"

이순신이 발끈하며 물었지만 남궁두는 또 코웃음을 쳤다.

"부족하고말고! 그 사람들은 이미 무과에 너끈히 급제했지만 넌 아직 과장에 나가지도 않았잖아? 가기도 전에 싸움질이나 해서 사고나 치고 남해안 끝자락까지 쫓겨 왔으니, 어떻게 비교가 되겠어?"

이순신이 양미간을 좁혔다. 자존심이 상한 것이다. 남궁두가 제 까까머리를 쓰윽 어루만진 후 이야기를 이었다.

"다만 네게도 병아리 눈물만큼 희한한 구석이 있긴 해."

"희한한 구석이라고요?"

"장수가 되려는 상정들은 너처럼 점필재와 일두와 정암에게 관심을 두지 않지. 그분들이 겪은 비극을 자기 것으로 받아들이는 사람은 없어. 아무리 그래도 아직 연작에도 미치지 못하는 주제에 넌 너무 잘난 체하는 게 문제야."

"잘난 체라뇨?"

"세상이 정의롭지 못하다느니 사람의 바른 길을 이어받겠다느니 하고 떠들고 다니지만, 내가 보기엔 군문에 들기에 아직 무예조차 부족한 듯싶어. 그런데도 진퇴를 고민하며 자만하고 있지. 나아가려면 나아갈 수 있기는 하고?"

"……"

"지금 넌 서생도 아니고 장수도 아니고 사기장도 아니야. 그냥 밥버러지지. 세상에 대한 불만만 가득 차 있는 우물 안 개구리야."

이를 악문 채 듣고만 있던 이순신이 숙이고 있던 고개를 들고 몇 걸음 물러섰다. 느닷없이 땅에 손을 짚고 무릎을 꿇었다.

"소생 여기서 하직할까 합니다. 오늘까지 소생을 받아 주시고 가르쳐 주셔서 고맙습니다. 선생이 가마에서 흙그릇을 빚으시는 일이나 왜인들과 서슴없이 사귐을 가지시는 일 등은 저로서는 이해하기 어렵습니다. 그러나 선생과 이미 사제의 정의를 두어 섬겼으니 고변은 하지 않으오리다."

일어나 성큼성큼 먼저 자리를 떠났다. 남궁두는 불러 세우지 않았다. 등 뒤에서 웃음소리만 들려왔다.

남궁두를 남겨두고 떠난 후로도 이순신은 계속 지리산을 헤매 다녔다. 남궁두라면 익숙하게 찾았을 길도 이순신 눈에는 보이지 않았다. 쌍계사에서는 최치원의 비문을 읽었고, 청학동(靑鶴洞)에서는 비로봉과 향로봉을 멀거니 바라만 보았다. 두류산에서 가장 물이 맑다는 신응사(神凝寺)에도 갔고, 너무 고개가 높아 몇 발짝 걷고 세 번씩 탄식한다는 고개도 지났다. 그러나 이순신은 그

절경을 거의 기억하지 못했다. 그 마음은 벌써 어릴 때 담 너머로 보았던 훈련원 마당에 가 있었다. 신중에는 한 생각만 꿈틀거렸다.

'그래, 더 이상 피하지 않으리라. 세상에 나갈 수밖에 없다면 그동안 갈고 닦은 무예 실력을 정정당당하게 펼쳐 보이리라. 무과에 장원 급제하여 가슴을 펴고 금오산 가마로 돌아갈 것이다. 내가 가진 의문, 내가 가진 울분을 세상에 물으리라.'

十六、조선 제일의 기창

구름 한 점 없이 높고 맑은 가을 하늘이었다.

들깨탕으로 배를 채운 원균은 융복 차림으로 걸음을 바삐 하여 훈련원으로 들어섰다. 시각은 벌써 미시(오후 1시~3시)로 접어들었다. 어제부터 오늘 아침까지 강서(講書. 무경 시험)가 있었지만 원균은 구경하러 오지 않았다. 류성룡과 이요신을 따라다니며 사마천과 공맹의 글을 외우던 이순신이라면 강서 정도는 가볍게 치르리라 여겼다. 궁금한 것은 무예 솜씨였다. 명궁 방진에게서 오랫동안 수련한 실력을 오늘 만천하에 선보이게 되는 것이다.

기창(騎槍)이나 기사(騎射)를 위해 준비된 말들이 앞발을 들며 긴 울음을 토했다. 편전(片箭), 철전(鐵箭), 목전(木箭)을 위한 과녁 열 개가 나란히 벌여 있었다. 과거에 응시한 젊은 사내들이

253

과녁 뒤에 보여 있냈나. ㄱ 누가 백의 명을 헤이렸기에 이순신을 쉽게 찾을 수 없었다. 시관들이 급히 들어와 과거 응시자들을 훈련원 뜰에 줄지어 세웠다. 왼쪽 줄 맨 뒤에 이순신이 서 있었다.

'저기 있구나.'

원균이 빙긋 웃으며 꽃향유 피어 있는 뜰아래로 내려서려는 순간 크고 굵은 목소리가 뒤통수를 쳤다.

"주상 전하 납시오."

대나무가 갈라지듯 길이 열리며 구경꾼들이 땅바닥에 양손을 대고 엎드렸다. 어연(御輦, 왕의 가마)에서 내린 선조를 호위하며 가전군(駕前軍, 어가 앞으로 호위하는 군인), 가후군(駕後軍, 어가 뒤에서 호위하는 군인), 금군(禁軍)이 따르고 그 뒤로 조복(朝服) 차림을 한 문무 대신들이 들어섰다. 대열 맨 뒤에 피갑(皮甲)을 입고 투구를 쓴 장수가 있었다. 날카로운 눈초리가 예사롭지 않았다.

'힘깨나 쓰겠는걸.'

원균은 오른손으로 뒷목을 쓸며 다시 이순신을 찾기 위해 구경꾼 속으로 끼어들었다. 그사이 응시자들은 어전에 예의를 갖춘 다음 가장자리로 물러섰다. 아무리 고개를 빼고 주위를 살펴도 이순신을 찾을 수 없었다.

'완전히 숨바꼭질이로군.'

갑자기 뒤통수가 따가웠다. 누군가가 뚫어지게 쳐다보고 있었다. 원균은 고개를 돌려 그 눈의 주인을 찾았다. 단학흉배(單鶴胸背)를 양손으로 가리고 젊은 군왕 바로 곁에 서 있는 젊은 문관이었다. 멀리 떨어졌어도 입가에 머문 웃음을 놓치지 않았다. 다시 살피니 무척 낯익은 얼굴이다. 목멱산 어두운 숲길이 떠오르고 서책을 통째로 외워 대던 학동이 그 위에 겹쳤다.

'류성룡!'

틀림없이 건천동에서 어린 시절을 함께 보낸 류성룡이었다. 문과에 급제하여 홍문관 수찬이 되었다는 풍문은 들었지만 저렇듯 총애를 받는 줄은 몰랐다. 류성룡이 허리 숙여 탑전에 무엇인가를 아뢰었다. 원균은 류성룡이 자기 이야기를 하고 있음을 직감했다. 귀띔을 받은 젊은 다인(多人, 환관의 별칭)이 종종걸음으로 달려왔다.

"따르시지요. 전하께서 찾아 계시옵니다."

너무나 급작스럽게 벌어진 일이었다. 원균은 의관을 정제할 겨를도 없이 훈련원 뜰로 나아가 예를 갖춘 후 엎드려 하문을 기다렸다.

"네가 기묘(奇妙)로 야인과 싸워 이겼다는 풍산 권관 원균이냐?"

"그러하옵니다."

원균은 고개를 들지도 못했다. 이 나라에서 가장 높고 귀한 이 목소리를 처음으로 듣는 순간이었다. 갑자기 성음(聖音)이 왼쪽으로 흐르며 작아졌다.

"류 수찬 말대로 기골이 장대하고 뜻이 굳어 보이는구나."

류성룡이 낮고 고운 음성으로 뒤를 이었다.

"용맹하기가 범과 같사옵니다."

"고개를 들라."

원균이 천천히 머리를 들고 검은 동자를 슬쩍 올렸다 내렸다.

"한데 너는 북병영으로 옮겨 장졸들을 훈련시키라는 군령을 거두어 달라고 북병사에게 간곡히 청했다 들었느니라. 전공을 인정하여 내린 상을 스스로 물리친 것이 사실이냐?"

"그러하옵니다."

"왜 그런 청을 올렸느냐?"

"소장이 작은 계교를 써서 오랑캐를 몰아냈으나 풍산은 여전히 급습을 받을 수 있는 위험한 곳이옵니다. 북병영에서 새로 온 장졸들을 훈련시키는 것은 다른 장수도 할 수 있으나 두만강이 얼어붙는 늦가을에서 초봄까지 풍산을 지키는 목책에는 소장이 반드시 있어야 하옵니다."

"군사를 쓸 때 무엇을 가장 염두에 두는고?"

"일찍이 삼봉(三峰, 정도전의 호)은 진법을 논하는 자리에서 군사를 다루는 세 가지 현명한 방법[三明]을 밝힌 적이 있사옵니다. 먼저 인정(人情)의 향배를 알아야 하옵고 둘째로 적병의 거취를 살펴야 하옵고 마지막으로 사기(事機)의 이해(利害)를 파악하는 것이옵니다. 이 셋을 명명백백하게 안 연후에 군사들을 이끌면 패전하는 일은 없사옵니다."

선조가 크게 고개를 끄덕였다. 그리고 곁에 허리를 숙이고 선 내관에게 하명했다.

"진주 판관(晉州判官)을 풍산 권관 옆에 대령시키렷다."

내관이 큰 소리로 외쳤다.

"진주 판관 신립은 어서 나와 어명을 받들라."

피갑을 입은 장수가 큰 걸음으로 거칠 것 없이 걸어 나왔다. 예를 갖춘 후 원균 왼쪽에 엎드렸다. 원균은 그 얼굴을 다시 살폈다. 길고 짙은 눈썹은 검은 동자를 가릴 만큼 흘러내렸고 양 볼은 살이 올라 두툼했으며 입술은 얇고 붉었다.

"네가 와룡산(臥龍山)에 침입한 왜구 쉰일곱 명 수급을 거둬 올린 진주 판관 신립이냐?"

"그러하옵니다. 전하!"

"비선까지 끌려간 백성 스무 명도 구했고?"

신립은 잠시 답을 미룬 채 용상을 우러렀다. 장계로 아뢴 일을 되풀이해서 하문 받았던 것이다.

"그러하옵니다. 그 이름과 나이까지 모두 적어 올렸나이다."

선조가 왼손으로 오른손을 가볍게 감싸 쥐었다.

"과인이 왜 너를 불렀는지 아느냐?"

"훈련원 별시에서 기창을 시범 보이기 위함이라 들었사옵니다."

"기창 시범이라……! 네 기창 솜씨가 특별히 뛰어나단 평을 과인도 들어 알고 있느니라. 하나 기창 시범을 보일 장수는 훈련원에도 많다. 단지 그 때문에 천 리나 떨어진 진주에서 널 불러올렸겠느냐?"

어심을 알 수 없는 신립은 머리를 숙인 채 침묵할 수밖에 없었다. 여진 오랑캐를 물리친 원균처럼 곧바로 칭찬을 받을 줄 알았는데 성음은 의외로 낮고 차가웠다. 선조가 점점 신립을 목 죄어 왔다.

"진주성에서 와룡산까진 몇 마나 멀어서 있느냐?"

정확한 거리가 금방 떠오르지 않았다. 더욱 당황해서 말을 더듬었다.

"그, 그게……"

"장계를 보니 와룡산에 왜구가 출몰하자 네가 자원하여 군졸들을 이끌고 나갔다고 하였다. 맞느냐?"

"그렇사옵니다."

"한데 왜구들을 붙든 곳은 금오산 자락이라 하였다. 와룡산에서 금오산까지 왜구들이 도망친 것이겠지?"

선조는 답을 기다리지 않고 이야기를 이었다.

"하면 왜구들이 산에서 내려와 논을 달려 금오산까지 달아났을 리는 없겠고, 자기들이 타고 왔던 비선에 올랐겠구나."

"그러하옵니다. 모자랑에 숨겨 두었던 비선을 탔습니다."

선조가 허리를 숙이며 눈웃음을 보였다. 흥미를 느낄 때의 버릇이었다.

"너는 그자들을 어찌 추격하였느냐? 설마 산에서 내려와 논을 달려 금오산까지 갔을 리는 없겠고……."

"마침 경상 우수영 판옥선이 있어 도움을 받았사옵니다."

"옳거니! 판옥선을 타고 바다를 건너 와룡산까지 갔다 이 말이구나. 한데 왜 금오산까지 쫓아갔느냐? 거긴 진주 판관이 맡을 땅이 아니지 않느냐? 하동에 연통을 넣어 마무리를 지을 수도 있었느니라. 그런 생각은 하지 않았느냐?"

신립은 목소리가 점점 커졌다.

"전하, 바로 눈앞에 왜구가 도망치고 있었나이다. 하동까지 연통을 넣을 겨를이 없었사옵니다. 밝게 살펴 주시옵소서."

선조가 눈을 질끈 감았다 떴다.

"겨를이 없었다? 좋다. 과인이라면 하동 장졸들과 힘을 합하여 협공을 했을 것이다. 하나 왜구를 모두 죽였으니 네 판단이 옳았다고 해 두자."

"성은이 망극하옵니다."

"왜구나 여진이 몰려와도 자신이 맡은 경계를 넘어가면 참견하지 않는 경우가 많은데, 신립 너는 참으로 용맹하고 단곤(丹梱, 충성스럽고 거짓이 없이 진정으로 우러나오는 정성)이 깊은 장수로다. 하삼도 장수들이 너처럼만 한다면 왜구들 노략질은 금방 끊어 버릴 수 있을 것이다. 그 공을 만천하에 알리기 위해 너를 이곳까지 불렀느니라."

"성은이 망극하옵니다."

신립이 두 눈에서 굵은 눈물을 뚝뚝 흘렸다. 선조가 계속해서 칭찬했다.

"신립과 원균! 그대들은 장차 이 나라를 지킬 용장 중에 용장이 되어야 하느니라. 장수들 대부분이 한양에만 머물며 사곡(私曲, 사사롭고 마음이 바르지 아니함)한 이익만 챙기려 하는데 그대들은 두만강과 남해 바다에서 의연히 오랑캐와 맞섰구나. 과인은 두 사람 이름을 똑똑히 기억해 두겠노라. 신립과 원균은 들으라."

"예, 전하!"

"그대들이 품은 무예를 보여 봐라. 신립이 기창 솜씨가 뛰어나다고 하니 그것부터 모셨노라. 원균, 니는 이 셋 까지 무에 중 무엇을 택하려느냐?"

오랫동안 묵묵히 고개를 숙이고 있던 원균이 큰 소리로 답했다.

"소장도 기창으로 하겠나이다."

오른손으로 눈물을 훔친 신립이 예리하게 째려보았다.

"좋다. 하면 둘 다 기창으로 하라."

명에 따라 어른 가슴 높이만 한 참나무 기둥 위에 투구가 놓였다. 자리를 옮겨 신립은 백마, 원균은 흑마에 올랐다. 장창을 뽑아 들며 신립이 송곳니를 드러내고 비웃었다. 아무리 나이를 많이 잡아도 이십대 후반인 듯한데 서른세 살 원균에게 전혀 눌리는 기색이 없었다. 오히려 하대를 하며 큰소리를 쳐 댔다.

"풍산 권관이라고 했느냐? 함경도 자락에서 주먹 자랑이나 하던 놈이 여기가 어디라고 감히 나선 게냐? 나 신립이 조선 팔도에서 기창에 가장 능하다는 풍문도 듣지 못하였느냐? 하긴 풍산 촌구석 요충(蓼蟲. 여뀌 잎을 갉아먹는 벌레. 여기서는 촌놈이라는 뜻으로 쓰임.)에게 세상 소식이 들어갈 리 없지."

원균도 지지 않고 으르렁거렸다.

"말이 너무 과하오이다. 소장도 기창 덕분에 무과에 급제했소. 군말 필요 없이 먼저 솜씨를 보는 것이 어떻소이까?"

"알겠다. 말고삐를 꽉 쥐고 있어라. 놀라 떨어지지 말고."

두둥!

시작을 알리는 북소리가 울렸다. 신립이 발뒤꿈치로 백마 아랫배를 강하게 찼다. 엉덩이를 안장에서 떼고 허리를 편 채 기둥을

향해 곧장 나아갔다. 투구가 눈에 들어오는 순간을 놓치지 않고
창을 던졌다. 백마를 돌려 세우자 이마에서 뒤통수까지 창에 꿴
투구가 말발굽 아래에 놓였다. 구경꾼들 함성이 한꺼번에 터져
나왔다. 신립이 말에서 내려 선조에게 읍했다. 선조도 오른손을
들어 빼어난 솜씨를 칭찬했다.

기둥 위에 새 투구를 놓는 동안 원균은 흑마를 탄 채 잠시 눈
을 감았다. 풍산에 부임한 후 기창 수련을 소홀히했던 것이다.
함경도 변방은 산세가 험하고 목책에 올라서서 야인과 맞서야 하
기 때문에 말을 타고 진법을 행하는 일이 드물었다. 올해 들어
기창을 한 기억이 없었다.

"멋지게 하세요."

어느새 류성룡이 가까이 와 커다랗고 둥근 흑마의 엉덩이를 눈
으로 훑으며 속삭이듯 말했다.

"오랜만에 만난 벗에게 던지는 첫인사치곤 고약하구려. 궁지로
내몰려고 구경꾼 틈에 있던 날 전하께 아뢴 것이오?"

류성룡이 서둘러 부인했다.

"아닙니다. 너무 반가운 마음에 그리한 것입니다. 그사이 두어
번 풍산으로 서찰을 보냈습니다만 답장을 받지 못하였습니다."

"서찰은 받았소. 하나 답장은 쓰지 않았소. 태평성대를 열 수
있다는 수찬의 자신감이 부럽긴 하오만 변방 사정이 점점 나아지
고 있지 않느냐는 물음에는 답하기 싫었소. 아니, 서찰을 보내지
않은 게 답일 수도 있겠지."

그 말에 류성룡은 어색한 표정이 되었다.

"하나 승전에 승전을 거듭하고 있지 않습니까?"

"그래 봤자 아주 작은 승리들이오. 이러다간 크게 한 번 패할 날이 올 게요."

류성룡이 이야기를 바꾸었다. 함경도 사정을 이런 자리에서 소상히 논할 수는 없었다.

"함경도에선 기창을 자주 연마하기 힘들다 들었습니다. 차라리 지금이라도 강궁을 잡으시면 어떻습니까."

'홍문관에서 서책이나 읽고 외우는 그대가 어찌 함경도 사정이 어떤지를 아는가?'

원균은 놀란 마음을 감추고 답했다.

"아니오. 기창에는 기창으로 겨루어야지. 기창에 편전이 어울리기나 하오? 허허허. 이 나라 제일 기창 솜씨를 지녔다니 겨루는 것만으로도 큰 광영이겠소."

원균이 갓을 벗어 군졸에게 건넨 다음 천천히 앞으로 흑마를 몰았다. 다시 북소리가 울렸다.

"주(走)!"

호령을 내지르며 신립보다 더 빨리 달렸다. 신립보다 십 보는 더 먼 거리에서 힘껏 장창을 던졌다. 장창은 정확하게 투구를 꿰뚫었다. 구경꾼들 탄성이 그치기도 전에 원균은 달리는 말 위에서 몸을 날려 나무 기둥을 걷어찼다. 반으로 부러진 나무 기둥이 장창에 꿴 투구 옆에 나란히 놓였다. 더욱 큰 함성이 터져 나왔다. 선조도 칭찬을 덧붙였다.

"창으로 투구를 맞히는 것도 힘든데 몸을 날려 나무 기둥을 부러뜨리다니 참으로 신묘한 솜씨로다. 어떻게 적은 군졸로 승리를 거두었을까 궁금했는데 네 솜씨를 보니 풍산 군졸들이 얼마나 강한지 짐작하겠노라."

신립이 원균 곁에 엎드리며 큰 소리로 청하였다.

"전하! 기창 솜씨만 겨루기로 하였사온데 풍산 권관 원균이 약조를 깨고 스스로 몸을 날려 작은 재주를 뽐냈사옵니다. 두 사람 모두 투구를 맞혔사오니 다시 기창으로 겨루게 하여 주시옵소서."

선조가 원균과 눈을 맞춘 후 신립에게 물었다.

"신 판관 말이 옳다. 하면 또 투구를 맞히겠느냐? 과인이 생각하기에 이런 식으로는 승부가 나지 않을 듯싶도다."

"이번에는 나뭇가지에 투구를 매달고 두 사람이 마주 보며 달려오게 하여 주시옵소서."

"마주 보고 달린다?"

"그러하옵니다. 먼저 투구를 맞히면 표적이 흔들려 남은 사람은 투구를 맞히지 못할 것이옵니다."

"하나 그러다가 상대에게 창을 날릴 수도 있음이다. 위험한 일이로다."

"기창이란 원래 말을 타고 달리며 적 심장에 창을 꽂는 무예이옵니다. 창을 재빨리 던지는 것도 중요하지만 날아오는 창을 피하는 것 역시 매우 중요하옵니다. 담력과 재주를 함께 살피시옵소서."

선조의 눈지방에 웃음이 맺혔다 사라졌다.

"원 권관, 어찌하겠느냐? 제안을 받아들이겠느냐?"

"예, 전하! 승부를 보고 싶사옵니다."

두 사람은 다시 말에 올랐다. 신립과 원균은 뜰 좌우에 마주 보고 섰다. 편전 시험을 위해 세워 둔 과녁들을 치우고 아름드리 참나무 가지에 투구를 매달았다. 가지가 굵고 길어 말 두 필이 엇비껴 지날 만큼 여유가 있었다. 군졸 둘이 빠른 걸음으로 정확하게 거리를 측정했다. 준비가 모두 끝나자 훈련원에는 깊은 정적이 감돌았다. 잘못하면 크게 다치거나 목숨을 잃을 수도 있다. 선조가 오른손을 가볍게 들었다 내렸다. 북소리가 더욱 크게 울렸다.

신립과 원균이 동시에 발뒤꿈치로 말 배를 차며 달려 나왔다. 정면으로 부딪혀 깔아뭉개기라도 하겠다는 듯 서로를 향해 곧장 나아갔다. 숨 한 번 들이쉬지 않고 상대를 훑었다. 두 눈은 조그마한 약점이라도 놓치지 않겠다는 듯 번뜩였다.

"비(飛)."

두 사람은 거의 동시에 창을 던졌다. 투구에 창이 꽂히는가 싶더니 각각 투구 절반을 꿴 창이 허공을 가로질렀다. 창끝은 정확하게 신립과 원균의 가슴을 노렸다. 원균과 신립이 윤등(輪鐙, 고리 모양 등자)에서 발을 빼고 말안장에 몸을 웅크리며 올라선 것은 순식간이었다. 창끝이 몸에 닿기 직전 공중제비를 돌듯 안장을 박차고 날아올랐다. 창은 그들 발밑을 지나 상대편 말이 출발한 지점에 박혔다. 서로 오른뺨을 주먹으로 강타한 후 허공에서 뒤엉킨 원균과 신립은 쿵 소리를 내며 바닥을 뒹굴었다. 원균이 뒷박이마로 가슴을 들이받자 신립도 턱으로 어깨를 찍었다.

"그만! 멈추어라."

군졸과 내관들이 달려들어 두 사람을 갈라놓고서야 다툼은 끝이 났다. 나란히 무릎을 꿇고 하명을 기다리는 동안에도 분이 풀리지 않는지 계속 씩씩거렸다.

선조가 둘 사이를 중재하고 나섰다.

"진주 판관 신립과 풍산 권관 원균은 들어라. 과인은 오늘 용장 두 사람을 얻었도다. 그대들 무예는 부족하고 넘침을 가릴 수 없을 만큼 훌륭하다. 그대들도 상대가 얼마나 대단한 무공을 지녔는지 이미 알고 있으렷다?"

신립과 원균이 고개를 조금 돌려 서로를 노려보았다. 오른뺨이 벌겋게 부풀어 올랐다.

'내 창을 피한 이는 원균 그대가 처음이오.'

'신 판관! 참으로 대단하오. 조선 제일 기창이란 칭찬이 과장이 아니었소.'

"오늘 과인은 두 사람을 특별히 기창과 기사의 시관(試官)으로 임명하노라. 자, 어서 오르도록 하라."

"성은이 망극하옵니다."

원균과 신립은 무릎을 펴고 일어서서 류성룡 곁에 나란히 섰다. 류성룡이 원균을 반겨 맞이했다.

"잘하셨습니다."

원균도 미소로 화답했다. 북소리가 크게 두 번 울리자 무과 응시자들이 다시 뜰로 모여들었다. 류성룡과 원균은 사내들 얼굴을 찬찬히 살폈다. 두 사람은 같은 사람을 찾고 있었다.

十七, 낙마 그리고 낙방

　"목전, 철전, 편전, 격구(擊毬), 기창 모두 잘했어. 강서에서도
세 손가락 안에 들었으니 기사에서 큰 실수만 않으면 무난히 을
과에는 뽑힐 것 같다."
　이순신은 류성룡의 들뜬 표정을 무덤덤하게 바라보았다. 방금
전 신립과 원균의 멋진 승부에 큰 충격을 받은 탓이다. 자신은
이제 겨우 무과에 나아와서 과녁을 향해 화살을 쏘고 창을 던지
는데 두 사람은 허공을 가르며 탁월한 무예를 선보였던 것이다.
그래서인지 류성룡이 칭찬해도 별로 기쁘지 않았다. 건천동에서
함께 뛰놀며 지낸 원균과 류성룡이 까마득하게 앞서 달리고 있
었다.
　"기사는 시관이 평중이니 마음을 편히 가져. 급제하면 셋이서

함께 목멱산에라도 올라 옛 추억을 더듬으며 벽옥배(碧玉杯, 옥 술잔)를 기울이자."

류성룡이 끝까지 웃음을 잃지 않고 격려한 다음 제자리로 돌아갔다.

목전, 철전, 편전을 마친 응시자들이 한꺼번에 기사로 몰려드는 바람에 조금 여유가 있었다. 이순신은 허리를 펴고 주위를 살폈다.

선조는 신립과 원균의 대결을 구경한 후 곧바로 환궁했다. 가을 햇살에 잔기침을 몇 차례 뱉었던 것이다. 류성룡은 미리 허락을 받고 훈련원에 남았다. 기창을 맡은 신립은 큰 소리로 응시자들을 통솔했고, 기사를 맡은 원균은 과녁 바로 옆에서 말이 달려오는 속도와 기마 및 기창 자세, 그리고 과녁에 꽂힌 화살을 하나하나 평가했다. 화살이 과녁에 꽂힐 때마다 손뼉과 함성이 터져 나왔다. 원균은 한번도 얼굴을 펴지 않고 묵묵히 점수를 매겼다. 화살이 과녁에 들더라도 말이 속도가 느리거나 자세가 좋지 않은 경우가 대부분이었다. 말에서 떨어지지 않고 안전하게 과녁을 맞히는 쪽을 택한 것이다.

이순신은 원균과 눈인사를 나누었다. 원균은 시관이었기에 류성룡처럼 다가와서 말을 걸지는 않았다. 그저 오른 주먹을 불끈 쥐어 가슴을 두 번쯤 퉁퉁 쳤을 따름이다. 이순신도 오른손을 들어 화답했다.

낯익은 얼굴도 간간히 보였다. 목전과 철전, 편전을 쏘는 내내 장인 방진은 사대 뒤에 서 있었다.

"촉바람(과녁에서 사대 쪽으로 부는 바람)이 심하군. 줌팔을 좀 더 빠르게 밀도록 하게. 만작을 한 후에는 힘을 더 모으는 것이 좋겠어."

기창을 할 때는 남궁두와 박미진의 얼굴을 발견했다. 남궁두는 바람처럼 구름처럼 팔도를 떠도니 한양 나들이를 올 수도 있겠지만 박미진이 남장 차림으로 나타난 것은 뜻밖이었다. 박미진은 시선을 피하지 않고 손바닥을 왼뺨에 댔다.

이순신 차례가 왔다. 꼬리가 검은 붉은 말에 올라 한 바퀴 돌았다. 힘이 좋고 어깨가 넓어 유하류(流霞驑, 세조가 타던 열두 마리 준마 가운데 하나)의 환생인 듯싶었다. 원균이 과녁 옆에 서 있었다.

'평중 형님이나 신 판관보다 더 빨리 달리자. 나 이순신이 조선에서 최고로 기사에 뛰어남을 보여 주리라.'

가슴에 호승심이 가득 차오르는 것을 느꼈다. 이순신은 윤등에 두 발을 깊이 끼워 넣으며 가볍게 엉덩이를 들었다. 두 발로 균형을 잡고 흔들림 없이 활을 쏘는 것이 가장 중요하다. 이순신이 말고삐를 잡아당기자 붉은 말이 가볍게 앞발을 들어올렸다 내렸다.

"주(走)!"

힘차게 앞으로 내달렸다. 일시에 구경꾼들 탄성이 터졌다. 앞서 달린 응시자들보다 곱절은 빨랐던 것이다. 마주 보고 달려들던 신립이나 원균보다도 날렵했다.

이순신이 엉덩이를 떼며 강궁을 들고 시위를 당겼다. 홍심(紅心)이 크고 분명하게 보였다. 그러나 화살을 쏘려는 순간, 말 앞발이 땅에 박힌 차돌을 찼다. 놀란 말이 고개를 쳐들었다 내리며 급작스레 걸음을 멈추었다.

이순신은 말에서 날아 몸 전체가 한 바퀴 반 공중제비를 돌았다. 머리와 왼쪽 어깨가 먼저 땅에 닿았고 두 다리가 마지막으로 바닥을 쳤다. 시위를 떠난 화살은 과녁을 훨씬 넘었다. 고전기(告傳旗)는 흔들리지 않았다. 군졸들이 우르르 이순신에게 달려들었다. 바람보다 빠르게 달리다가 낙마했으니 목숨마저 위태로울지도 모른다.

이순신은 이마를 땅바닥에 박은 채 온몸을 떨었다. 불현듯 남궁두의 얼굴이 스쳐 갔다.

'아, 내가 너무 자만했구나. 말에서 떨어지다니. 남궁 선생 말씀처럼 내 무예 실력이 고작 이것밖에 안 되는구나.'

"썩 물러나라!"

원균이 꿈쩍도 않고 선 채 소리쳤다. 달려들던 군졸들이 걸음을 멈추고 모두 고개를 돌렸다.

"아직 시험이 끝나지 않았다. 시관 허락 없이 응시자를 도와서는 아니 된다. 물러서라."

엎드린 이순신은 꿈쩍도 하지 않았다.

어느새 달려온 류성룡이 걱정스러운 얼굴로 원균에게 청했다.

"빨리 의원에게 보여야 합니다. 여해를 예서 죽일 작정입니까?"

원균이 답했다.

"지켜봅시다. 잠시 기다렸다 도와도 늦지 않소. 낙마한 후 다시 말에 오르는 것도 장수라면 능히 해내야 할 일이오."

그 순간 어깨가 꿈틀거렸다. 정신을 차린 이순신이 양손으로 땅을 짚고 몸을 일으킨 것이다. 그러나 오른 무릎을 펴고 왼 무릎에 체중을 싣던 이순신이 다시 신음을 내지르며 나뒹굴었다. 말에서 떨어지며 왼쪽 다리가 부러진 모양이었다. 억지로 다시 몸을 일으킨 이순신은 먼저 두 팔과 가슴으로 땅바닥을 기어 강궁과 궁대를 집어 들었다. 그러고는 오른발로 중심을 잡고 조심스럽게 일어섰다. 외발로 과녁 옆 버드나무까지 가서 나뭇가지를 꺾어 왼쪽 무릎에 대고 윗옷을 찢어 상처를 감쌌다.

다시 궁대에 철전을 챙겨 넣은 이순신은 쩔뚝이며 붉은 말에게 다가섰다. 이미 한 번 크게 놀란 말은 코 울음을 울며 뒷발길질을 해 댔다. 그 발에 차이면 갈비뼈 서너 대는 족히 부러질 터였다. 그런데도 이순신은 물러나지 않고 달래는 소리를 내며 다가섰다. 이순신이 말고삐를 잡자 붉은 말은 언제 그랬냐는 듯이 발길질을 멈추었다.

오른발을 윤등에 먼저 끼운 다음 가볍게 몸을 날려 안장에 올라탔다. 왼발을 윤등에 끼우는 동안 벌써 땀이 비 오듯 쏟아졌다. 숨을 깊이 들이마신 후 다시 처음 말을 달린 곳으로 돌아갔다.

왼발에 슬쩍 힘을 넣어 보았다.

"윽!"

허벅지에서부터 발가락 끝까지 송곳으로 찌르는 듯한 통증이 밀려들었다. 고통을 참지 못하고 허리를 숙여 양팔로 말 목을 껴안았다. 거친 숨을 몰아쉬며 고개를 들었다. 시끄러운 함성도 사라지고 구경꾼도 보이지 않았다. 과녁만이 눈에 들어왔다.

이순신은 다시 말고삐를 잡아챘다가 내달렸다. 가라앉았던 웅성거림이 점점 더 커졌다. 낙마할 때보다 더욱 짙은 흙먼지를 일으키며 달려 나간다. 과녁이 보이자 이순신은 시위를 당기며 엉덩이를 들었다. 고통이 왼 다리에서 옆구리를 타고 겨드랑이를 파고들었다. 아랫입술을 깨물며 과녁을 노려보았다. 몸이 왼쪽으로 기우뚱거렸지만 침착하게 오른 윤등을 눌러 균형을 잡은 후 활을 쏘았다.

고전기가 힘차게 흔들렸다.

명중이었다.

그와 동시에 함성이 터져 나왔다.

"잘했네. 자넨 정말 명궁 중에서도 명궁일세."

이순신이 불편한 왼 다리를 땅에 내렸다. 극심한 통증이 밀려들었지만 류성룡을 보며 웃었다. 원균은 몸을 돌려 다른 응시자에게 출발 신호를 보냈다. 방진이 서둘러 이순신 곁으로 나왔다. 이순신은 류성룡과 방진의 부축을 받으며 버드나무 아래로 가서 앉았다. 방진이 다리를 살피며 말했다.

"아무래도 부러진 것 같네. 어서 치료하지 않으면 불구로 살 수도 있어."

류성룡이 거들었다.

"일단 내 집으로 가세. 곧 의원을 불러오겠네."

이순신이 고개를 저었다. 식은땀이 이마를 타고 턱으로 흘러내렸다.

"아닙니다…… 끝까지 남아 있겠습니다."

"아닐세. 자넨 이미 여섯 가지 무예를 모두 끝마쳤지 않은가? 내 집으로 가서 쉬고 있게. 결과는 내 곧 알려 줄 터인즉 너무 걱정 말고 어서 일어서게."

이순신이 버드나무에 등을 기댄 채 이를 앙다물고 거절했다.

"당락을 알기 위해…… 남겠다는 것이 아닙니다……. 낙마한 제가 낙방하는 건 이미 정해진 겁니다. 다만 함께 강서와 무예를…… 겨룬 등과자(登科者)들에게 축하 인사라도 한마디 건네, 건네고……"

몸이 스르르 왼쪽으로 쓰러졌다. 뺨이 땅에 닿은 후에도 눈을 뜨지 않았다. 악착같이 기사를 마친 후 탈진한 것이다.

"여해! 정신 차리게. 여해!"

류성룡이 양팔을 잡고 흔들었다. 곁에 있던 방진이 말했다.

"잠시 정신을 놓은 것뿐이오. 너무 걱정 마시오. 여해는 내가 맡을 테니 어서 가서 마무리나 하오."

기창과 기사도 거의 끝나 가고 있었다. 류성룡은 미리 등과자를 확인하여 탑전에 알려야 했다.

"하면 소생 집으로 가시지요. 혹시나 싶어 훈련원 정문 앞에 하인들을 오라 했습니다. 말안장에 술통을 얹고 목멱산으로 여해와 함께 놀러나 갈까 싶어 준비한 겁니다. 따로 의원도 부르도록 하겠습니다."

"고맙소. 염치 불구하고 수찬 신세를 지겠소이다."

"신세라니요? 여해와 소생은 친형제 같은 사이입니다. 다친 아우가 형 집에서 상처를 치유하는데, 그것을 신세라 하시면 소생이 오히려 섭섭합니다."

"알겠소. 미리 가 있을 테니 맡은 일 모두 마무리하고 천천히 오도록 하오."

류성룡은 방진에게 이순신을 다시 한 번 부탁한 뒤 연단으로 향했다. 기창과 기사도 곧 끝났고 신립과 원균도 연단으로 올라섰다. 류성룡이 원균을 따로 불러 단 아래로 내려갔다.

"투지가 참으로 놀랍지 않습니까? 왼쪽 다리가 부러지고도 다시 말을 타고 화살을 과녁에 명중시켰습니다. 다친 몸으로도 그렇듯 출중한데 다리가 성했을 때 솜씨는 미루어 짐작할 수 있겠지요."

원균이 단칼에 류성룡 말을 잘랐다.

"하나 여해는 낙마했소. 무과가 생긴 이래 낙마한 이를 급제시킨 적은 단 한 차례도 없소."

류성룡은 웃음을 그치고 날카로운 눈으로 원균을 노려보았다. 원균 역시 그 시선을 피하지 않고 턱을 약간 치켜들며 맞섰다. 류성룡이 좀 더 차분한 음성으로 말했다.

"여해 나이가 벌써 스물여덟입니다. 식년 무과에 다시 응시하려면 서른을 훌쩍 넘기고 맙니다. 그 전에 청운의 꿈을 접기라도 할까 두렵습니다."

원균이 여전히 무뚝뚝하게 받았다.

"나이 많은 응시자가 여해 하나뿐인 것도 아니고, 무과에 낙방하여 꿈을 접은 사람 역시 한둘이 아니오."

류성룡이 말에 점점 날을 세웠다.

"건천동 시절 평중은 여해를 무척 아끼지 않았습니까?"

"아끼기 때문에 이러는 것이외다."

"낙마한 이를 급제시키지 않는 것은 한낱 관습일 뿐입니다. 다섯 가지 무예에서 출중한 솜씨를 보였다면 그 관습을 바꿀 수도 있지 않습니까?"

"관습을 우습게 여기지 마시오. 그 위에 쌓인 나달의 무게가 보이지도 않소? 관습을 바꾸고 싶으면 류 수찬이 시관이 되었을 때 그리하오. 나는 절대로 낙마한 이를 등과자에 포함시킬 수 없소이다."

원균은 매섭게 등을 보이며 연단으로 가 버렸다. 류성룡은 입 안 가득 밀려오는 쓸쓸한 맛을 꿀꺽 삼킬 수밖에 없었다.

입궐하여 입직 승지(入直承旨)에게 등과한 사람들 면면을 소상히 알리니 벌써 해시(밤 9시)가 가까웠다.

류성룡은 돈화문까지 빠른 발걸음으로 걸었다. 의원을 미리 보내기는 했지만 영 마음이 놓이지 않았던 것이다. 남여(藍輿)에 오른 후에도 계속 가마꾼을 재촉했다. 대문을 열고 들어섰을 때는 온몸이 땀으로 흥건했다. 조복을 벗을 틈도 없이 사랑채로 향하자 마당에 나와 있던 방진이 먼저 인사를 건넸다.

"이제 퇴청하시오?"

류성룡이 걸음을 멈추고 공손히 예를 갖추었다.

"탑전에 등과자를 아뢰고 오느라 늦었습니다. 여해는 어떻습니까?"

"의원이 다녀간 후 잠들었다가 금방 깨어났소. 부러진 뼈를 맞

추어 부목으로 단단히 고정했으니 너무 걱정 마시오. 나는 잠시
서재를 구경하고 싶은데, 괜찮겠소?"

"누추합니다."

방진이 자리를 피하고 싶은 눈치였으므로 서재로 가는 것을 막
지는 않았다. 류성룡은 방문을 열고 안으로 들어섰다. 일어나 앉
으려는 이순신을 만류하며 손부터 찾아 쥐었다.

"이만하길 다행이야. 하마터면 큰 화를 당할 뻔했으이. 많이
아프지?"

"말을 타다 보면 팔도 삐고 다리도 부러지고 그러는 게지요.
등과자는 모두 가려졌습니까?"

류성룡이 고개를 끄덕였다.

"재수가 없었다고 생각하게. 붉은 말이 차돌을 찬 것도, 평중
이 시관이 된 것도……"

이순신이 말을 잘랐다.

"평중 형님이 시관으로 임명된 것과 제가 낙방한 것은 무관한
일입니다."

그래도 류성룡은 서운한 빛을 보였다.

"다른 사람도 아니고 평중이 그렇게 매정할 줄은 몰랐네. 원칙
도 좋고 관습도 좋지만 여해가 어떤 사람인 줄은 평중도 잘 알거
늘……."

이순신이 천천히 고개를 저었다.

"아닙니다. 오히려 평중 형님이 정말 고맙군요."

"고맙다니?"

"비록 다리가 부러지고 별시에서 낙방했지만 큰 깨달음 하나를 얻었습니다. 끝까지 방심해서는 아니 된다는 것과, 또 마지막까지 포기해서는 아니 된다는 겁니다. 평중 형님은 이 가르침을 주기 위해 사사로운 정을 단칼에 자르셨습니다. 실수를 하고도 이번에 등과한다면 방심하는 습성은 고칠 수 없었을 겁니다. 이게 다 평중 형님 덕분입니다. 찾아뵙고 큰절이라도 올려야겠습니다."

"여해!"

류성룡이 양손으로 이순신의 오른손을 굳게 감싸 쥐었다.

'나는 자네가 낙담할까 걱정했으이. 이제 다신 상경하지 않고 산림에 숨어 글이나 읽고 활이나 쏘며 단사두갱(簞食豆羹, 밥 한 소쿠리와 국 한 그릇이라는 뜻으로, 군자들의 안빈낙도를 표현한 말)을 즐기지나 않을까 가슴 졸였다네. 한데 기우였군. 장수가 되겠다는 뜻이 이토록 확고한 줄은 미처 몰랐으이. 망설이고 또 망설이던 자네로 하여금 한결같은 마음을 갖게 만든 게 무엇인가. 그 사연은 천천히, 천천히 듣지. 어쨌든 정말 다행일세.'

"식년 무과에 응시할 땐 서른을 훌쩍 넘길 게야."

그래도 한마디 염려를 덧붙였다. 이순신이 짧고 굵게 속마음을 드러냈다.

"불혹에 이르러도 장수의 길에 혹(惑)할 겁니다."

# 十八. 와키자카, 마지막 기회를 주다

　백두대간(白頭大幹)을 타고 내려오는 겨울 바람이 매섭게 몰아쳤다.

　경상도 청하(淸河)에서 만나자고 한 것부터가 임천수는 꺼림칙했다. 밀매를 위해 조선에 들어오는 왜인들은 울산보다 위로 올라오는 법이 없었다. 발각되더라도 남해에는 숨을 섬이 많았지만 동해에선 달아나기가 어려웠다.

　"거기까지 꼭 가야 하우?"

　천무직도 쌍도끼를 등에 메면서 자꾸 얼굴을 찌푸렸다.

　"누명을 벗고 장사를 다시 하려면 청하로 가는 수밖에 없어. 자, 어서 서두르게."

　"알겠소, 형님!"

토를 더 달 만도 한데 천무직은 손바닥을 탁탁 마주친 다음 짐을 꾸렸다. 특별히 금산 인삼을 준비했다. 와키자카 야스요시가 갑자기 죽는 바람에 사발 값도 받지 못했다. 우왕좌왕하는 왜인들을 피해 몸만 달아났던 것이다. 여덟 달 만에라도 연통이 닿은 것이 불행 중 다행이었다. 연통을 넣은 와키자카 야스하루(脇坂安治)는 죽은 야스요시의 형이었다. 주군인 히데요시(秀吉, 훗날의 도요토미 히데요시) 명을 받들고 조선에 와서는 다완이나 짐승 가죽 대신 질 좋은 인삼을 사겠다고 했다.

임천수는 이십 년 넘게 모은 돈을 몽땅 털어 인삼을 샀다. 이번 일이 잘못되면 더 이상 회생할 방법이 없었다. 하동에서 청하까지, 아무리 짐꾼을 댄다 해도 홀로 갈 자신이 없었다. 윤 도주가 푼 자객들이 근방을 맴돌고 있었다. 지난 칠월에는 진주성 안에서 팔뚝에 칼을 맞기도 했다.

그때 천무직이 떠올랐다. 처음에는 짐승 가죽을 사기 위해 만났으나 점점 그 우직하고 계산할 줄 모르는 순박한 심성에 끌렸다. 임천수 자신과는 상반된 인간이었다. 이번에도 인삼을 옮겨 달라는 부탁을 받고 군말 없이 응했다. 목숨이 위험할 수도 있다는 사족 따윈 달지 않았다. 도와주겠다고 마음을 먹으면 제 목숨이라도 기꺼이 던지는 사람이었다.

이틀 만에 사천, 함양, 밀양(密陽)까지 간 다음 청도(淸道)로 곧장 북상하여 신령(新寧)을 거쳐 호학산(呼鶴山)을 넘었다. 등짐을 가득 지고 미행을 피해 가는 힘겨운 길이었지만 천무직은 불평 한 번 하지 않았다. 쌍도끼 위에 다시 짐을 지면 등이 아플 텐데도 아무런 내색이 없었다.

"쌍도끼는 살갗과 마찬가지라우."

예전에 우스갯소리로 뱉은 말이 떠올랐다.

스무사흗날 밤 늦게 청하에 닿았다. 예상했던 것처럼 그곳이 최종 목적지가 아니었다. 약속한 식점에서 기다리고 있던 꼬마 아이가 쪽지를 내밀었다. 영일현(迎日縣) 동쪽에 있는 임곡포(林谷浦)로 오라고 적혀 있었다.

"참 할 일 없는 사람들이로군. 곧장 임곡포로 오라 하지. 나중에 만나면 다리품 값을 단단히 받아야겠소."

천무직은 허리를 주욱 젖히고 무릎을 굽혔다 편 다음 다시 밤길을 나섰다. 흥해(興海)로 내려와 영일현에 들었다가 사화랑산(沙火郎山)으로 향했다. 사화랑산만 넘으면 임곡포였다. 뒤바람이 제법 스산하게 불었다.

천무직은 소나무 가지를 지팡이 삼아 두드리며 콧노래를 흥얼거렸다.

"민가에서 하루 쉬었다 가세. 이러다가 들짐승이라도 만나면 큰 낭패야."

"형님! 제가 사냥꾼인 걸 잊으셨우? 아무리 멍청한 짐승도 사냥꾼은 피하는 법이우. 호랑이나 곰이 나타나면 때려잡으면 그만이우. 영일현 곰 가죽이 특히 질기고 좋다는 풍문을 들었우. 내일 아침까지 오라고 적혀 있었지 않으우? 밤길을 가서 동해 일출이나 구경합시다."

"허허허. 역시 천하의 천무직이로세."

산길로 접어들었지만 천무직은 발걸음을 늦추지 않았다. 오히려 평지를 걷는 것보다 더 경쾌했다. 부엉이 울음소리가 메아리로 울렸다. 뒤따르던 임천수가 천무직이 진 등짐을 손바닥으로 가볍게 밀어 올리며 물었다.

"이순신이란 자가 그토록 뛰어난 활 솜씨를 가졌다 그 말이지?"

"그렇다우. 활이라면 금오산 일대에서 미진 낭자를 당할 사람이 없었는데 궁술이 미진 낭자를 누르고도 남음이 있습디다. 새벽마다 거르지 않고 몇 순씩 쏘는 걸 보았우."

"그런 자가 왜 남궁 선생에게 의탁하여 사발을 만들었담? 혹시 나라에 큰 죄를 짓고 쫓기는 악한이 아닌가?"

"죄인은 아닌 듯하우. 훈련원 별시를 치르겠다고 가마를 떠났으니까. 남궁 선생과 미진 낭자가 상경했던 것도 그이를 응원하기 위함이라우."

"하면 등과는 하였느냐?"

"웬걸요. 은우 말에 따르면 낙마하여 왼쪽 다리를 다치고 낙방하였다우."

임천수가 피식 웃음을 흘렸다.

"등과도 못 할 실력이라면 별것 아니잖은가?"

천무직이 낯빛을 고치며 답했다.

"말 타는 솜씨는 보지 않아 모르겠으나 궁술만은 탁월하우."

"백 보 밖에서 움직이는 사람 목을 뚫을 만큼?"

천무직이 즉답을 못하고 두 눈만 끔벅거렸다.

'왜 하필 사람 목일까.'

튀어나온 서벅돌을 오른발로 밟는 바람에 왼발이 공중에 떠 버렸지만 양팔을 휘저어 겨우 넘어지지 않았다.

"그, 그 말씀은…… 와키자카란 왜장을 죽인 사람이 바로……! 그럴 리가 없우. 그이가 왜 그런 짓을 합니까? 원한이 있는 것도 아닐 테고, 돈이 벌리는 일도 아닌데……"

임천수가 눈썹 자리를 오른손으로 쓰윽 문질렀다.

"금오산에 또 다른 명궁이라도 있나? 사발을 팔아 이문을 취한 남궁 선생이나 미진 낭자가 그랬을 리는 없고……. 아무래도 난 이순신 그자가 의심스러워."

"이미 금오산을 떠난 사람이우. 설령 그이가 한 짓이라도 사사로운 매매를 위해 은밀히 들어온 왜장을 죽인 것을 벌할 수는 없우. 이 일이 알려지면 이순신은 큰 상을 받고 형님이나 저는 옥에 갇히우. 그냥 묻어 둡시다."

임천수가 지팡이로 허공에 작은 원을 그리며 말했다.

"이상하구먼. 왜 그렇게 이순신을 두둔하나? 너도 미진 낭자를 마음에 품고 있는 줄 알았는데, 아니었나?"

"그야……. 하나 사랑은 사랑이고, 다신 금오산에 발길 하지 않을 사람이니 나쁘게 말할 까닭이 없우."

임천수가 말꼬리를 잡아챘다.

"그뿐이야?"

"뭐가 말이우?"

"이미 떠난 사람을 위한 덕담, 그뿐이냔 말이야. 넌 다른 사람

칭찬에 아주 인색하지 않으냐?"

천무직이 후후후 낮게 웃었다.

"곡절은 모르겠지만 이순신 그이도 대단한 구석이 있는 건 사실이우. 남궁 선생이 얼마나 괴팍한지 형님은 모르지? 이순신이 처음 왔을 때 구박과 괄시가 말이 아니었다우. 흙 한 번 만져 본 적 없는 양반에게 물 길어 와라 흙 퍼 와라 시켰으니까. 나 같으면 당장 엎어 버리고 떠났을 게요. 한데 그이는 화를 내긴 했지만 곧잘 참습디다. 나중엔 직접 사발을 굽기까지 했우. 좀 더 가마에 머물렀다면 남자 대 남자로 사귀어 볼 마음도 있었우."

순진한 천무직이 감동할 만도 하였다.

"그렇군. 자네 말을 듣고 보니 흔한 사람은 아닌 것 같으이."

"이야!"

오르막이 끝나는 자리에서 천무직은 탄성을 토했다. 붉은 해가 동해 바다 수평선에 반쯤 걸린 것이다. 임천수도 가쁜 숨을 몰아쉬며 양팔을 쫙 폈다. 이글대는 기운을 온몸으로 받고 싶었다.

'지금은 밑천까지 바닥난 처지지만 반드시 조선 제일 장사꾼이 되리라. 압록강 너머 대국에서부터 바다 건너 왜국에 이르는 장삿길을 지배하리라. 어차피 먹고 먹히는 세상이 아닌가. 더 많이 버는 자만이 더 높은 봉우리에 오를 수 있다. 내 앞을 막는 자는 그 누구든 밟고 넘어가리라. 윤 도주! 기다려라. 반백 년 동안 경상도 장삿길을 장악한 네놈에게 가난이 무엇인지를 가르쳐 주마. 빈털터리의 슬픔을 일깨워 주마.'

내리막길에서는 훨씬 속도가 붙었다. 임천수가 한 걸음 내딛는 사이 등짐을 진 천무직은 서너 걸음씩 앞서 갔다. 산에서 한뉘를 보낸 사람이라지만 허리 힘이 보통이 아니었다. 산길이 끝나는 여울목에 꼬마 하나가 기다리고 있었다.

"따르세요."

한마디 툭 던지고는 종종걸음을 쳤다. 숨을 고를 틈도 없이 임천수와 천무직이 그 뒤를 쫓았다. 마을을 가로질러 해가 떠오른 방향으로 달리고 또 달렸다. 꼬마는 바닷바람을 막는 솔숲 앞에서 멈춰 섰다. 손을 들어 솔숲을 건너가라는 시늉을 하였다. 천무직이 머리를 쓰다듬어 주었다.

"가세!"

사흘 내내 천무직을 따라만 걷던 임천수가 앞장섰다. 목숨을 걸고 흥정을 벌일 때가 온 것이다. 천무직도 솔숲을 지나는 동안 침묵했다. 말은 안 했지만 이 일이 임천수에게 얼마나 중요한가를 알고 있는 것이다.

솔숲을 벗어나자마자 왜도를 든 사내 넷이 보였다. 칼을 지니고 다녀도 될 만큼 민가로부터 멀리 떨어진 것이다. 성큼 앞으로 나선 사내의 주먹코가 눈에 들어왔다. 지난 이월 와키자카 야스요시를 따라 가마터에 다녀간 왜인이었다.

'미진 낭자에게 수작을 부리다 혼이 난 놈이로군.'

임천수가 환하게 웃으며 왜말로 알은체를 했다.

"반갑습니다요. 그동안 어찌 지내셨습니까?"

주먹코가 콧김을 품품 뿜어내며 두 눈을 부라렸다. 당장이라도 들고 있는 칼로 목을 벨 기세였다. 화가 잔뜩 난 것은 나머지 세 사내도 마찬가지다. 분위기가 좋지 않았다.

'아직도 날 의심하고 있구나.'

주먹코가 뒤돌아섰다. 임천수와 천무직은 말없이 그 뒤를 따랐다. 주위를 살폈지만 배는 보이지 않았다.

'바닷길로 온 것이 아니로군.'

바지에 흙탕물이 제법 묻어 있었다. 지난밤 산을 넘고 강을 건너 '임곡포에 들어온 듯했다. 왜관 근처에 배를 감추고 경상도와 전라도, 멀리는 충청도와 경기도까지 오가는 왜인들이 있다는 풍문을 듣기는 했다.

야트막한 언덕을 넘었다. 모래가 제법 깔린 바닷가에 한 사내가 서 있었다. 바로 와키자카 야스하루다. 임천수는 깊게 숨을 들이마셨다 뱉었다. 주먹코는 허리 숙여 절을 한 다음 천무직이 진 등짐에 손을 댔다. 천무직이 돌아서서 주먹코를 노려보았다. 흥정을 시작하지도 않았는데 물건부터 손을 대는 것은 도리가 아니다. 주먹코가 칼을 머리 위로 들자 천무직도 자세를 낮추었다. 칼날이 내려오면 당장 몸을 날려 옆구리를 오른발로 돌려 찰 작정이었다.

"내주게."

임천수가 짧게 말했다. 천무직이 고개를 돌리며 물었다.

"형님! 이 귀한 걸 주라는 거요? 이놈들을 어찌 믿고."

"주라니까."

임천수가 목소리를 조금 더 높였다. 천무직은 양미간을 찡그리며 등짐을 주먹코에게 넘겼다. 주먹코는 등짐을 풀어 보였다. 눈이 날카롭고 피부가 검은 와키자카 야스하루가 천천히 고개를 끄덕였다. 도로 짐을 꾸린 주먹코는 임천수와 천무직에게 다가와서 어깨를 눌렀다. 무릎을 꿇으라는 뜻이다.

"이 새끼가……."

천무직이 왼손을 등 뒤로 돌렸다.

"그만둬."

임천수가 만류하지 않았다면 도끼날이 주먹코 이마를 찍었을 것이다. 임천수가 무릎을 꿇자 천무직도 씩씩대며 꿇어앉았다.

'얼굴이 전혀 딴판이군. 와키자카 야스요시는 얼굴빛이 희고 고왔는데 이 사내는 검은 살갗에 눈이 깊고 매부리코가 아닌가. 두 눈엔 독기가 가득하고, 각진 턱과 움푹 팬 볼도 날카롭기 이를 데 없구나. 와키자카 가문에서 야스하루를 양자로 받아들였다는 풍문이 사실이었군. 형제라면 닮게 마련인데, 피 한 방울 섞이지 않았으니 저렇듯 다를밖에.'

"어리석은 게냐? 정말 잘못이 없는 게냐?"

와키자카 야스하루가 또렷한 조선말로 물었다. 야스요시와 함께 센노소에키로부터 배운 조선말이었다.

"금산 인삼입니다요. 조선에서 나는 삼 중에서도 최상품입죠."

임천수가 웃음을 잃지 않고 답했다. 물건을 원했으니 팔러 왔다는 뜻이다. 와키자카 야스하루가 임천수를 노려보았다.

"담력이 있다더니 제법이구나. 하나 나는 야스요시처럼 그 얄팍한 웃음과 세 치 혀에 속지 않는다. 네 목을 가져가서 아우의 원한을 풀어야겠다."

"첫 거래인 만큼 인삼은 선물로 드리겠습니다요."

임천수가 동문서답을 했다. 천무직이 엉덩이를 들며 깜짝 놀란 표정을 지었다.

'형님! 무슨 소릴 하는 거유? 저 귀한 인삼을, 형님이 가진 밑천을 모두 주고 산 인삼을 왜놈들에게 선물하겠다니?'

놀라기는 와키자카 야스하루도 마찬가지였다. 그러나 속마음을 감춘 채 굳은 얼굴로 임천수를 꾸짖었다.

"허튼소리 마라. 네 목을 취하면 인삼은 당연히 우리 몫이다. 설마 저 인삼으로 내 동생 목숨 값을 치르겠다는 건 아니겠지?"

"그럴 리가 있습니까요. 망극한 슬픔을 어찌 이깟 인삼 몇십 뿌리로 바꿀 수 있겠습니까요. 다만 인삼이 필요하다 하시니 정성을 다하여 선물하는 것뿐입죠. 불행한 일에 대한 오해도 풀렸으면 합니다요."

"오해라고?"

와키자카 야스하루가 말꼬리를 잡아챘다.

"네가 아우를 함정에 빠뜨려 죽였다는 걸 모를 줄 아느냐."

"아닙니다요. 소인 놈이 왜 그런 짓을 합니까요?"

와키자카 야스하루가 주먹코를 슬쩍 쳐다보며 물었다.

"그렇다면 배에서 내려 달아난 이유를 설명해 보아라. 네가 한 짓이 아니라면 무엇 때문에 달아났단 말이냐?"

임천수가 침착하게 답했다.

"소인 놈도 그 자리에서 범인을 잡고 싶었습니다요. 하나 워낙 먼 거리에서 날아온 화살이었기에 쫓아가 잡는 건 불가능했습죠.

졸지에 장수를 잃은 원망이 소인한테 쏟아질 것은 불을 보듯 명백하지 않습니까요. 배에 그냥 남아 있었더라면 틀림없이 목이 잘렸을 것입죠. 목숨을 부지하려면 달아날 수밖에 없었습니다요. 너그럽게 헤아려 주십시오."

"그놈 혀 놀림에 속지 마오."

등 뒤에서 갑자기 콧소리 섞인 늙은이 목소리가 들려왔다. 임천수는 고개를 돌리지 않고도 목소리 주인공이 윤 도주란 걸 알았다.

'역시, 함정이었구나.'

함정이라고 의심하면서도 올 수밖에 없었던 처지가 원망스러웠다. 윤 도주는 덩치가 좋은 사내 열을 거느리고 와키자카 야스하루 왼편에 자리를 잡았다. 얼굴이 길고 턱이 날카로우며 송곳니가 유난히 큰 늙은이였다.

"쥐새끼 같은 임천수를 우리에게 한나절 맡긴다는 약속, 잊지는 않았겠지요?"

윤 도주가 실눈을 뜨며 임천수와 와키자카 야스하루의 얼굴을 번갈아 쳐다보았다.

임천수는 마른침을 삼켰다. 한나절 윤 도주에게 끌려가면 온몸 마디마디가 부러지고 내장이 전부 터질 만큼 두들겨 맞을 것이다. 두 손 두 발은 물론 목을 들지 못할 정도로 배신자를 짓밟아 놓는 것을 임천수도 몇 차례 본 적이 있었다.

마음을 굳게 먹었지만 몸이 벌벌 떨렸다.

'차라리 죽는 것이 낫다. 그러나 나는 죽을 수 없다.'

"그토록 약은 자가 여기까지 순순히 왔다는 게 이상하오."

와키자카 야스하루가 슬쩍 딴죽을 걸었다. 윤 도주가 허리에 찬 비단 주머니를 열어 호두 조각을 꺼내 입에 틀어넣었다. 눈을 감고 오물오물 씹으며 그 맛을 음미했다. 눈을 감은 채 말했다.

"어차피 죽을 목숨이니까. 내가 사람을 풀어 북삼도로 향하는 길목을 지키게 했고 또 특별히 단검과 표창을 잘 다루는 이들을 불러모아 은 백 냥을 걸고 저놈 목을 가져오게 하였다오. 지금까진 용케 목숨 부지를 했지만 더 이상은 버틸 수 없었을 게요. 해서 대장과 만나 거래를 트는 것을 마지막 희망으로 여기고 왔겠지요. 참으로 사람 탈을 쓴 짐승이오. 아우를 죽음으로 내몰고도 그 형과 다시 거래를 맺으려 하다니. 와키자카 가문을 우습게 보았다는 증거라오. 목을 베어 아우님 원혼을 갚는 건 대장께 맡기리다. 나는 다만 세 치 혀를 자르고 싶소. 그 다음엔 송곳으로 눈을 찌르고 손톱과 발톱을 모두 뽑고 귀를 뜯어내고 코를 베고 싶을 뿐이오. 그때마다 피눈물 흘리는 꼴을 똑똑히 보려 하오. 배신자의 마지막이 얼마나 처참한가를. 사필귀정의 도리를 장사하는 이들에게 보여 주고 싶다오. 한나절이면 되오. 지금 데려갔다가 해거름에 돌려드리리다. 괜찮다면 함께 가서 구경해도 좋소. 어찌하겠소?"

와키자카 야스하루가 대답하기 전에 임천수가 끼어들어 와키자카를 똑바로 쳐다보며 말했다.

"와키자카 가문을 속인 것은 소인 놈이 아니라 저 윤 도주입니다요. 신중한 야스요시 대장이 윤 도주와 거래를 끊고 소인 놈과 손을 잡은 것은 오랫동안 윤 도주가 와키자카 가문을 속여 턱없이 비싼 값에 사발을 넘겼기 때문입죠. 그 상세한 내역을 야스요시 대장께 드렸습니다만……"

"네가 주장하는 그런 장부는 발견되지 않았다."

임천수가 주먹코를 손으로 가리켰다.

"저 사람에게 물어보십시오. 소인 놈이 야스요시 대장께 장부를 넘길 때 그 자리에 있었습니다요."

와키자카 야스하루가 왜말로 장부를 본 일이 있느냐고 고쳐 묻자 주먹코가 펄쩍 뛰며 부인했다.

"맹세코 그런 장부를 본 적이 없습니다. 거짓말입니다."

임천수가 왜말로 주먹코를 추궁했다.

"윤 도주에게 뒤로 큰 사례를 받았을 겁니다요. 이놈, 천벌이 두렵지 않으냐? 야스요시 장군님 혼이 구천을 떠돌고 있느니라."

윤 도주도 왜말로 끼어들었다.

"허어, 생사람 잡지 마라. 와키자카 가문의 군졸들과 사사로이 만나는 것을 엄히 금하고 있음을 너도 잘 알지 않느냐? 장군! 어서 저 거짓말쟁이를 넘기세요. 혀부터 뽑읍시다."

와키자카 야스하루가 다시 조선말로 찬찬히 이야기를 풀어 갔다.

"내 아우가 임천수를 따라서 금오산 가마에 갔다가 화살을 맞고 죽은 건 틀림없는 사실이다. 누가 화살을 쏘았든 임천수는 죄를 씻을 수 없다."

"옳은 판단이오."

윤 도주가 맞장구쳤다. 와키자카 야스하루는 검버섯이 피어오른 윤 도주의 이마를 보며 말했다.

"하나 야스요시가 임천수와 새로 거래를 튼 것 또한 사실이오. 윤 도주에게 불만이 없었다면 그런 짓을 할 아우가 아니오. 그 불만이 과연 임천수 말대로 윤 도주가 우릴 속여 왔기 때문인지 아니면 다른 이유가 있는지는 논외로 하더라도 말이오."

와키자카 야스하루가 다시 임천수와 천무직 쪽으로 시선을 돌렸다.

"임천수가 야스요시를 함정에 빠뜨려 죽였다는 주장은 물증이 없지만……, 범인이 누구인지 모르는 지금으로선…… 물증이 없더라도 임천수를 벌할 수밖에 없다."

임천수가 머리를 땅바닥에 찧으며 소리쳤다.

"기회를 한 번만 더 주십시오. 범인이 누구인지 짐작 가는 사람이 있습니다요."

윤 도주가 빙그레 웃었다.

"시간을 벌려고 또 거짓말을 하는 게요."

지금까지 잠자코 꿇어 앉아 있던 천무직이 가슴을 두드리며 말했다.

"거짓이 아니우. 이순신, 그이가 확실합니다."

"이순신? 이순신이 누군가?"

천무직이 거침없이 답했다.

"남궁 선생 가마에 잠시 머물렀던 양반이우."

임천수가 덧붙였다.

"조선 제일 명궁인 방진의 사위인데, 화살 하나로 새 다섯 마리를 떨어뜨릴 수 있는 솜씨를 지녔습죠."

윤 도주가 혀를 끌끌 찼다.

"제 목숨 살리겠다고 이젠 있지도 않은 사람을 끌어다 대는군. 양반이 뭣 하러 가마에 온다는 게야? 또 남궁두 그 사람은 성격이 고약하여 아무나 가마에 들이지 않아. 장군! 더 이상 시간 끌지 맙시다. 어서 이놈 일을 마무리지은 후 우리 거래를 다시 의논해야지요."

천무직이 분을 참지 못하고 일어섰다.

"거짓말 아니라니까. 갑시다. 가마에 가서 남궁 선생께 여쭤 보면 되지 않소?"

와키자카 야스하루가 천무직을 무시하고 임천수에게 물었다.

"이놈은 누구지?"

"천무직이라고 금오산에 사는 사냥꾼입니다. 지난번 야스요시 대장에게 곰 가죽을 팔았습니다. 가마와 계곡 하나를 사이에 두고 살고 있기에 이순신에 대해서도 잘 알지요."

"장군! 그럼 이 두 놈을 데려가리다."

윤 도주 뒤에 있던 사내들이 서너 걸음 앞으로 나섰다. 와키자카 야스하루가 그들을 막아섰다. 알 수 없는 미소가 두 눈에 깃들었다.

"잠깐! 잠깐만 기다리시오. 이렇게 합시다. 양쪽에서 한 사람씩 나와 겨루기를 하시오. 윤 도주 쪽이 이기면 임천수 혀부터 뽑고, 임천수 쪽이 이기면 기회를 한 번 더 주겠소."

"그리하겠습니다요."

임천수가 재빨리 답했다. 목숨을 구할 마지막 기회인지도 몰랐다.

윤 도주가 눈자위를 파르르 떨었다. 그동안 와키자카 가문과 거래를 통해 많은 돈을 벌어들였다. 서로 싸우며 할거한 영주들 가운데서도 특출한 재능을 지닌 오다 노부나가는 다도를 정략적으로 이용하여 인맥을 얽었고, 조선의 막사발은 이제 와비차(侘茶, 예법보다는 화경청적(和敬淸寂)의 경지를 중시하는 다도의 한 흐름)를 완성한 센노소에키 등을 통해 최상품 다완으로 칭송받으며 중국제 도기를 대신하고 있었다. 다른 물건과 달리 거저나 다름없는 싼값으로 구하여 몇십 배나 이문을 남기고 넘길 수 있는 물건이었다. 십여 년 전 인삼으로 처음 거래를 텄던 와키자카 가문이야말로 윤 도주가 그간 가장 공들여 길러 온 단골이다. 지금 이 줄을 놓칠 수야 없었다.

"무엇으로 겨룬단 말이오?"

와키자카 야스하루가 모래를 발로 툭툭 찼다.

"칼이나 창을 겨룰 수는 없을 것이고, 조선에도 스모(相搏, 일본식 씨름)가 있다지. 그걸로 하오."

윤 도주가 웃음으로 화답했다.

"좋소. 마침 지난 한가윗날 상주 씨름판에서 황소를 타 온 녀석이 있지요. 밤쇠야!"

"예, 도주 어르신!"

한 사내가 웃옷을 벗어던지고 앞으로 나섰다. 턱과 목은 물론 가슴까지 온통 검은 털이 부숭부숭했다. 키가 칠 척에 가까운 거인이었다. 천무직도 웃옷을 벗고 밤쇠를 향해 걸어 나왔다. 손놀림이 빠른 윤 도주 쪽 장정 하나가 옷을 찢어서 임시로 샅바를 만들었다. 두 사람은 어깨를 맞대고 앉았다.

와키자카 야스하루가 윤 도주와 임천수를 번갈아 쳐다본 다음 선언하듯 말했다.

"단판 승부다."

두 사람이 어깨로 밀며 일어섰다. 윤 도주가 호두를 입에 털어 넣어 씹으며 말했다.

"밤쇠야! 아예 허리를 분질러 버려라."

"알겠습니다요."

밤쇠가 거친 수염으로 천무직의 어깨를 쓰윽 문질렀다. 금방 살갗이 벌겋게 부어올랐다.

"시작하라!"

와키자카 야스하루가 명을 내리자마자 밤쇠가 샅바를 잡아당기며 일어섰다. 큰 키를 이용하여 들배지기를 시도한 것이다. 천무직이 이마를 밤쇠 가슴에 딱 붙이고 오른발로 왼쪽 무릎을 힘껏 눌렀다. 몸을 돌려 상대가 뿌리치지 못하게 미리 방어한 것이다. 두어 바퀴 돌았지만 천무직은 더욱더 밤쇠 가슴으로 파고들었다. 밤쇠가 결국 거친 숨을 토하며 천무직을 내려놓았다.

그 순간 천무직이 머리가 땅에 닿을 만큼 허리를 숙이고 어깨로 밤쇠의 오른팔을 치며 파고들었다. 밤쇠가 배로 눌렀지만 천무직은 꿈쩍도 하지 않았다.

"눌러, 눌러 버리라니까!"

입 밖으로 호두가 튀어나오는 것도 잊고 윤 도주가 소리쳤다. 밤쇠가 다시 등 뒤 샅바를 고쳐 잡고 천무직을 앞으로 끌어당겼다.

"으랏차차!"

그 순간 천무직이 고함을 지르며 밤쇠 아랫배에 머리를 대고 일어섰다. 밤쇠의 두 다리가 동시에 부웅 떴다. 멋지게 뒤집기를 성공한 것이다. 밤쇠의 등이 바닥에 완전히 닿은 후에도 천무직은 샅바를 놓지 않고 밤쇠의 명치에 뒷머리를 댄 채 하늘을 보고 거친 숨을 몰아쉬었다.

윤 도주는 고개를 돌려 혀를 차 댔고 임천수는 두 주먹을 불끈 쥐었다 펴는 것으로 기쁨을 대신했다. 와키자카 야스하루는 밤쇠와 천무직이 일어설 때까지 기다려 최종 판결을 내렸다.

"임천수에게 한 번 더 기회를 주겠소. 불만 없겠지요?"

윤 도주가 다시 평온한 낯빛으로 답했다.

"좋소. 하나 임천수, 저놈이 거짓말을 한 건 바뀌지 않을 게요. 가마에 다녀오자마자 연통을 주오. 와키자카 가문과 맺은 오랜 인연을 잇고 싶소."

"알겠소. 그리하겠소이다."

윤 도주가 밤쇠를 비롯한 사내들을 이끌고 먼저 자리를 떴다. 와키자카 야스하루가 떠나는 윤 도주 일행을 쳐다보다가 문득 천무직에게 물었다.

"거참 희한하구나. 힘은 분명 밤쇠란 놈이 곱절은 셀 듯한데 어찌 이길 수 있었느냐?"

천무직이 손바닥을 마주쳐 모래를 털며 답했다.

"멧돼지 사냥을 할 땐 절대로 처음부터 맞서면 아니 되우. 처음엔 멧돼지가 힘을 쓰도록 슬슬 피해야 하우. 멧돼지는 점점 더 사냥꾼을 얕잡아 보고 곧장 달려듭니다. 그러다가 멧돼지가 지친 기색이 보이면 단숨에 급소를 장창으로 찌르는 거요. 한 방에 끝내지 못하면 오히려 사냥꾼이 큰 상처를 입게 되우."

와키자카 야스하루가 크게 고개를 끄덕였다. 천무직이 임천수와 눈을 맞춘 다음 사족을 달았다.

"우리들 주장이 진실로 밝혀지면 모개흥정(많은 물건을 한꺼번에 몰아서 흥정함)하여 인삼 값을 주쇼."

"맹랑하구나. 기회를 준 것이 고맙지도 않느냐? 너희 둘을 죽이고 가마로 갈 수도 있었다. 한데 인삼 값을 달라? 지금이라도 가슬추연(加膝墜淵, 무릎에 올려놓을 수도 있고 연못에 빠뜨릴 수도 있음. 인물의 진퇴를 마음대로 할 수 있음.)할 수 있거늘……"

임천수가 천무직 팔을 잡아끌었다.

"아닙니다요. 인삼은 선물로 드리겠습니다요. 다만 이 일이 잘 끝나면 소인 놈과 계속 거래를 해 주십시오."

와키자카 야스하루가 임천수와 천무직을 번갈아 쳐다보며 빙긋 웃었다.

"참 잘 어울리는구나. 좋다. 이 일이 잘 끝나면 인삼 값도 주고 거래도 계속하마. 하나 조금이라도 딴 짓을 하면 너희 두 놈 목을 가져갈 테니 그리 알아라."

# 十九. 금오산에 불바람 날리고

　몰래 다가든 비선 한 척이 건장한 사내 스무 명을 금산(錦山) 자락에 내려놓고 도로 뱃머리를 돌려 외해로 나갔다. 아침부터 내리기 시작한 겨울비가 밤이 깊어서도 그칠 줄 몰랐다. 일찍 귀항한 어부들은 모처럼 따뜻한 저녁밥을 먹고 일찍 잠자리에 들었다. 평산포(平山浦)와 미조항(彌助項)을 둘러보던 판옥선도 해가 지고 장경성(長庚星, 금성)이 빛나자 하동에 정박하기 위해 항로를 바꾸었다.

　사내들은 채찍 같은 빗줄기에도 아랑곳 않고 금산 자락을 타기 시작했다.

　망운산(望雲山)으로 접어들었을 때는 작달비가 그치면서 붉은 해가 떠올랐다. 검은머리갈매기떼 어지러운 노량 바닷가에 다다르니 해가 중천에 닿았다. 미리 기다리던 나룻배에 재빨리 옮겨 탄 사내들은 어부들처럼 때 묻고 비린내 나는 바지와 아랫배가 드러나는 짧은 저고리로 갈아입었다.

많은 배들이 노량의 좁은 바닷길을 오갔지만 사내들을 의심하지 않았다. 뱃머리에는 눈썹 없는 꼽추와 어깨가 넓고 목이 긴 청년이 나란히 서 있었다. 청년은 지난밤 능선을 타고 달린 왜인들의 대장 와키자카 야스하루였고 꼽추는 임천수였다. 두 사람은 배가 육지에 거의 닿을 때까지 눈인사도 나누지 않았다. 땅이 툭 튀어나왔다가 움푹 들어가 만을 이룬 곳에 배를 대었다.

"저곳입니다."

임천수가 오른손을 들어 한 곳을 가리켰다.

"저곳에서 아우님이 돌아가셨습니다."

와키자카 야스하루가 주먹을 움켜쥐고 부들부들 떨었다. 조선에서 다완을 사 오겠다며 여상히 길을 나섰던 야스요시의 얼굴이 떠올랐다.

'돌아오면 소에키 선생을 찾아뵙고 농차(濃茶, 한 잔 차로 초대된 손님들이 돌려 가며 마시는 음차법)를 즐기자더니 이 낯선 바닷가에서 숨을 거두었단 말이냐.'

다시 조선에 가서 직접 쓸 만한 다완을 모아 오라는 주군의 하명을 받던 날 소에키가 찾아왔다. 와키자카 야스하루는 야스요시의 유품이 되어 바다를 건너온 다완에 차를 따랐다.

말없이 차를 나누고 나서 소에키는 부채 하나를 꺼내어 펼쳤다.

하얀 종이 위에 한 점 달이 떠 있고 그 아래 작은 배가 흘러가는데, 사내 하나가 고물에 서서 허리를 약간 숙였다. 당장이라도 호수로 뛰어들 기세였다.

소에키가 천천히 말했다.

"이 다완을 만든 남궁 선생이 그린 거라오. 열흘 전 조선에서 온 장사꾼이 주고 갔소."

"그 남궁두란 놈이 보낸 그림이다 이 말입니까?"

부채를 쳐다보는 와키자카 야스하루가 두 눈을 원한으로 물들였다. 소에키는 그 눈빛을 무시하고 계속해서 설명해 나갔다.

"달이 떴으니 밤일 텐데 흰 종이가 어두움을 더욱 깊게 하는구려. 여기 사내를 보시오. 무슨 생각이 드오?"

"글쎄요."

"물속으로 뛰어들 것 같지 않소? 보름달 아래에서 한 사내가 물에 빠져 죽는다! 남궁두가 왜 이 부채 그림을 내게 보냈겠소?"

소에키가 눈을 들어 와키자카 야스하루를 똑바로 쳐다보았다. 야스하루는 그 눈길을 피하지 않았지만 아무 대답도 하지 않았다.

소에키가 찻잔을 집어들었다.

"이 다완을 보시오. 질박하면서도 은은하고, 아무렇게나 만든 듯하지만 안정감이 있소. 남궁 선생이 그린 그림 역시 아무것도 말하지 않은 듯 모든 것을 말하고 있지요. 호수에 몸을 던지려는 이 사내는 남궁두 자신이오. 스스로 목숨을 끊으려 했던 밤을 그린 것일 테지. 물에 빠졌든 아니면 몸을 던지지 않았든, 그이는 그 밤에 목숨을 끊지 못했소. 그런 뒤 금오산에 숨어 가마를 만든 게 아니겠소."

와키자카 야스하루는 대꾸하지 않았다.

"아마도 야스요시 님을 잃은 나와 야스하루 님의 심정이 이와 같으리라 여겨 보내 온 그림이겠지. 바닥 모를 슬픔과 분노에 몸을 맡기지 않도록 말이오."

"아우를 죽인 자를 찾아 원한을 풀지 않고 어찌 슬픔을 접어둘 수 있습니까?"

소에키가 조용히 물었다.

"복수를 하려 하오?"

"물론입니다."

"히데요시 님은 다완을 구해 오라고 하셨지 복수를 위해 소란을 일으켜도 된다고는 하지 않으셨소. 야스하루 님이 혹여 조선 땅에서 문제를 일으킨다면 히데요시 님께 폐를 끼치고 와키자카 가문에도 문책을 불러올지 모르오."

"염려해 주셔서 고맙습니다."

와키자카 야스하루는 깍듯이 고개를 숙였다. 하지만 마음속의 분노는 가시지 않았다.

'이 일로 인해 주군께 누를 끼친다면 물론 책임을 질 것입니다. 하지만 아우의 죽음을 묻어둔 채 찻잔이나 주워 모은다는 것은 무사의 자존심이 허락하지 않소. 야스요시를 죽인 놈을 이 칼로 두동강내지 않고는 돌아오지 않을 겁니다. 아우의 죽음에 조금이라도 관련된 놈들은 뼈아픈 대가를 치러야 하리라.'

배가 육지에 닿았다. 와키자카 야스하루는 가장 늦게 배에서 내렸다. 미리 나와 있던 천무직이 배를 더 으슥한 곳에 숨겼다.

'어디야?'

와키자카가 눈으로 물었다. 임천수가 기억을 더듬어 잠시 주위를 살피며 뒷걸음질치다가 한 곳에 이르렀다.

"여깁니다. 여기서…….''

임천수가 말을 끝내기도 전에 와키자카 야스하루가 걸어 나왔다. 그러곤 야스요시가 섰던 자리에 서서 고개를 푹 숙였다.

'아우야, 너는 보았느냐? 네게 화살을 날린 그놈 얼굴을. 이제 형이 열 배 백 배로 되갚아 주마. 하늘이 두 쪽으로 갈라지더라도 억울하게 죽은 네 원한만은 결코 잊지 않겠다.'

와키자카 야스하루가 고개를 들고 임천수에게 물었다.

"이순신이란 자가 남궁두에게 사발 만드는 법을 배웠다고 했나?"

"그렇습니다. 제대로 배울 만큼 오래 있진 않았지만 어쨌든 흙을 나르고 물을 긷고 가마를 지켰지요.''

"그러면 언제 가마를 떠났나?"

배를 숨기고 돌아온 천무직이 답했다.

"오월에 떠났우. 별시(別試) 준비를 해야 한다며 갔다우.''

"도망친 게로군. 남궁두나 가마에 있던 문하들은 아우가 놈의 손에 죽은 걸 알면서도 그잘 빼돌린 게고. 가마 인근에 사는 놈들도 남궁두를 도왔을 테지. 놈들 모두 하나가 되어 야스요시를 죽인 게야."

와키자카가 단정하듯 말했다. 임천수와 천무직은 얼굴을 마주 보며 아무 말도 하지 않았다.

"그래, 그 이순신이란 자는 지금 무슨 벼슬을 하고 있지?"

"아직 과거에 급제하지 못했우. 협객을 자처하며 떠돌고 있을 게요."

"하면 아무것도 아니란 말이야? 그런 놈이 내 아울 죽였어?"

와키자카는 자존심이 상한 듯했다.

"길을 안내해라. 곧장 가마로 간다."

천무직이 귓속말로 임천수에게 말했다.

"형님! 아무래도 이상하우. 여기 내린 스무 명 외에 낯선 자들이 언덕 너머 더 있우. 네 패로 나뉘어 차가운 바위나 나무 아래 숨었는데 합치면 족히 백 명은 될 듯하우."

백이십 명!

임천수는 머리가 어지러웠다. 이건 가마를 방문해 이순신이란 인물이 있었는지 확인하기만 하는 길이 아니다. 무서운 생각이 뇌리를 스치고 지나갔다.

"무직아! 잔말 말고 길라잡이나 잘해라. 그리고 내가 신호를 보내면 무조건 달아나는 거다."

"달아나라고요?"

천무직이 등에 멘 쌍도끼를 흔들며 물었다. 지금까지 단 한 차례도 싸움판에서 달아난 적이 없었던 것이다.

"잔말 말고 내가 시키는 대로 해. 알겠지?"

"알았우."

천무직이 앞장서자 와키자카 일행이 바짝 그 뒤를 따랐다.

언덕을 넘어가자 과연 살기가 느껴졌다. 바위나 나무 뒤에 감쪽같이 몸을 숨기긴 했지만 날카로운 기운까지 없애지는 못했다. 가지개(可之介, 푸른 매) 두 마리가 금오산 자락을 빙빙 돌았다. 임천수는 이마에 흐르는 땀을 손으로 훔쳤다.

'살육인가. 피로 복수를 하겠다는 건가. 조선에서 가장 좋은 사발이 나오는 금오산 가마를 쑥대밭으로 만들겠다고? 남궁 선생이 만든 다완을 숭앙하던 자들이 아닌가. 원한이 아무리 깊다 해도 감히 그런 짓을 할까. 하나 저 무시무시한 살기는, 번뜩이는 눈동자는 도대체 뭐지? 피를 보지 않고는 돌아가지 않겠다는 게 아닌가?'

천무직이 사는 움막집을 지나 계곡을 건넜다. 돌다리를 탁탁 차며 건너뛰는 사내들 발놀림이 규칙적이고 날렵했다.

"저기요."

천무직이 가마를 가리키며 말했다. 와키자카 야스하루가 오른손을 들어 앞으로 흔들었다. 사내들이 두 패로 갈라져 가마를 에워쌌다.

"가자."

와키자카가 성큼 앞서 걸었고 임천수와 천무직이 뒤를 따랐다. 마당에는 아무도 나와 있지 않았다. 안방에서 점심이라도 먹는 듯 짚신 두 켤레가 섬돌에 나란히 놓여 있었다. 와키자카가 눈짓

하자 천무직이 조금 큰 소리로 외쳤다.

"남궁 선생님. 접니다. 무직입니다."

문이 열리면서 소은우가 어깨를 반 너머 내밀었다.

"스승님은 아침 일찍 두류산으로 떠나셨네. 한동안 없더니 웬일인가……?"

소은우는 등이 굽은 임천수 뒤에 선 낯선 사내를 보고 말끝을 흐렸다. 사발을 사러 오겠다는 연통을 받은 적이 없었다.

"누군데 그래요?"

남장을 한 박미진이 방문을 나와 마루 위에 섰다. 박미진 역시 당황하기는 마찬가지였다. 천무직이 한 걸음 나서며 소은우에게 물었다.

"지난겨울에 가마에 묵었던 이순신이란 무부(武夫)는 별시에 합격했우?"

소은우가 미간을 찡그리며 답했다.

"낙마하여 낙방했다고 말해 주지 않았는가? 그새 잊어 먹었나?"

"그랬군. 이순신이란 양반이 낙방했군."

천무직이 다시 이순신이란 이름 석 자를 또박또박 말했다. 이상한 낌새를 알아차린 박미진이 방으로 뛰어드는 것과 동시에 와키자카가 주먹으로 소은우의 턱을 올려쳤다. 사내들이 일제히 가마로 몰려들었다.

박미진이 양손에 단검을 들고 밖으로 나왔다. 그 얼굴을 뚫어지게 쳐다보던 와키자카가 말했다.

"당돌한 계집이로군. 사로잡아라."

사내 둘이 동시에 섬돌을 차고 날아올랐다. 그러나 박미진이 뿌린 단검을 가슴과 팔에 맞고 거꾸러졌다. 뒤이어 뛰어나온 사내들도 허벅지에 단검을 박고 털썩 주저앉았다.

"제법이구나."

와키자카가 손을 들어 다시 나서려는 사내들을 제지했다. 곁에 선 천무직이 걸걸한 목소리로 말했다.

"어서 단검을 버리시오, 어서!"

박미진이 천무직을 보고 침을 뱉었다.

"퉤, 더럽구나. 스승님께서 베푸신 은혜를 원수로 갚아. 패악한 왜놈들을 떼로 데려오다니, 버러지만도 못한 놈!"

와키자카가 양팔을 벌린 채 한 걸음 나섰다. 던질 테면 던져보라는 듯 가슴을 펴고 움직이지 않았다. 눈썹이 실룩이는 순간, 박미진이 힘껏 단검을 던졌다. 그러나 와키자카는 몸을 조금 튼 것만으로 날쌔게 단검을 피했다.

단번에 마루로 올라선 와키자카가 품에서 단도를 꺼내려는 박미진을 손날로 쳤다. 어깨 부근에 있는 혈(穴)을 맞은 박미진이 앞으로 푹 쓰러졌다. 축 늘어진 박미진을 품에 안은 와키자카가 고개를 돌려 주먹코에게 명령을 내렸다.

"금오산 일대를 불태워라. 모조리 죽여도 좋다. 그리고 아무도 들이지 마라."

와키자카는 박미진을 안은 채 방으로 들어갔다. 방문이 닫히자 천무직이 손을 뻗어 등 뒤 도끼 자루를 쥐었다. 왜도를 든 주먹코가 눈빛을 번뜩였다. 임천수가 팔목을 붙들었다.

'나서지 말게. 죽고 싶은가?'

'형님! 미진 낭자를 저 왜놈에게 맡길 거요?'

'자네가 미진 낭자를 은애하는 건 잘 아네. 하나 자네 목숨보다 더 중한가. 참아.'

'형님!'

도끼 자루를 쥐었던 천무직이 천천히 손을 아래로 떨어뜨렸다.

잠시 후 방문이 열리고 와키자카가 나왔다.

천무직이 다시 손을 도끼에 대려는 순간 와키자카가 천무직과 임천수에게 말했다.

"금오산 자락에 있는 가마들을 모두 불태워 버리겠다. 앞장서라."

"뭐. 모조리 불태운다고?"

천무직이 토를 달았다. 와키자카가 주먹으로 번개같이 명치를 찔렀다.

"이제부터 내가 묻기 전에는 입을 열지 마라. 입을 열면 목이 달아날 줄 알아라. 주먹코!"

"예!"

"여긴 네가 지켜라. 내가 돌아올 때까지 근처에 얼씬거리는 놈은 모조리 죽여라."

"알겠습니다. 한데 저놈은 어찌할까요?"

주먹코가 정신을 잃고 쓰러진 소은우를 가리켰다. 단칼에 베어 버리라는 명령이 떨어질 것만 같았다. 임천수가 등을 흔들며 와키자카에게 다가섰다. 와키자카가 반사적으로 물었다.

"이놈은 누군가?"

"남궁 선생 수제잡니다. 곤양과 하동 일대에서 다완을 가장 잘 만듭니다. 데리고 가서서 센노소에키 선사께 선물하시죠."

와키자카가 고개를 끄덕였다.

"잘 감시해라. 저 방에 있는 계집은 손대지 마라. 이놈과 함께 끌고 가겠다."

금오산 전체가 불길에 휩싸였다. 물건을 빼앗거나 가축을 끌고 가지도 않고 어른 아이 할 것 없이 무조건 죽이고 불태웠다. 살육을 위해 금오산을 찾은 저승사자들 같았다.

천무직은 처참한 광경을 차마 보지 못하고 눈을 질끈 감거나 고개를 돌려 외면했다. 그러나 임천수는 시체 하나하나를 눈으로 새기듯 쳐다보았다. 창자가 튀어나온 사내, 젖가슴이 잘려 나간 아낙, 두 팔 두 다리가 모두 잘려 나간 채 울부짖는 아이도 있었다.

와키자카 야스하루!

이자는 금오산 사발 따위에는 관심이 없었다. 악귀처럼 피를 흘려 원수를 갚는 것만이 목적이었다. 혼자서 와도 되지만 더 많은 이들을 더 빨리 죽이기 위해 자신과 천무직에게 길 안내를 맡겼다.

'길라잡이 노릇이 끝나면 이놈은 틀림없이 나와 무직이를 죽일 것이다. 어떻게든 기회를 보아 달아나야 한다. 나는 결코 여기서 삶을 접을 수 없다. 곤양과 하동 백성이 모조리 도륙당하더라도 나 임천수만은 살아남아야 한다. 한데 방법이 없다. 백 명이 넘는 왜군들이 우릴 지키고 있지 않은가. 하동 관아에서 군졸들이 나오기 전에 이놈들은 벼락바람처럼 없어질 것이다. 그 전에 내 목을 치겠지. 살고 싶다. 살아야 한다.'

수많은 짐승을 사냥한 천무직도 더 이상 참지 못하고 구토를 해 댔다. 와키자카는 싸늘한 미소와 함께 더 큰 목소리로 외쳤다.

"죽여라. 숨소리 하나 들려도 아니 된다. 사람이든 가축이든, 목숨이 붙어 있는 건 모조리 없애라. 하하하, 하하하핫!"

# 二十、 타오르는 눈동자

와키자카에게 어깨 혈을 맞은 박미진은 몸을 가눌 수가 없었다. 혀를 깨물고 자결할까 했지만 턱이 제대로 움직이지 않았다. 와키자카 가슴 쪽으로 쓰러지며, 그 어깨 너머로 천무직이 분을 못 참고 부들부들 떠는 것을 본 듯도 했다. 코를 묻은 사내 몸에서 물미역 냄새가 났다.

의식이 흐릿했다. 와키자카 품에 안겨 방으로 들어설 때는 천장이 빙빙 돌았다. 갑작스럽게 닥친 불행 앞에서 박미진은 아무것도 할 수가 없었다.

와키자카는 박미진을 아랫목에 뉜 후 이불을 가슴까지 끌어올려 덮고 베개로 머리를 받쳐 주었다. 이마로 흘러내린 머리카락 몇 가닥을 손으로 쓸다가 볼을 어루만지며 웃었다. 갑자기 다정

311

한 조선말로 이렇게 속삭이기까지 했다.

"야생마 같은 네가 마음에 든다."

와키자카가 방을 나간 후 잠에 빠져든 모양이었다.

정신을 차렸을 때는 아무것도 보이지 않았다. 그사이 손은 뒤로 결박당하고 입에는 재갈을 물렸으며 눈은 안대로 가렸다. 아랫도리가 갑자기 시리고 허전했다. 기분 나쁜 웃음소리가 무릎 아래에서 들려왔다. 두 발을 뻗어 발길질을 해 댔지만 육중한 힘에 제압당했다. 몸을 일으키려 하자 옆구리를 세차게 얻어맞았다. 그런 후 또 웃음소리가 이어졌다. 사내는 양쪽 허벅지를 펼쳐 눌렀고, 박미진은 사력을 다해 몸을 뒤틀며 뒤통수로 방바닥을 쾅쾅 소리 나게 쳤다.

'아무도 없나요? 밖에 아무도 없어요?'

구원은 끝내 오지 않았다. 끔찍한 불행이 다리 사이를 오가는 동안 송곳 같은 웃음소리는 멈추지 않았다. 그 웃음소리가 다리 사이로 기어들어 오는 착각이 일었다. 갑자기 웃음소리가 뚝 멎고 얼굴에 끈적끈적한 액체가 튀었다. 비릿한 냄새, 피였다. 뒤이어 쿵 소리와 함께 머리통이 바닥을 굴렀다.

'웬일이지? 누가 죽었지?'

다리속곳과 바지를 입힌다. 재갈과 손목을 푼다. 그러나 안대만은 그대로였다. 박미진은 앞에 앉은 사내를 보지 않아도 알았다. 물미역 냄새를 맡은 것이다.

사내가 어깨를 밀었다. 박미진은 그대로 다시 자리에 누웠다. 그제야 굵은 눈물이 사정없이 두 뺨에 흘러내렸다. 한번 울음이 터지자 멈출 수가 없었다.

다시 정신을 차리고 나서, 박미진은 스스로 안대를 풀었다. 와키자카는 이미 자리를 뜨고 없었다. 명령을 어기고 방으로 들어왔던 주먹코의 머리만 윗목에 덩그러니 놓여 있었다.

미진은 그 얼굴을 알고 있었다. 전에도 자신을 희롱했던 왜인이었다. 피가 빠져나가 창백한 그 얼굴을 본 순간, 몸을 더럽혔다고 자결하지는 않겠다는 생각이 들었다.

미진은 이를 악물며 속으로 크게 외쳤다.

'죽지 않겠어. 저런 버러지 같은 놈 때문에 내 인생을 이렇게 비참하게 접진 않겠어.'

"나오시오."

임천수가 방문을 두드리며 말끝을 올렸다 내렸다.

박미진은 왼 소매에 오른손을 넣어 보았다. 단검 하나가 마지막으로 남아 있었다. 와키자카는 몸수색도 않을 만큼 자신감에 차 있었다.

박미진은 크게 심호흡을 한 후 방문을 열었다.

턱석부리가 처음 눈에 들어왔다. 천무직이었다. 섬돌 아래 비스듬히 선 천무직은 박미진과 시선을 마주치지 않으려고 하늘만 쳐다보았다. 박미진에게 닥친 불행을 짐작하고 있는 것이다.

와키자카는 마루 한가운데에 등을 돌리고 서 있었다. 박미진은 지금 바로 단검을 날려 목에 박을까 망설였다. 그러나 그 생각을 끝내기도 전에 와키자카가 먼저 고개를 돌렸다.

"곧 떠나겠다. 채비를 해라."

천무직 옆에 선 임천수가 거들었다.

"어서 짐을 챙겨 나오시오. 이 집을 마지막으로 태운 후 귀국하신다오."

'귀국? 이 집을 불태운다고?'

"안 돼. 이 집만은 안 돼."

천무직이 답답한 듯 가슴을 치며 말했다.

"다 사라졌우. 금오산 자락에 있는 가마란 가마는 모조리 부서지고 불에 탔단 말이우. 고집 부리지 말고 옷을 챙겨 나오우, 어서!"

그때 집 주변을 돌면서 분주히 무언가를 찾던 사내들이 마루 아래에 일렬로 섰다. 와키자카가 주먹으로 사내들 가슴을 연달아 쳤다. 한 걸음 물러나며 고통을 참던 사내들이 다시 제자리로 돌아왔다. 그러고 보니 소은우가 보이지 않았다.

사내들이 다시 집 안을 뒤졌지만 소은우를 찾을 수 없었다. 불안한 낯으로 해를 살펴 시간을 가늠하던 임천수가 와키자카에게 말했다.

"이제 가야 합니다. 곧 관군들이 몰려올 겁니다."

와키자카 역시 하늘을 살핀 뒤 철수 명령을 내렸다. 사내들은 타오르는 횃불을 가마에 던진 후 천무직이 살던 움집으로 방향을 잡았다. 멀리서 백할미새가 섭디섭게 울었다.

계곡에 걸쳐진 돌다리를 건너던 도중, 갑자기 임천수가 발을 헛디디면서 살얼음을 깨고 물에 빠졌다. 천무직이 급히 건져냈으나 발목을 감싸 쥐고 아파 죽겠다며 동동 뛰었다. 와키자카가 다가와서 물었다.

"정녕 못 가겠느냐?"

"이제 길 안내도 다 끝났고, 또 이순신이란 무부가 남궁 선생 가마에 있었음이 밝혀졌으니, 소인 놈이 할 일은 없습니다요. 무직이 집에 머물면서 삔 발목을 고쳤으면 합니다만……."

임천수는 그러면서 슬쩍 와키자카 얼굴을 살폈다. 천무직네 집에 머무는 것을 허락하면 죽일 의도가 없는 것이고, 배를 타도록 강요하면 살 길이 없다.

"아예 죽여 주마."

와키자카가 긴 칼을 빼 들자 임천수는 언제 아팠냐는 듯이 자리에서 벌떡 일어섰다.

"조, 조금 시큰거려도 걸을 만합니다요. 걷겠습니다요."

도섭(능청스럽게 수선을 떨며 변덕을 부리는 짓)을 떠는 임천수를 앞세우고, 와키자카는 천무직과 나란히 뒤를 따랐다.

"쌍도끼가 크고 날카롭구나. 팔도 허리만큼 강한가?"

천무직이 고개를 돌리지 않고 앞만 보며 말했다.

"언제 기회가 오면 솜씨를 보여 드리겠우."

와키자카가 빙긋 웃었다.

"그래, 기회가 오면!"

배를 숨겨 둔 해안에 이르렀을 때, 와키자카는 그곳까지 용케 도망쳐 온 한 무리 백성들을 발견했다. 난을 피한다는 것이 불행하게도 범 아가리로 숨은 것이다.

와키자카가 오른손을 들어 손가락을 까딱 구부렸다 펴자, 왜인들이 일제히 달려들어 살육을 시작했다. 와키자카도 아기 업은 아낙에게 활을 쏘아 모자를 한 살로 꿰뚫었다. 그 다음엔 남편으로 보이는 사내 등을 명중시켰다. 마지막으로 사내아이가 남았다. 와키자카가 화살을 꺼내 시위를 당기며 아이를 찾았지만 그 아이는 이미 까마득히 달아났다. 허공을 나는 듯 대단한 속도였다. 와키자카가 화살을 내려놓으며 피식 웃었다.

"나는 발 같은 놈이로군!"

천무직은 몇 번이고 고개를 돌려 임천수를 보았지만 임천수는 천천히 고개만 저을 뿐이었다. 살육을 끝내고 배에 오를 때까지도 전혀 빈틈이 없었다. 가까이 서서 걷는 사내들은 언제라도 칼을 들어 두 사람 목을 내리칠 기세였다. 배에 오르자마자 와키자카가 짧게 명령했다.

"묶어라."

사내들이 몰려들어 천무직 등에서 쌍도끼를 빼앗은 후 온몸을 밧줄로 칭칭 감았다. 그런 뒤 남은 밧줄로 왜소한 임천수를 엮었다.

"이물 쪽에 세워라. 억울하게 죽은 아우가 눈을 부릅뜨고 있다. 그 원혼을 달래려면 산 제물이 필요하다. 자, 저 두 놈을 수장하고 가자. 출항!"

배가 천천히 움직였다. 임천수는 온몸을 벌벌벌 떨었다. 이제 정말 죽음을 피할 수 없게 된 것이다. 천무직이 이를 갈며 원망했다.

"이렇게 죽을 바엔 저놈 머리통을 도끼로 부숴 버릴걸. 금오산

명사냥꾼 천무직이 이렇게 허망하게 죽을 줄이야……, 고기밥이
될 줄이야."

박미진이 와키자카를 노려보며 물었다.

"나는 왜 묶지 않는 거냐?"

와키자카가 웃으며 짧게 말했다.

"넌 나와 같이 간다."

박미진은 질끈 눈을 감았다.

'저놈을 따라 왜국에 갈 바엔 여기서 저놈을 죽이고 나도 죽는
편이 낫다.'

다시 소매 속에 든 단검을 떠올렸다.

이순신은 미친 듯이 달리고 또 달렸다.

금오산 자락을 뒤덮은 검은 연기가 가슴을 쿵쿵 울려 댔다. 길
을 따라 옹기종기 모여 있던 집들이 하나도 남김없이 불에 타 무
너졌다. 칼에 찔리고 불에 탄 시체들이 여기저기에 널려 있었다.
이순신의 얼굴이 벌겋게 달아올랐다.

'왜놈들이다! 이제야 본색을 드러낸 게다. 이 죽일 놈들!'

더욱 걸음을 빨리 했다. 남궁두와 박미진과 소은우의 얼굴이
휙휙 떠올랐다가 사라졌다.

"순신이가 왔습니다. 도사님! 미진 낭자!"

흑각궁에 철전을 하나 잰 채 고함을 지르며 가마터 마당으로

뛰어늘었다. 매캐한 나무 연기가 숨을 막았나. 시커녛세 탄 기둥과 대들보에 아직 불꽃이 피어오르고 후끈한 열기가 이마에 끼쳤다. 지붕은 이미 내려앉았고 허연 재가 공중에 떠돌았다. 부엌 쪽 토벽이 무너져 집 자리를 덮쳤고, 장작이 쌓여 있던 일간 뒤란에선 지금도 요란한 소리와 함께 불길이 훨훨 타올랐다. 사발을 구워 내던 가마마저도 구멍이 뚫린 채 황토 먼지를 내뿜고 있었다.

"남궁 도사님! 미진 낭자! 소 형! 어디들 계십니까!"

이순신의 목소리가 갈라졌다. 어디부터 찾아 보아야 할지 갈피를 잡을 수 없었다. 주위를 둘러보아도 산 사람의 기척은 없었다. 모두 죽음을 당했는가. 왜인들의 칼에 목숨을 잃고 저 불길 속에 묻혀 버린 것인가.

이순신은 털썩 무릎을 꿇었다.

'이 나라 어디에도 안전한 곳이 없구나. 남궁 선생이 숨어 즐기던 안빈낙도도 사라졌구나. 미진 낭자의 맑은 웃음도, 소은우의 따뜻한 목소리도 한 줌 재로 변했구나. 수십 년을 쌓아 온 희망도 단 하루 만에 없음[無]으로 돌아가는구나. 피 냄새만 가득하구나. 검은 울부짖음만 넘쳐흐르는구나.'

"사형!"

갑자기 가마에서 다 죽어 가는 여린 목소리가 들려왔다.

이순신은 눈물을 훔치고 돌아보았다.

몸을 잔뜩 웅크린 소은우가 검은 재 가득한 봉통(가마 입구)에서 기어 나왔다. 얼굴은 물론 손과 발, 온몸이 까마귀처럼 검었다. 이순신이 황급히 달려가서 소은우를 끄집어냈다. 너무 오래 웅크리고 있었던 탓인지 다리가 저려 제대로 서지도 못했다.

소은우는 이틀 전 백자를 구우려고 가마 안을 넓히다가 실수로 가마 뒤를 부수었다. 남궁두의 꾸중이 두려워 흙으로 대충 막아 두었다. 왜인들이 박미진 방에서 사발을 꺼내는 틈에 소은우는 몸을 굴려 가마로 기어들어 갔다가 뒤로 빠져나왔다. 그리고 왜인들이 가마 안을 확인하고 불을 지를 때까지 땔나무 사이에 몸을 숨겼다가, 놈들이 뒤란으로 돌아 오기 전에 도로 가마 속에 들어가서 웅크리고 있었던 것이다. 불길은 입구 쪽만이라 숨을 부지할 수 있었다.

"남궁 도사님은? 미진 낭자는?"

"스승님은 두류산에 가셔서 아직 오시지 않았고, 미진 낭자는 끌려갔소. 그때 사발을 사러 왔던 왜인들이 돌아와서……. 천무직 그자가 그 눈썹 없는 꼽추 임가 놈과 함께 왜인들을 이끌고 왔소."

"뭐라고?"

이순신이 벌떡 일어나 바다를 향해 달렸다.

곰바위까지의 거리가 너무도 멀었다. 달리는 발걸음이 너무 더뎠다. 마침내 철전 열 대를 쏘았던 해송이 보였다. 그 뒤 푸른 바다 위로 왜선이 보였다.

'저 배인가!'

아직 늦지 않았다. 곰바위에서 백 보쯤 되는 거리였다. 넘실거리는 파도에 실려 멀어져 가고 있지만 아직은 철전을 날릴 수 있는 거리였다. 이순신은 급히 배를 쌓고 엎느려 선통을 열있나.

배가 바닷가를 떠나 사람 목숨을 삼킬 만한 깊은 자리에 이르기를 기다려, 박미진은 소매에 숨겨 둔 마지막 단검에 손을 뻗었다. 와키자카의 목을 꿰뚫고 바다에 몸을 던질 작정이었다. 박미진이 오른손을 왼 소매 가까이 가져간 바로 그때, 곰바위 위로 머리 하나가 쑤욱 올라왔다. 와키자카는 육지를 등지고 있어 보지 못했지만 박미진도 천무직도 동시에 그 사내를 알아보았다. 먼 거리였지만 검은 활을 든 사내는 이순신이 분명했다.

박미진과 천무직이 눈빛을 나누었다. 저 위치에서 돛대를 등진 와키자카를 맞히기는 어렵다. 어떻게든 옆으로 끌어내야 했다.

박미진이 고개를 끄덕인 다음 천무직을 향해 달렸다. 그리고 당장 물속으로 뛰어들 것처럼 허리를 숙였다. 박미진을 만류하려고 서너 걸음 옆으로 비껴 나간 와키자카는 갑자기 살기를 느끼고 육지 쪽으로 고개를 돌렸다. 바위 위에서 막 시위를 당긴 사내와 눈이 마주쳤다. 흑각궁을 본 순간, 와키자카는 직감했다.

'저놈이다. 저놈이 야스요시를 죽인 놈이다.'

미처 어찌해 보기도 전에 화살 하나가 허공을 가르며 날아들었다.

와키자카는 허리를 뒤로 확 젖혔다. 그의 목을 꿰뚫으려고 날아온 화살은 아슬아슬하게 빗나가며 이마에서 콧잔등을 지나 왼 뺨을 스쳤다. 와키자카는 비명을 지르며 양손으로 얼굴을 가렸고, 왜인들이 황급히 달려들어 그 주변을 빙 둘러서서 감쌌다.

연이어 날아온 화살이 왜인들 가슴과 이마에 꽂혔다. 왜인들은 순식간에 하나씩 그 자리에 엎드러졌다.

그 틈을 타 박미진과 천무직이 손을 잡고 바다로 뛰어들었다. 천무직과 같은 밧줄로 묶인 임천수 역시 뱀장어 꼬리처럼 물속으로 끌려 들어갔다.

임천수는 손을 휘저어 수면으로 올라가려 했다. 갑자기 들이킨 바닷물이 폐로 들어갔는지 자꾸 헛기침이 쏟아졌다. 천무직은 임천수 발을 가슴에 품은 채 아래로 아래로 내려갔다. 발버둥쳤지만 수면으로 떠오를 수 없었다.

'이렇게 죽을 순 없어. 아. 내가…… 내가…… 죽는구나.'

천무직과 나란히 가라앉던 박미진이 눈을 번쩍 떴다. 그러곤 소매에서 단검을 꺼내 먼저 천무직의 몸을 묶은 밧줄을 끊기 시작했다. 천무직이 양팔에 한껏 힘을 주자 밧줄이 우두둑 끊어져 나갔다. 천무직은 정신이 오락가락하는 임천수의 몸을 두른 밧줄도 마저 풀었다. 임천수 뒷목을 감싸 쥐고는 박미진에게 손짓했다. 멀리, 되도록 멀리 벗어나자는 것이다. 그러나 곧 숨이 막혀 더 이상 물에 잠겨 있을 수 없었다. 빛이 보이는 수면으로 있는 힘을 다해 올라갔다.

먼저 물 밖으로 고개를 내민 것은 박미진이었다. 천무직은 중간에서 임천수를 놓쳐 다시 한 번 숨바꼭질을 해야만 했다. 바다 속에서 볼 때에는 배에서 아주 멀어진 것 같았는데 아직 오십 보도 채 떨어지지 않았다. 거친 숨을 내뱉으며 정신없이 돌아본 박미진의 눈에 배 위에 선 와키자카가 보였다. 이미 둥글게 당긴 활이 선뜻 박미진을 겨누었다.

점점 가늘어지는 표독한 두 눈이 박미진의 가슴을 노렸다. 황급히 다시 잠수하려 했지만 날아온 화살이 더 빨랐다. 쇠마치에 얻어맞은 듯한 충격과 함께 등이 불에 덴 듯 쓰라렸다. 박미진은 그만 정신을 놓고 물살에 휩쓸렸다.

화살이 박미진을 노린 사이에, 뒤미처 수면으로 고개를 내밀었던 천무직과 임천수는 황급히 도로 물 속으로 잠겨들었다.

'미진 낭자!'

천무직은 물속에서 이리저리 박미진을 찾았지만 보이지 않았다. 임천수란 혹까지 딸린 상태에서 박미진을 찾아 구한다는 것은 불가능했다. 물 위에선 와키자카의 화살이 목숨을 노리고 있다. 천무직은 임천수를 단단히 붙잡고 배에서 조금이라도 더 멀어지기 위하여 물속을 헤엄쳤다.

피 흐르는 얼굴에 손을 올린 채, 와키자카는 분노로 치를 떨었다. 곰바위 위에 나타났던 사내의 얼굴은 아직도 그 자리에 있었다. 화살이 다 떨어진 듯 더 이상은 철전이 날아오지 않았다. 살아남은 부하들이 우왕좌왕하며 노를 수습했다. 박미진과 천무직, 임천수의 모습은 다시 수면 위로 나타나지 않았다.

"돌아갈까요?"

부하가 물었다. 그러나 다음 순간, 와키자카는 이를 갈며 바다로 나갈 것을 명했다. 멀리 금오산 기슭에 조선 관군이 든 붉은 깃발이 펄럭이고 있었던 것이다.

왜선이 남해를 오른편으로 끼고 평산포 쪽으로 사라지자. 이순신은 바위에서 내려와 미친 듯이 바다로 뛰어들었다.

힘껏 헤엄을 쳐 박미진이 가라앉은 부근에 이르렀다. 깊게 심호흡을 한 다음 물구나무를 서듯 두 발을 차올리며 잠수했다. 서남쪽으로 흐르는 물살이 빨랐다. 겨우 균형을 잡고 눈을 떴다. 그러나 박미진을 찾기란 불가능에 가까웠다. 숨을 참지 못하고 다시 수면으로 얼굴을 내밀었다.

힘이 다할 때까지 헤엄을 치며 주위 바다를 살펴도 세 사람의 모습은 보이지 않았다.

'천무직과 꼽추 놈은 이미 숨이 끊겨 고기밥이 되었을 거야. 포박된 채 바다에 떨어졌으니 살아남기는 힘들겠지. 미진 낭자는 어찌 되었을까? 왜장이 쏜 화살에 맞았을까? 맞았다면……. 아. 다시 떠오르지 않는 것을 보면…….'

이순신은 조금 더 일찍 도착하지 못했음을 자책했다. 인동(仁同)에서 다리가 아파 하루를 쉰 것이 문제였다.

'하루만 빨리 왔어도. 하루만 빨리 왔어도!'

바닷가에 올라 가쁜 숨을 토하던 이순신은 갑자기 물이 뚝뚝 떨어지는 고개를 쳐들었다. 어쩌면 박미진이 무사히 헤엄쳐 나와 가마로 돌아갔을지도 모른다는 생각이 들었던 것이다. 그 생각이 들자마자 젖은 몸으로 언덕을 뛰어올랐다. 숨이 턱에 찼지만 멈추지 않았다. 문득 뒤에 누가 있다는 생각이 들어 돌아보았지만 아무도 없었다. 마침내 다시 불길이 사그라져 가는 가마터에 이르자 한 가닥 기대마저 꺼졌다. 박미진은 없었다.

소은우의 모습도 보이지 않았다.

팽팽히 켕겼던 활줄이 끊긴 것처럼 비통한 마음이 솟구쳐 올랐다. 무릎에 힘이 풀리며 당장이라도 땅바닥에 주저앉아 버릴 듯했다. 달랠 길 없는 분노가 온몸을 뒤흔들었다. 그때 뒤통수 쪽으로 또다시 기묘한 감각이 왔다.

'누가 있다.'

홱 뒤를 돌아보았다. 버스럭 소리가 났고, 풀섶이 흔들리는 것이 보였다. 스러지려던 긴장이 한꺼번에 도로 튀어 일어났다.

'왜놈일까?'

이순신은 짐짓 고개를 돌리고 천천히 길 옆으로 걸어갔다. 뒤통수가 간지러웠다. 누군가가 살그머니 뒤쫓아 움직이고 있다. 발걸음을 빨리 하자 사박사박 하는 발소리가 들려왔다.

"이놈!"

언덕길 모퉁이의 너럭바위 뒤로 몸을 숨겼다가 발소리가 가까이 오기를 기다려 덮쳐 든 이순신이 호통을 내질렀다. 하지만 금방이라도 적을 때려눕히려던 손발은 주춤하고 말았다.

짚신도 신지 않은 꼬마 하나가 겁을 잔뜩 집어 먹은 얼굴로 어깨를 움츠렸다. 당장이라도 울음을 터뜨릴 것만 같았다. 열 살도 채 안 된 어린아이였다.

"왜 날 따라오는 게냐? 집으로 돌아가라."

이순신이 무뚝뚝하게 윽박질렀다. 그러나 꼬마가 두 눈을 동그랗게 치뜨고 답했다.

"집은 타 버렸어요."

"부모님은?"

"왜놈들 칼에 맞아 돌아가셨어요. 아버지도 엄마도, 형도 동생도 전부! 나 혼자예요."

이순신은 숨이 막히는 느낌을 받았다.

"너는 어찌 살아남았느냐?"

"달렸거든요. 미친 듯이, 화살보다도 더 빨리!"

하루아침에 고아가 된 것이다. 금오산 계곡계곡마다 이 아이와 같이 한순간에 부모 형제를 잃은 아이들이 넘쳐 날 것이다. 가슴을 에는 측은지심(惻隱之心, 불쌍히 여기는 마음)에 이순신은 아이를 꼭 끌어안았다. 아이가 흐득흐득 울기 시작했다. 이순신의 어깨는 곧 아이가 흘린 눈물로 축축해졌다.

이순신이 아이를 달래어 떼어낸 후 서북쪽 능선을 가리켰다.

"붉은 깃발 보이지? 저곳으로 곧장 가거라. 관아에서 나온 군졸들이 널 보살펴 줄 게다."

아이의 두 뺨을 부드럽게 어루만져 준 후 발걸음을 돌렸다. 이순신 자신이야말로 어디로 가야 할지 알 수 없었다. 그저 다른 연기 줄기를 찾아 걸었다.

얼마큼 가다 뒤를 돌아보니 여전히 아이가 따라오고 있었다.

"가거라. 가라니까."

손을 휘휘 저었지만 아이는 멀찍이 서 있을 뿐 돌아서지 않았다. 이순신은 아이를 꾸짖기보다 힘껏 달려 따돌리는 쪽을 택했다. 아직 왼발이 다 낫지 않아도 꼬마쯤은 멀리 떨어뜨릴 수 있으리라 여겼다. 그러나 착각이었다.

길을 내려갔다 다시 오르막에 접어들 때까지도 아이는 여전히 삼십 보 정도 떨어져 따라오고 있었다. 이순신은 숨이 턱까지 차올랐지만 슬금슬금 걸음을 옮기는 아이 이마에는 땀 한 방울 흐르지 않았다.

'축지법이라도 쓰는가.'

이순신은 결국 포기하고 아이를 불렀다.

"이름이 뭐냐?"

"그냥 날발이라고들 해요."

"날발?"

"나는 발이라고요!"

딱 어울리는 이름이었다.

"왜 날 따라오는 게냐?"

"대장이 화살 쏘는 걸 봤어요. 그걸 배울래요."

"내가 왜 네 대장이냐? 이건 전쟁놀이가 아니다."

"오늘부터 아저씨는 제 대장이에요. 평생 대장을 따라다닐 거예요."

"난 가난한 무부다. 널 먹이고 입힐 여력이 없다."

"누가 먹여 주고 입혀 달랬나요? 젖을 뗀 후부터 지금까지 제 앞가림은 하고 살았습니다."

"오늘 처음 날 만나지 않았느냐? 한데 평생 따라다니겠다고?"

"대장은 최고예요. 그렇게 먼 거리에서 왜장 목을 화살로 꿰뚫을 수 있는 사람은 달리 아무도 없어요."

이순신이 놀라서 두 눈을 크게 떴다.

"뭐라고? 지금 무슨 소릴 하는 게야?"

날발이 빙그레 웃었다.

"지난 이월이었죠. 대장이 곰바위에서 활 쏘는 걸 봤어요. 한 발에 왜인 대장 목을 꿰뚫었지요. 난 봤어요. 다 봤다고요."

"닥쳐라. 혹여 그딴 소리 입 밖에 내지 마라."

"대장 명령이면 그렇게 하죠. 대신 제가 따라다니는 걸 물리치진 마세요."

이순신은 대답 대신 다시 걸음을 옮겼다.

금오산 일대는 완전히 폐허가 되어 있었다. 검은 연기가 산 진체를 뒤덮었고 불에 타고 칼에 베인 시체들이 나뒹굴었다. 피비린내와 연기 냄새가 폐를 채우고 가슴통을 긁어 댔다. 두 눈 가득 고여든 눈물이 뺨을 타고 뚝뚝 떨어졌다.

'백성들이 왜 이렇게 헛되이 죽어야 한단 말인가. 산 전체가 개 한 마리 남기지 않고 완전히 도륙당하는데 이 나라는 무엇을 한 것인가. 백성을 지키지 못하는 나라가 도대체 나라란 말인가. 이게 이현 형님의 말대로 사령(四靈, 태평한 시절에 나타난다는 네 가지 신령한 동물. 용. 봉황. 거북. 기린.)이 보인다는 태평성대인가.'

박미진을 찾을 희망도 없이 연기 솟아오르는 자리 하나하나에서 까맣게 타 버린 시체 더미들을 뒤지면서, 이순신은 계속해서 속으로 울부짖었다.

'사림과 훈구가 다 무엇인가. 나라에 옳음을 다시 세우고 성군이 선정을 펼친다 한들, 오랑캐가 이리 쉽게 강토를 짓밟고 노략질을 한다면 무슨 소용이 있는가. 북삼도와 하삼도가 편치 않은

데 어찌 밝고 평화로운 시절이 왔다 하겠는가. 그 무엇보다도 백성을 지켜야 한다. 백성에게 편안한 잠자리와 그득한 밥, 따뜻한 옷을 약속해야 한다. 나에게 힘이 있다면 백성을 지키는 데 쓰겠다. 백성을 위해 살고 백성을 위해 죽겠다.'

붉게 충혈된 눈에서 쉬지 않고 흐르는 눈물 속에 금오산을 불사른 화마(火魔)보다 더 뜨거운 불꽃이 이글이글 타올랐다.

〈2권으로 이어집니다.〉

# 부록

육진 지도

정부 조직 및 관직 해설

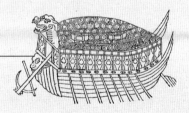

## 〈육진 지도〉

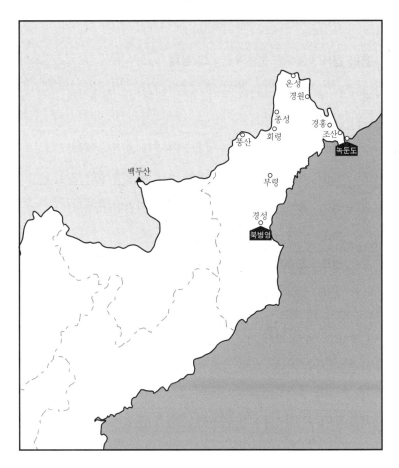

조선 초기에 여진족에 맞서기 위해 두만강 하류 여섯 곳에 진(鎭)을 설치하여 이를 육진이라 불렀다. 종성, 온성, 회령, 경원, 경흥, 부령이 그곳인데, 세종 때 십 년을 들여 기존의 방어 요충지를 보강하거나 새로 만들어 이룩하였다. 유사시에는 병력이 경성에 둔 북병영으로부터 부령을 거쳐 각 진으로 이어진다.

<h2>〈정부 조직 및 관직 해설〉</h2>

**동반 경직**(東班京職, 문관 중앙직)**의 편제**

- **의정부** : 최고 행정 기관으로서, 전체 관료들을 통솔하며 총리 업무를 담당함.
  ├─ 이조 : 문관을 임명하고 공훈을 따지는 일 등을 총괄.
  ├─ 호조 : 인구, 토지, 세금과 부역 공납 등 경제 업무 총괄.
  ├─ 예조 : 예악과 제사를 돌보고 외교와 과거를 주관함.
  ├─ 병조 : 군사 관계 업무를 총괄.
  ├─ 형조 : 송사와 형행 등 법률 관련 업무를 총괄.
  └─ 공조 : 산림과 내수면 관리, 건축과 공업 관련 업무.

- **승정원** : 국왕의 비서 기관. 왕명 출납을 담당함.
- **의금부** : 사법 기관으로서 경찰 업무 외에 반역 등 중대 범죄에 대한 재판을 담당.
- **사헌부** : 감찰 기관으로서 관료의 부정을 적발하고 관헌 인사에도 관여.
- **사간원** : 국왕에 대한 간쟁을 주로 하며 각종 정치 문제에 관여하는 언론 기관.
- **한성부** : 수도의 행정과 치안을 맡아 봄.

## 본문중에 나오는 관직명 해설

•**감관** 관청에서 돈이나 곡식을 보관하고 출납하는 일을 담당하는 벼슬. 둔전 감관은 지방에 주둔한 군대의 군량이나 관청 경비로 쓰기 위하여 경작하는 밭인 둔전을 돌보는 직책이다.

•**경연관** 임금에게 유교 경전과 역사를 가르치는 자리를 경연이라고 했다. 옛글을 가르칠 뿐 아니라 당시의 여러 문제도 연관하여 논의하곤 했으므로 이 자리에 강사 역할을 하는 경연관은 학문과 인품이 뛰어난 인물을 골랐다. 정일품부터 정구품까지 대소 신료들을 두루 아울러 모두 서른 명 가량을 임명하였으며, 이들은 날마다 교대로 경연에 참석하였다.

•**관찰사** 오늘날의 도지사에 해당하는 지방 행정관직. 관할하는 도에 대하여 광범위한 사법, 행정, 군사상의 권한을 가지고 치리했으며 각 고을 수령을 지휘 감독했다. 많은 경우 병사나 수사를 겸했다.

•**군관** 조선 전기에는 진(鎭)에 배치되어 진장(鎭將)을 수행 보좌하고 군사를 감독하며 지방군의 중추역을 하는 직위로 각 도의 주진(主鎭)에 다섯 명, 군사상 중요한 양계(兩界)의 주진에는 열 명씩 있었다. 초기에는 무과 합격자 등 일정한 자격 요건을 갖춘 후보를 진장이 추천하여 임명받게 한 후 자기 휘하에 두어 일하게 했던 것이,

후기에 가서는 군사력 강화를 위해 호조에서 급료를 주어 가며 사람을 뽑아 중앙군과 지방군에 정해진 수만큼 배치하게끔 되었다.

• **군수** 지방 행정 조직인 군(郡)을 맡아 다스리는 외관직. 품계는 종사품이며 해당 군민을 직접 통치하는 목민관으로서 광범위한 권한을 가졌다. 경국대전에 따르면 조선 시대에는 전국에 82개 군이 있었다.

• **권관** 함경도, 평안도, 경상도 변경에 진관(鎭管)의 최하 단위 수비 부대로 진보(鎭堡)를 두었는데 이를 지키는 하급 장교가 권관이다. 중종 때 품계를 종구품으로 하여 『속대전』에 규정하였으며, 정원은 세 도를 통틀어 35명이었다.

• **대제학** 홍문관(弘文館)과 예문관(藝文館)에 둔 정이품 관직. 학문에 관련된 직위로서는 가장 높고 명예로운 자리였다.

• **만호** 수군 만호는 종사품 무관직으로 육군의 병마동첨절제사(兵馬同僉節制使)와 같다. 명칭은 만호이지만 실제로 1만 호를 관할한 것은 아니다.

• **봉사** 훈련원, 군기시, 내의원, 관상감 등에 둔 종팔품 관직명. 훈련원의 가장 윗자리는 정이품 지사(知事)로서, 봉사는 품계 있는 관직으로는 가장 하위이다. 지사 아래로 도정(都正), 정(正), 부정(副

正), 첨정(僉正), 판관(判官), 주부(主簿), 참군(參軍)이 있었고 그 아래가 봉사이며, 서원(書員), 고직(庫直), 사령(使令), 방직(房直), 군사(軍士), 종각직(鐘閣直), 타종군(打鐘軍)을 두도록 규정되어 있었다.

• **부사** 도호부사(都護府使)나 대도호부사(大都護府使)를 줄여 부른 명칭. 지방 행정 기관인 도호부는 『대전회통(大典會通)』에 의하면 전국적으로 일흔다섯 곳, 대도호부는 안동, 창원, 강릉, 영흥, 영변 다섯 곳에 있었다. 도호부사는 종삼품, 대도호부사는 정삼품이었다.

• **부수찬** 경서(經書)와 사적(史籍)을 관리하고 문한(文翰)을 처리하는 홍문관(弘文館)의 종육품 관직. 정원은 두 명이었다.

• **북병사** 병사(兵使)는 병마절도사(兵馬節度使)를 줄여 부르는 말이다. 함경도는 지대가 넓어 셋으로 나누어 병영을 셋 두었는데, 함흥에 둔 본병영은 관찰사가 병사를 겸하고 북청에 둔 남병영과 경성에 둔 북병영에 각각 종이품 병사를 보냈다.
병사는 『경국대전』에 따르면 관찰사가 겸직하는 경우(겸병사)와 전임으로 임관하는 경우(단병사)를 합쳐 모두 15명을 두도록 되어 있었다. 진관법에서 병사의 병영이 설치된 곳을 주진이라 하였다.

• **선전관** 선전관청에 속하여 임금을 곁에서 호위하며 모시는 일, 명령을 전달하는 일 등을 했던 관직으로 문관으로 치면 승지(承旨)에 해당한다. 품계는 구품부터 정삼품 당상관까지 있어서 많을 때는 수

석(首席) 한 명, 참상관(參上官) 일곱, 참하관(參下官) 열넷, 당하관(堂
下官) 세 명을 두었다.

• **수사** 수군절도사(水軍節度使)를 약칭한 것. 육군의 병사에 해당
한다. 관찰사나 병마절도사가 겸직하는 경우와 정직으로 따로 임명
하는 경우가 있었다. 육군에서 병영을 두듯이 수영(水營)을 두고 예
하의 진(鎭), 포(浦), 보(堡)와 거기 딸린 배 및 장졸을 통솔했다.

• **수찬** 홍문관의 정육품 관직. 부수찬 바로 위이다.

• **순찰사** 전쟁시의 임시직으로 왕명을 받아 지방의 군무를 순찰
하게 한 직책. 대개 병권을 가진 지방 행정관을 임명했다. 한편으로
각도의 군비 태세를 살피던 직책을 순찰사라고도 했는데, 이때에는
관찰사에게 겸직하게 했다.

• **시관** 과거 시험을 볼 때 이를 관리하고 감독한 시험 감독관.
과거의 종류와 역할에 따라 명관(命官), 독권관(讀卷官), 대독관(對讀
官), 참시관(參試官), 감시관(監試官), 고관(考官) 등이 있었다.

• **우찬성** 최고행정기관인 의정부에 속한 종일품 관직명. 직급으
로는 삼정승 바로 아래로, 좌찬성과 우찬성을 통틀어 이상(貳相)이나
이재(二宰)라고도 불렀다.

• **장령** 나라의 기강을 세우고 풍속을 바로잡으며 관직에 있는 이들을 감찰하던 사헌부의 정사품 관직. 사헌부에는 종이품 대사헌(大司憲)으로부터 종삼품 집의(執義), 장령, 정오품 지평(持平), 정육품 감찰(監察)을 두게끔 규정되어 있었고, 이외에 서리(書吏)가 39명 딸려 있었다.

• **좌랑** 육조에 둔 정육품 관직. 각조에 세 명씩 두고 병조에는 한 명을 더 두어 모두 19명이 있었다.

• **참의** 육조에 소속된 정삼품 당상관직. 각조에 한 명씩 두었으며, 서열 3위로서 참관과 함께 판서를 보좌하지만 판서와 거의 대등한 발언권을 지녔다.

• **창신교위** 품계로는 종오품이며, 보직을 받지 않은 문관, 무관, 음관(蔭官), 잡직(雜織)에 임명하여 실무는 보지 않고 녹봉만 주었다.

• **판관** 종오품 관직으로 중앙과 지방에 두루 두었다. 중앙직으로는 돈령부(敦寧府) 한성부(漢城府) 등 18관아에 판관이 있었고 지방에는 각 감영(監營), 유수영(留守營) 및 큰 고을에 두었다.

• **판윤** 한성부(漢城府)의 장관으로 품계는 정이품. 오늘날의 서울시장에 해당한다.

「불멸의 이순신」은 전쟁이라는 극한 상황에서 자기만의 불멸을 추구한 인간들의 열정을 담은 연의(演義)다.

죽음 앞에서, 죽음을 향해 한 발 더 딛고 들어선 이들의 부르튼 입술과 실핏줄 가득한 눈동자를 품기 위해, 나는 지위와 나이, 성별과 종교, 때로는 적군과 아군을 넘나들며 다른 몸 다른 마음으로 변신을 거듭했다. 악기들이 저마다의 소리를 빚어 교향곡을 연주하듯 내 등장인물들도 저마다의 자리에서 딱 그만큼만 엄살 떨고 눈물 흘리며 무릎 꿇고 환호하게 만들고 싶었다.

이 넓고 부드러운 울림의 중심에 '홀로' '근심'하는 사내 이순신이 있다.

수많은 장졸을 거느린 그가 왜 홀로일 수밖에 없는가. 또한 그가 거듭 근심한 것은 무엇인가.

　민족적 우월성을 논하는 일이나 각 가문의 논공행상은 처음부터 내 관심 밖이었다. 이겼으니 위대하고 졌으니 비겁하다는 동어반복은 위인전의 몫이다. 결과를 원인으로 돌려세우지 않고, 아흔아홉 명의 장수들이 관습에 따라 넓은 문으로 들어가 패할 때 그 관습을 깨고 좁은 문으로 들어간 단 한 사람의 일생을 나만의 문장으로 펼쳐 보고자 했다.

　「불멸의 이순신」의 배경이 되는 세계를 꿈꾸며, 나는 다음 네 지점에 주목했다.

　먼저 나는 16세기 개혁세력인 사림파의 고난과 승리라는 사회역사적 맥락 속에서 이순신의 삶을 조망하였다. 지금까지 이순신은 역사와 동떨어져 홀로 우뚝 선 인물로 간주되어 왔다. 그러나 이순신과 그의 시대를 알기 위해서는 조선 중기의 정치사상사적 흐름을 먼저 파악해야 한다. 이순신의 조부 이백록은 기묘사화 때 조광조와 뜻을 함께하다 큰 고초를 당했다. 이 즈음부터 가세가 기울어 결국 대대로 살던 도성을 떠나 충청도 아산으로 내려가게 된다. 이순신 가문의 낙향은 남명 조식, 화담 서경덕 등이 의롭지 못한 시절을 탓하며 조정에 나아가지 않고 은거한 것과 일맥상통하는 것이다. 또한 '활을 든 사람'이라는 이 남다른 출신에 주목하면, 사림파의 새로운 리더 류성룡이 일관하여 이순신을 후원한 까닭이 지연이나 학연 따위가 아니었음을 알 수 있다.

　또한 전쟁이 이 세계를 얼마나 타락시키고 또 그 안에 사는 사람들을 고통스럽게 만들었는가를 적나라하게 보이려 하였다. 칠년 전쟁은 일본, 조선, 명이라는 동아시아 최강 3국이 모두 개입한 큰 싸움이었다. 삼당시인 이달, 명필 한호, 장사꾼 임천수, 사기장 소은우, 의원 최중화, 땡추 월인 등의 힘겨운 삶을 거미줄처럼 엮은 것도 전쟁의 맨얼굴을 그려 내기 위해서다. 이순신은 이 크나큰 불행과 마주 보며 어떤 자세를 가졌을까.

그와 함께 조정과 전장을 병치시켜, 정치의 영역과 전투의 영역이 어떻게 서로 만나고 엇갈리는가를 탐구했다. 지금까지 무대를 남해바다에 한정하여 이순신을 형상화한 소설들은 장수들의 쟁공과 반목을 품성이나 개인적 결함에서 찾을 수밖에 없었다. 나는 수군이 바라본 조정, 조정이 바라본 수군을 함께 파악함으로써 조정의 판단과 수군의 선택이 갖는 정치적·전략적 대척점을 쌍방향에서 그리려 하였다.

마지막으로 당시 왜 수군이 조선 수군을 어떻게 바라보고, 어떻게 맞아 싸웠는지도 복원하려 하였다. 이를 위해 조선과 일본을 모두 속이며 줄타기 외교를 펼쳤던 쓰시마 도주 소 요시토시, 한산도에서 이순신과 숙명의 대결을 가지는 와키자카 야스하루, 가톨릭 교도로 조선 침략의 양대 장수 중 한쪽이었던 고니시 유키나가 등의 행적을 뒤따라 그렸다.

독재 정권 시절 임진왜란을 바라본 구도는 조선 조정의 당파싸움 및 수군 내부의 쟁공과 반목 등을 지나치게 강조한 나머지 정작 적이었던 왜군에 관해서는 거의 주의를 두지 않았다. 조선 내부의 추악한 정쟁이 두드러지는 반면 왜 수군의 장수 이름은 하나도 모르는 우스꽝스러운 일이 벌어졌다. 이것은 조선 수군과 왜 수군의 대립 구도 대신 이순신 대 이순신을 모함하고 핍박한 장수와 대신들을 대립 구도로 택한 춘원 이광수의 소설「이순신」에서부터 비롯된 것이다. 이순신만 선하고 이순신을 제외한 다른 이들은 악하다는 이 구도에는 조선과 왜국의 대립을 조선인 내부의 대립으로 치환시키려는 '민족 개조론'의 발상이 깔려 있다.

또 '인간'에 밀착하기 위해 내가 틀어쥔 것은 다음과 같다.

먼저 '인간'과 '영웅'을 대립시키는 낡은 관점을 벗고자 하였다. 영웅성을 강조하여 인간적 면모를 탈색시키는 것만큼이나 인간적 행적에만 주목하여 영웅적 업적을 지우는 것도 문제다. 나는 한양에서 아산으로 낙향한, 급진 개혁 운동을 하다가 고초를 겪은 할아버지를 둔 영민한 소년이 어떻게 젊은 날의 고뇌와 방황을 거쳐 세상에 나갔으며 험난한 길을 걸어 구국의 영웅으로 성장했는가 하는 과정에 주목하였다.

따라서 이순신의 탄생부터 죽음까지를 끊임없는 성장의 나날로 조망하였다. 훗날 삼도 수군 통제사에 오른다는 역사적 사실에 짓눌려 그의 소년, 청년 시절을 영웅담으로만 덧칠하는 잘못을 피하고, 막막하고 힘겨운 미래를 향해 한 발 한 발 굴함 없이 나아가는 한 사내의 모습을 담고자 했다. 그래서 첫 권을 할애해 이순신이 소인과 무뢰배의 협으로부터 대인과 장수의 협으로 성장해 가는 모습을 그렸다.

젊은 날의 이순신이 세계를 바라보는 기준은 필경 의(義)였을 것이다. 삼십대 초급 장교 시절을 살피면, 이순신이 기존 관행들을 그대로 답습하지 않고, 그 일이 의로운가 그렇지 못한가라는 잣대를 들이댔음을 알 수 있다. 이런 이순신의 자세는 그대로 칠년 전쟁까지 이어져, 결국 관습에 안주하는 장수들 속에서 홀로 관습을 넘어서는 장수로 우뚝 서게 된다.

마지막으로 이순신이 홀로 근심할 수밖에 없는 이유를 형상화하는 것이 또한 커다란 과제였다.

칠 년 전쟁 동안 이순신은 언제나 전위(前衛)였다. 그 이전까지 어떤 장수도 하지 않았던 방식으로 말하고 생각하며 준비하고 싸워야 했던 것이다. 연합 함대를 꾸린 것도 최초의 일이었고, 거북선을 선두에 세운 것도 학익진을 편 것도 처음이었으며, 만 명이 넘는 장졸이 한산도라는 섬에 장기간 주둔한 것도 유래를 찾을 수 없는 일이다. 또한 장졸 이천 명을 죽음으로 내몬 돌림병에 맞선 일도, 장졸들의 배고픔을 해결하기 위해 둔전을 대대적으로 일군 일도, 부산을 섬멸하여 하루 빨리 전쟁을 종식시키라는 선조의 명을 따르지 않고 버틴 일도, 울돌목 그 좁고 시끄러운 바닷길에서 열세 척의 군선으로 왜선 133척과 맞서야 했던 것도 모두 최초의 순간이었다.

이 미증유의 순간들이 닥칠 때마다 이순신은 최초의 결단을 내려야만 했다. 처음 겪는 일이기에 성공 실패는 예측하기 힘들다. 이순신은 홀로 근심하고 또 근심하였다. 실패할 가능성들을 최대한 줄이고 필승의 길을 찾기 위해, 서책을 읽고 해도를 살피며 직접 바닷길을 확인하고 뛰어난 인재를 구하며 점까지 쳤다. 그래도 결과가 언제나 만족스러운 것만은 아니었다. 돌림병 치유에 노력하였으나 조방장 어영담을 비롯한 많은 장수들을 잃었고, 250척의 군선을 만들어 남해 바다의 해상권을 완전히 장악하고 싶었으나 목표량을 채우지 못했다. 그러나 이순신은 이 한계 상황 속에서 다시 홀로 최선의 길을 찾기 위한 새로운 근심을 시작하고 있다.

신립, 이일, 원균 등 당대의 용장들은 최초의 결단을 할 수 있는 시기에 기존 관습을 따랐다가 대패했다. 그들의 품성과 상관없이, 전위에서 완전히 새로운 전략과 전술을 구사하지 않고는 단 한 명의 왜군도 쓰러트릴 수 없었다. 이순신은 그들의 한계를 보았고 그 한계를 돌파하기 위해 최선을 다했다. 내가 「불멸의 이순신」에서 이순신이 관습에 젖은 장수들을 용서하는 거대한 화해를 꿈꾼 것도, 맨 앞에 서서 암초 많은 바닷길을 헤쳐 나갔던 이순신이라면 충분히 그런 관용을 지닐 만큼 가장 암초가 많은 바닷길을 가장 선두에 서서 지나왔다고 여겼기 때문이다.

전쟁을 거치면서 이순신은 장수이자 법관이며 행정가이자 시인으로 거듭난다. '영웅의 일대기' 구조를 따르는 영웅 소설이라면 이순신이 삼도수군통제사에 오른 후 큰 복락을 누리며 자손들과 함께 행복하게 살았다고 마무리되리라. 그러나 이순신은 마지막 순간까지 전위에서 내려올 수 없었다.

칠 년 전쟁은 눈부신 목릉성세(穆陵盛世)를 비참과 굶주림, 울분과 한숨의 시절로 바꾸어 버렸다. 바닥에서 새로 시작하기 위해 저마다 대안을 지닌 이들이 속속 등장했다. 분조(分朝)를 이끌며 허울 좋은 명분 대신 실리의 중요성을 깊이 체득한 광해군, 「홍길동전」을 썼을 만큼 더욱 근본적인 체제 개혁을 원했던 허균, 불국토를 염원한 월인, 도가적 삶을 구가한 남궁두 등을 이순신과 만나게 한 것도 이순신이 지닌 근심의 면면을 다각도로 살피기 위함이다. 전쟁의 참상을 뼈저리게 목도한 이순신은 이 불행을 극복하기 위해 어떤 방안을 고민했을까. 이순신의 고뇌와 결단은 선조에서부터 허균까지 길게 펼쳐진 스펙트럼 가운데 어디쯤 놓일 수 있을가.

칠 년 전쟁 내내, 선조는 전쟁 영웅으로 부각된 이순신에 대해 감시의 눈초리를 늦추지 않았다. 이순신도 물론 이런 어심을 알았고, 또 최초로 전혀 새로운 근심을 시작해야만 했다. 휘하 장수들 역시 류성룡의 실각과 함께 이순신을 향해 조여 오는 운명의 피 냄새를 맡았을 것이다. 이 지점에서 나는 역사의 아이러니를 발견한다. 이순신은 끝내 쿠데타의 유혹을 뿌리치고 왜군과 맞서 싸우다 관음포에서 장렬히 전사했지만, 평생 이순신과 나폴레옹을 가장 존경한다고 말했던 박정희는 쿠데타를 통해 국가 권력을 장악했다. 장수의 길을 버린 이 정치군인은 왕실과 조정이 자신을 핍박하고 목숨마저 위협 받는 상황에서도 철두철미 본분을 다한 이순신의 최후 앞에 어떻게 자신을 합리화했을까. 정치적 시련을 맞을 때마다 현충사를 찾고 충무공 어록을 되뇌는 정치인들은 참다운 전위에 나서기 위해 과연 어떤 노력을 했을까.

「불멸의 이순신」은 비극이다. 눈물 찔끔 짜내는 슬픈 소설이 아니라 운명과 타협하지 않고 저절하게 맞서 싸운 영혼의 투쟁기다. 두 번 백의종군을 당하면서 이순신이 느꼈을 치욕과 두려움을 선명하게 담고 싶었고, 또한 그 아픔을 딛고 일어서는 과정을 또박또박 따르고 싶었다.

「불멸의 이순신」은 내 소설의 첫마음이다. 그동안 굽이친 길모두 이 바다로부터 나왔고, 먼 훗날 내 이야기들이 잠들 언덕에도 이 작품이 묘비명을 대신했으면 한다. 지난 십 년 동안 내게는 운명 교향곡과도 같은 「불멸의 이순신」을 쓰고 고치면서, 내가 쓰고 있는 바로 이것으로부터 많은 것을 배웠다. 전위에 서서 최초의 문장만을 만들기 위해 계속 노력하겠다.

독자들이 나를 「불멸의 이순신」의 작가로 기억해 준다면 정말 행복하겠다.


2004년 6월 퇴고를 마치고,

김탁환

# 불멸의 이순신 1

## 의협의 나날

1판 1쇄 펴냄 2014년 7월 18일
1판 3쇄 펴냄 2021년 4월 30일

지은이  김탁환
발행인  박근섭·박상준
펴낸곳  (주)민음사

출판등록  1966. 5. 19. 제16-490호
주소      서울특별시 강남구 도산대로1길 62(신사동)
          강남출판문화센터 5층 (우편번호 06027)
대표전화  02-515-2000 | 팩시밀리  02-515-2007
홈페이지  www.minumsa.com

© 김탁환, 2014, 2004. Printed in Seoul, Korea

ISBN 978-89-374-4141-7  04810
ISBN 978-89-374-4140-0  04810(세트)